李　查　德　作　品

LEE CHILD

私人恩怨

李查德 著

王瑞徽 譯

LEE CHILD

PERSONAL

他們都愛浪人神探！

一趟令人振奮的旅程！《私人恩怨》重拾之前所有作品的純粹趣味，是李奇冒險系列近期最棒的一本！

——**獨立報**

本書是第十九本傑克．李奇系列小說，之前的我都讀過，如果你還沒看過，馬上開始吧！你可以在三週內一口氣讀完，可是接下來你會很難受，因為你將得等上一年才會有下一本……李查德太厲害了！他讓文字書寫變得無比值得誇耀，同時散發出毫不留情的酷勁……李查德對推理界的貢獻直逼希區考克！

——**衛報**

他是個危險人物，可是每年我總是迫不及待要更新我對這位獨一無二的傑克．李奇的認識……李查德把它刻劃得入木三分，手法洗鍊……故事在攤牌時刻的暴力中結束……排隊等著紓解一年一度渴望的李奇讀者總算滿足了！

——**太陽報**

李奇非常擅長打鬥，他和一名超過兩百公分高、一百三十多公斤重、人稱「小喬伊」的幫派怪物一對一的單挑過程尤其精采，然而本書最令人驚嘆的還是學問淵博的李奇。

——**《紐約時報》書評家／瑪莉琳．史塔修**

李奇是神話的產物、了不得的夢幻男性……本世紀最獨特迷人的虛構小說主角人物之一……李查德以無窮的驚奇和高度懸疑性，巧妙地將他的冒險故事描繪得活靈活現！

——**華盛頓郵報**

充滿神秘迷人的細節，幾乎是李查德的註冊商標，令人上癮的簡潔文字和對白，讓《私人恩怨》在不要命的危險狂飆中，帶著逐步上升的張力節節推進，終於達致無可避免的慘烈結局。

——**愛爾蘭獨立報**

故事以獨特的李查德式風格——行文明快、對話機智和情節離奇——由處在完全復仇模式的主角以第一人稱陳述，從一開始便令人熱血沸騰……很高興他回到了李查德的母國（英國）。

——**每日郵報**

傑克．李奇是當代的詹姆斯．龐德，一個讓人百看不厭的懸疑小說主角，每次一有系列新作我總是馬上拜讀！

——**英國懸疑小說家／肯．福萊特**

如果你喜歡緊湊明快的驚悚小說，本書不容錯過！

——**小說家／約翰．桑福德**

這部充滿懸疑的驚悚小說絕對會讓書迷大呼過癮！

——**校園圖書館期刊**

李查德是驚悚懸疑小說的翹楚，每部新作總是以李奇頭槌進攻的速度躍上暢銷排行榜寶座！

——**《書單》雜誌**

每一本李奇系列小說都讓人神經緊繃！

——**寇克斯評論**

又一部令人愛不釋手的精采好書！

——**娛樂周刊**

獻給安德魯・葛蘭與塔莎・亞歷山卓，
我的弟弟與弟媳：
大作家及大好人。

1

八天前我的生活可說是不上不下、時好時壞，多數時候乏善可陳。經常很長一段時間沒什麼大事，偶爾蹦出一點狀況，就像我待過的軍隊。他們也就是這樣找到我的。你可以離開軍隊，但軍隊絕不會離開你，至少不會離得徹底，斷得乾淨。

他們在法國總統遭到槍擊之後兩天開始找我。我在報上看見這則消息，是使用步槍的一次長距離狙擊行動，發生在巴黎。不干我的事。我遠在六千哩外的加州，和一個我在巴士上遇見的女孩在一起。她想當演員，我不想，因此，在洛杉磯耗了四十八小時之後，她走她的，我走我的。繼續搭上巴士，先在舊金山待了幾天，接著又到奧勒岡州波特蘭晃了三天，接著前往西雅圖。途中來到華盛頓州路易斯堡軍事基地附近，有兩名穿軍服的女兵在這裡下車。她們將一本《陸軍時報》留在車上，一天前的報紙，就在走道對面的座位上。

《陸軍時報》是一份奇特的老報紙，在二次大戰前創刊，到現在依然健在，週週發行，充滿舊新聞和各式各樣的生活指南，例如當時抬頭瞪著我的標題：**新規上路！徽章識別章全面換新！另有四款制服將陸續更新！**據說它的報導都是舊聞，因為都是從美聯社的新聞摘要抄來的，可是當你旁敲側擊它的內容，有時會發現字裡行間帶有幾分嘲諷意味。它的社論有時相當敢言，訃聞偶爾也滿有趣的。

這是我拿起那份報紙的唯一理由，有時候有人死了而你很開心，或者不開心，不管怎樣你都得看了才知道。可是我沒機會知道，因為在尋找訃聞的當中，我發現一些尋人啟事，和往常一樣都是退役軍人尋找同袍的，共有好幾十則，內容都一樣。

其中一則出現我的名字。

就在那兒，一個加了框線的小欄位，印著斗大幾個字：**傑克・李奇請聯絡李察・許梅克。**

一定是湯姆・歐戴的傑作。這種事時不時會讓我覺得有點無力，倒不是因為歐戴不夠聰明。他當然夠聰明，這麼多年他都挺住了，挺得可真久，活得好好地。二十年前他就已經長得像糟老頭了，一個又高又瘦、形容枯槁的男人，走起路來像一把破手扶梯那樣搖搖欲墜。任誰都看不出他竟然是陸軍上將。他比較像個教授，或人類學家，當然他的想法非常合邏輯。**李奇總是混在人群當中，意思是巴士、火車、候診室和餐館，而這些地方，說巧也真巧，這些地方也是現役男女士兵慣常的自然經濟棲息地，他們會在營區販賣部（PX）優先買《陸軍時報》而非其他刊物，而且也鐵定會把這份報紙到處散發，就像鳥兒散播莓果的種子。**

而且他也吃定我會拿起這份報紙。在某個地方，遲早的事，終究會的。我會想要知道消息。你可以離開軍隊，可是軍隊絕不會離開你，總之不會離開太久。說到溝通方式，說到聯繫管道，就他的了解，就他的猜測，他或許會認為連續刊登十週、十二週的尋人啟事可能會產生渺茫但相當實際的成功機會。

可是他第一次登報就成功了，報紙才發行一天。這就是為什麼我會時不時就會覺得很無力。

我被人家摸透了。

李察・許梅克是湯姆・歐戴的兒子，現在說不定已經當上他的副指揮官了。不理他很容易，可是我欠許梅克一份人情，顯然歐戴也知道這檔子事。所以他才把許梅克的名字放進尋人啟事裡。

所以我必須回覆。

我被摸透了。

我下巴士時，西雅圖感覺很乾燥，而且溫熱，而且很帶電，這意思可以指這裡的人消耗咖啡的量非常驚人，這點很合我胃口；也可以指wifi熱點和手持電子裝置到處可見，這點不合我胃口，而這也使得老式的街角公用電話變得很難找到。可是魚市場旁邊有一個，於是我站在鹹鹹的微風和海水氣味中，撥了一個五角大廈的免費專線號碼。你在電話簿裡找不到的號碼，一個很久以前牢記在心的號碼，一條只在緊急時使用的特殊線路，畢竟你口袋裡不會隨時放著兩角五分硬幣。

接線生接聽，我說我要找許梅克，然後轉接，也許是在大樓的某個地方，或者國內外的其他地方，總之在一連串喀喀嗒嗒、滴滴嘟嘟的聲音和好幾分鐘的死寂之後，許梅克總算來接聽。「喂？」

「傑克・李奇。」我說。

「你在哪？」

「你不是有一大堆自動儀器可以測得出來？」

「沒錯，」他說：「你在西雅圖，魚市場旁邊打的公用電話。不過，我們總是希望人家能主動提供訊息，這會讓接下來的談話進行得比較順利，因為這樣的人比較合作，也比較投入。」

「投入什麼？」

「對話。」

「我們不就正在對話？」

「不盡然，你的正前方有什麼？」

我看了一下。

「一條街。」我說。

「左邊呢？」

「一些可以買魚的地方。」

「右邊？」

「路燈對面的一家咖啡館。」

「店名？」

我對他說了。

他說：「進去等著。」

「幹嘛？」

「約莫等個二十分鐘。」他說，掛了電話。

沒人知道為什麼咖啡在西雅圖這麼盛行。這裡是港口，因此可以在卸貨的地方就近烘烤，然後在烘烤的地方就近銷售，這樣也是合理的，創造了市場，吸引了許多經營者，就像汽車製造廠全集中在底特律。也許是水質好，或者海拔，或者溫度，或者濕度。可是無論如何，結果是一街區一咖啡館，老咖啡控的年帳單可以高達四位數。公用電話對街的館子相當典型，褐紅色塗裝，裸露的磚塊，斑駁的原木，還有寫在黑板上的菜單，其中約有九成都是一些和咖啡無關的菜色，像是各種不同形態和溫度的奶酪製品，怪異的堅果基底的調味料，還有各式各樣的化學成分。我點了一杯特調，純咖啡，沒加糖，中型隨身杯，而不是有些人喜歡的那種大桶杯；外加一片檸檬蛋糕一起外帶，然後在一個兩人桌位的硬木椅子坐下。

先用五分鐘嗑掉蛋糕，再花五分鐘喝完咖啡，之後又過了十八分鐘，許梅克的手下終於現身。這表示他正在海軍基地，因為二十八分鐘算是相當快速，而海軍基地就在西雅圖。而且他的車是深藍色，一輛簡配國產車，不是很體面，但拋光得晶亮無比。至於那人則是三十來歲，一條硬邦邦的漢子。一身平民服裝，藍色便裝外套內搭藍色馬球衫，卡其色斜紋棉布長褲。外套已經磨得很薄，襯衫和長褲也已洗過上千次。可能是二等士官長吧，特種部隊，八成是，例如海豹部隊，總之無疑是湯姆・歐戴掌管的某個隱密的聯合作戰單位的成員。

他踏進咖啡館，冷眼將屋內火速瞄了一圈，好像他在開始射擊前只有一眨眼的工夫可以分辨敵友。顯然，他對我的了解想必十分簡略而表面，從一些舊人事檔案直接抓出來的，可是他還是很快就找到高六呎五吋、重兩百五十磅的我，店裡其他顧客全都是亞洲人，大部分是女人而且非常嬌小，那傢伙直接朝我走來。「李奇少校？」

我說：「那是過去式。」

他說：「那麼，是李奇先生？」

我說：「是的。」

「先生，許梅克上將請你跟我走。」

我說：「去哪？」

「附近。」

「幾顆星？」

「先生，我不懂你的意思。」

「許梅克上將是幾顆星？」

「一顆，先生。李察・許梅克准將，先生。」

「什麼時候？」

「什麼時候怎樣，先生？」

「他是什麼時候升遷的？」

「兩年前。」

「你是不是跟我一樣覺得這不太尋常？」

那人頓了一下然後說：「先生，我沒有意見。」

「歐戴上將呢？」

那人又頓了一下，然後說：「先生，我不認識姓歐戴的人。」

那輛藍色車是備有警車輪轂和織布座椅的雪佛蘭羚羊轎車。鈑金拋光是全車最新的一樣東西。穿便裝外套的傢伙載我通過鬧區街道，然後上了往南的I—5號公路。巴士進城的同一條路。我們往回又一次經過波音機場，又一次經過西雅圖—塔科馬國際機場，一路朝塔科馬前進。穿便裝外套的傢伙沒說話。我也一樣。兩人默默坐在那裡，像在進行不說話競賽而且認真地想要贏。我望著車窗外，一片綠，山巒、海洋和森林一色。

我們經過塔科馬，在到達許多女兵下巴士、把她們的《陸軍時報》留在車上的地方之前放慢速度。我們從同一個出口下了公路。這裡的號誌顯示前方只有三個非常小的城鎮和一個非常大的軍事基地。因此極有可能我們前往的地方是路易斯堡基地。但結果並不是。或者該說，技術上是，可是我們恐怕沒辦法在當天返回了。我們前往的是一度是麥科德空軍基地，如今已成為路易斯堡—麥科德聯合基地的鋁合金結構的那一半。改革。政客為了省預算什麼事都做得出來。

我原本以為會在入口拖拉一陣子，因為這道入口是由陸軍和空軍共管的，可是這輛車和駕駛人都屬於海軍，而我呢只是一介平民，而這裡既沒有海軍陸戰隊也沒有聯合國駐軍。可是歐戴果然夠力，我們的車連速度都沒放慢，就這麼大剌剌通過，往左拐了個彎，再往右拐彎，手一揮通過了第二道關卡，接著車子來到停機坪，當場被好幾架巨大的C—17運輸機嚇住，像隻小老鼠闖入了森林。車子從巨大的灰色機翼底下駛過，越過開闊的柏油路面，直接朝一架孤立的白色小飛機駛過去。一架企業專機，商務噴射客機，也許是里爾（Lear），或者灣流（Gulfstream），總之是這年頭的有錢人偏愛的東西。它的烤漆在陽光下閃爍，機身除了機尾編號之外沒有任何標示：沒有名號，沒有標誌，只有白晃晃的機體。它的引擎正低速轉動，登機梯也已放下。

穿便裝外套的傢伙將車子打了個精準的圓弧然後煞住，讓我的車門對著登機梯底部大約一碼的距離。我把這當作下車的暗示。我下了車，在太陽底下站了會兒。春天乍到，天氣十分舒爽。我旁邊的車子開走了。在我頭頂，一名空服員從機艙的橢圓形小開口冒出。這人穿著制服。他說：「先生，請登機。」

登機梯在我的重量下微微下沉，我鑽進艙門。那名空服員在我右側退開，而在我左邊，另一個穿制服的傢伙從駕駛艙出來。「歡迎登機，先生。今天由一支空軍飛行小組為您服務，我們將迅速將您送達。」

我問。「將我送達哪裡？」

「您的目的地。」那人說著重新擠進副機師旁的座位，兩人開始忙著檢查各種儀表。我跟著那名空服員走，來到充滿奶油色皮革和核桃色飾板的機艙，我是唯一的乘客。我隨意挑了張扶手椅，空服員將登機梯收起，關上艙門，然後在正副機師背後的組員座椅坐下。三十秒後，飛機啟程，急遽往上攀升。

2

我推測我們大概是往東飛離麥科德，當然我們的選擇其實並不多。往西是俄國、日本和中國，而我懷疑這類小飛機有那麼長的航距。我問空服員我們要到哪裡去，他說他沒看過飛行計畫。這顯然是胡扯，但我沒追問，因為我發現這個人無論什麼話題都能扯上半天。他說這架飛機是灣流四型，在某次聯邦行動中從一個違法套利基金沒收來的，後來撥給空軍做為VIP專機。就這點來說，空軍的VIP可說是一群幸運兒。這架飛機太跩了，安靜又穩固，扶手座椅舒服得不得了，能全方位調整角度。廚房裡還供應咖啡，道地的冰滴式咖啡機。我要空服員讓它一直開著，然後自己不停地來回跑，為了續杯。這點他很感激，我想他把這當作是一種尊重的表現。顯然他並非真正的空服員，而是安全隨扈之類的，夠資格擔當這差事，而且很自豪我也明白這點。

我望著窗外，先是看見洛磯山脈，低處的暗綠樹林和頂端的亮白積雪。接著浮現大片黃褐色耕地，分隔成無數馬賽克區段，經過一次又一次耙犁、撒種和收成、降雨不多的農田。根據我看見的陸地，我猜我們應該是越過南達科他州的尖角，看見一點內布拉斯加州然後往愛荷華州前進。基於高空俯瞰的地理特性，這意謂著我們可能正朝南方的某地飛行，所謂大圓航線。這在平面地圖上會顯得怪異，但對球面地表來說很正常。我們正前往肯塔基，或田納西，也可能是南、北卡羅萊納和喬治亞州。

飛機嗚嗚地飛，時間悠悠晃過，兩大壺咖啡喝光了，接著地面變近了些。起初我以為是維吉尼亞，但接著我推想應該是北卡羅萊納，因為我看見兩個城市，八成是溫莎和綠堡沒錯。它們位在左邊，微微往後退。這表示我們正航向東南方，直到菲耶特維爾鎮之前不會有任何城濟棲息地。

鎮。可是一轉眼我們到了布拉格堡，而這裡是特種部隊總部所在地，也是湯姆‧歐戴的自然經

又錯了，或者技術上算是對了，但只有名稱對了，我們在夜色中降落在曾經是教皇空軍基地、後來轉由陸軍管轄的地方。如今它只是教皇機場，只是不斷擴張的布拉格堡的一個小角落。改革，為了砍預算政客什麼事都做得出來。

我們滑行了很長一段距離，在大得足夠容納空補中隊的停機坪上顯得無比渺小，最後我們停在一棟小型行政大樓附近。我看見一塊標牌上寫著：**第四十七後勤及戰術支援司令部**，飛機引擎關閉，空服員打開艙門，放下登機梯。

「哪一道門？」我說。

「紅色那道。」他說。

我下了飛機，向前走過大片黑暗。大樓只有一道紅門。它在我還在六呎外時便打開了，一名身穿黑色裙子套裝的年輕女人走出來。深色絲襪，高級皮鞋，非常年輕的女人，肯定三十歲不到。金髮，綠眼睛，心形臉蛋，臉上綻露著一朵真切溫暖的笑容。

她說：「我是凱西‧Nice。」

我說：「凱西什麼？」

「奈斯。」

「我是傑克‧李奇。」

「我知道。我在國務院工作。」

「在華盛頓特區？」

「不是，在這裡。」她說。

這倒也說得過去。特種部隊是中情局的武裝組織，而中情局實際上歸國務院管，有些決策只需要一小撮人比個OK手勢就能搞定。也因此她會在這基地工作，儘管她還年輕，也許她是政治奇葩、天才。我說：「許梅克在嗎？」

她說：「我們進去吧。」

她領著我來到一個裝有鐵絲玻璃窗的小房間。裡頭擺著三張扶手椅，款式互不搭軋，全都帶著點愁慘荒廢的氣氛。她說：「我們坐下吧。」

我問。「我為什麼在這裡？」

她說：「首先你得了解，從現在開始你所聽到的一切都屬於機密，如果洩密是嚴重地觸犯國安罪的。」

「妳為什麼相信我不會洩密？妳又不認識我，對我一無所知。」

「你的個人檔案到處流傳，你持有機密工作許可，它一直沒被吊銷過，你仍然受它的約束。」

「我可以走人了嗎？」

「我們希望你留下。」

「為什麼？」

「我們想和你聊聊。」

「國務院？」

「你是否同意保密？」

我點頭。「國務院要我做什麼？」

「我們負有一項義務。」

「哪方面？」

「法國總統遭到槍擊。」

「在巴黎。」

「法國方面要求國際援助，要追查犯案者。」

「不是我，當時我在洛杉磯。」

「我們知道不是你，你不在嫌犯名單上。」

「有名單？」

她沒回答，只是舉起手，從外套和上衣之間掏出一張摺疊好的紙，遞給我。上頭殘留著她的體溫，還微微彎曲。但那並不是名單，而是來自我們駐巴黎大使的一份摘要報告。來自當地中情局分局長的，應該說是。這整件事的關鍵人物。

這案子的射程相當可觀。事後證實，距離事發地點一千四百碼外的一處公寓陽台是這名槍手的埋伏地點。一千四百碼比四分之三哩還要遠。當時法國總統站在露天觀禮台後方，台子裝有防彈厚玻璃板，是相當先進的材質。除了總統本人，沒人看見槍擊。他看見極遠的地方有槍口閃了一下，在他左側遠遠的一個又小又高的亮點。接著經過整整三秒鐘，一個細小的白色星狀裂痕出現在防彈玻璃板上，像隻灰白色的蟲子落在上頭。非常遠的一記槍擊，可是被玻璃板給擋下，而子彈衝擊玻璃的聲響觸發了迅速反應，總統被一群安全人員團團圍住。後來，根據找到的子彈碎片，他們研判那是一顆點五〇口徑、足以穿透防彈鋼板的子彈。

我說：「我不在名單上是因為我沒那麼厲害。想要命中人頭大小的目標，一千四百碼可說是非常遠的距離，子彈在空中停留足足三秒，這就像把一顆石子丟進深井裡。」

凱西・奈斯點頭然後說：「這份名單非常短，所以法國方面才那麼憂慮。」

一開始他們並不擔憂，這點可以確定。根據這份摘要報告，最初的二十四小時他們忙著恭喜自己事先設下如此遠距的防禦帶，以及他們的防彈玻璃的優良。接著現實擺在眼前，他們忙著打長途電話到處問，誰認得這樣的狙擊高手？

「鬼扯。」我說。

凱西・奈斯問。「哪個部分？」

「你們才不在乎法國總統，沒那麼在乎。也許你們會發表幾句得體的聲明，找幾個實習生寫份學期報告。可是這份東西顯然在歐戴的辦公桌上待過，起碼五秒鐘，所以它變得這麼重要。然後你們派了個海豹部隊成員在二十八分鐘之內趕來接我，用私人飛機大老遠把我送到這兒。顯然海豹隊員和飛機原本就在待命中，但同樣明顯的是，你們根本不知道我在哪裡或者我什麼時候會打電話，所以你們一定是派了大批海豹隊員和大量飛機在全國各地，日夜待命，隨時準備行動。既然找我，當然也可能找別人，你們全場緊迫盯人。」

「如果槍手是美國人，會讓情況變得更複雜。」

「怎麼說？」

「我們希望不是。」

「我有什麼可以效勞的，值得你們動用私人噴射機？」

她口袋裡的手機響了。她接聽，靜靜聽著然後放回口袋。她說：「歐戴上將會向你解釋，他可以見你了。」

3

凱西．奈斯帶我來到高一個樓層的一個房間。這棟大樓相當老舊，內裝卻很新穎。不出我所料，像歐戴這樣的人總是到處跑，這裡待一個月，那裡待一個月，寄宿在掛著**第四十七後勤及戰術支援司令部**這類無聊招牌的單調設施裡。以防有人監視，或者**因為**有人在監視，他會這麼說，老是有人監視他，他早就習以為常了。

他坐在辦公桌後面，許梅克坐在一旁的椅子上，符合優秀副指揮官的身分。許梅克老了二十歲，這也在意料中，因為我上一次見他已經是二十年前的事了。他胖了許多，一頭棕黃色頭髮也變成了暗淡的灰棕色，他的臉頰紅潤鬆垂，身上穿著陸軍作戰服，驕傲展示著五星上將徽章。

歐戴一點都沒變，仍然是個糟老頭子，身上也仍然是那套行頭，褪色的黑色便裝外套內搭V領毛衣，同樣是黑色，而且縫縫補補了無數次，縫補到幾乎整件都是補釘。這讓我相信歐戴太太肯定還健在，因為我實在無法想像還有誰能拿起針線來替他補衣服。

他那灰色的尖翹下巴上下擺動，低垂眉毛底下的呆滯眼睛遠遠盯著我看，然後他說：「真高興又見到你，李奇。」

我說：「算你運氣好，我沒有急事在身，不然我可要發頓牢騷了。」

他沒回應。我坐下，一張我猜是海軍物資的椅子。凱西．奈斯跟著在我身邊一張相仿的椅子坐著。

歐戴問。「她有沒有告訴你，這件事是機密？」

我說：「有的。」一旁的凱西．奈斯用力點頭，像是急著藉此表明她確實執行了命令，歐戴對人就是有這種影響力。

他問我。「你看了那份摘要報告了？」

我說：「看了。」凱西又點頭。

他說：「你認為如何？」

我說：「我覺得那名槍手很厲害。」

「我也這麼覺得，」歐戴說：「當然厲害，不然如何能在一千四百碼的距離，執行保證成功的一石二鳥刺殺行動？」

典型的歐戴語言，學校稱這叫蘇格拉底式詰問法，不斷地來回一問一答，以便誘引出所有理性的人早已了然於心的種種真相。我說：「那不能算是保證成功的一石二鳥射擊，而是掛保證的二石二鳥。第一槍應該要穿透玻璃，第二槍應該要擊中後面的人。第一發子彈的作用照例是破壞，或者更高明，轉向。他本來準備要開第二槍的，但是玻璃沒破。千鈞一髮的抉擇。再開一槍，或者走開，太厲害了。那是穿甲子彈？」

歐戴點頭。「他們把子彈碎片放進氣相層析儀去分析。」

「我們的總統有沒有那種防彈玻璃保護？」

「明天就有了。」

「是五〇口徑？」

「他們採集了足夠碎片，沒錯。」

「這就更厲害了，應該是大型步槍吧。」

「據說這種槍曾經創下一哩遠的射程，一哩半，一次，在阿富汗。所以，也許一千四百碼其實也沒什麼大不了。」

又在套話。

我說：「我認為從一千四百碼的距離擊中兩次，比從一哩或更遠的距離擊中一次更加困難，這關係到穩定性。我覺得這人是個奇才。」

「我也這麼覺得，」歐戴說：「你想他會不會在部隊待過？」

「當然，否則不可能這麼優秀。」

「你想他會不會是現役軍人？」

「應該不是，現役軍人沒有行動自由。」

「同意。」

我說：「你確定他是被人利用？」

「一個平民不滿分子，同時也曾經是世界級狙擊手的機率有多少？況且這名不滿分子很可能在公開市場中花了不少錢。也許是一小群心懷不滿的平民，換句話說，一個小集團，這樣的話花錢的可能性就大增了。」

「關我們什麼事？被暗殺的是法國人。」

「子彈是美製。」

「怎麼知道？」

「氣相層析分析。幾年前有個協定，沒作太多宣傳，事實上根本沒宣傳。每一家槍械廠商的合金成分都不一樣，只有細微不同，但足以分辨出來，類似一種標記。」

「很多國家都向美國購買槍械。」

「這傢伙是個新角色，李奇。這號人物以前從沒出現過，這次是他初試啼聲之作，他是在建立名聲，而且難度超高，他必須連開兩次槍，用一把五〇口徑的大槍從一千四百碼距離射擊。要是他成功，從此獨佔鼇頭一輩子。要是失手，就永遠淪為二流槍手。這局賭得太大了，賭注太高，但他還是開槍了。這表示他**清楚**他會擊中，他當然清楚了，信心滿滿，從一千四百碼的距離，精準命中兩次，國內有多少狙擊手擁有這等能耐？」

這問題問得非常好。我說：「你問真的？我們？這等水準是吧？我想，每一屆當中，海豹部隊一個，海軍兩個，陸軍兩個。在每個時期，軍中總共約有五個這樣的人。」

「可是，你剛才還說這人不在軍中。」

「所以說，還要加上前一屆的五個符合條件的人，剛退役不久的，老得沒事幹，但又年輕得還能活動，你們該找的就是這樣的人。」

「這就是你的及格人選？前幾屆的退役軍人？」

「我想不出還有誰夠條件。」

「在這方面表現傑出的有多少國家？」

「五個左右。」

「乘上每個國家夠條件的五個人選，就說全世界共有二十五個。同意？」

「很接近。」

「不只接近。事實上，全球情報界已知的退休狙擊手菁英人數剛好就是二十五個，你認為各國政府有沒有追蹤這些人？」

「我相信一定有。」

「所以說，你認為這些人當中，有多少個隨便哪天都會有不在場證明？」

考慮到他們受到極其嚴密的監控，我說：「二十個？」

「二十一個，」歐戴說：「我們已經過濾到只剩下四個，而所謂外交問題就出在這裡。

這就像四個人擠在一個房間裡，大眼瞪小眼，我可不希望子彈是美製。

「我們的人當中有一個沒被列入？」

「還沒正式被列入。」

「誰？」

「這麼優秀的狙擊手，你認得幾個？」

「沒半個，」我說：「我不跟狙擊手打交道。」

「你曾經見過幾個？」

「一個，」我說：「但絕對不是他。」

「你會知道是因為？」

「他在牢裡。」

「你會知道是因為？」

「是我讓他去坐牢的。」

「他被判十五年徒刑，對吧？」

「應該是。」我說。

「什麼時候的事？」

又在套話。我在腦子裡算了一下。都過那麼多年，早已無法改變了；物換星移，人事全非。我說：「該死。」

歐戴點了點頭。

「十六年前，」他說：「歡樂的日子過得特別快，對吧？」

「他出來了？」

「出來一年了。」

「他在哪裡？」

「不在他家。」

4

約翰・科特是兩個捷克移民的長子，這對夫婦逃離了舊共產政權而後定居在阿肯色州。他擁有一種很能融入當地貧困年輕族群的鐵幕人民的精瘦外表，而且混在他們當中長大成人。除了他的名字和高聳的顴骨，他看來和在這裡定居幾百年的老鄉沒兩樣。十六歲的他能夠將大夥兒看不見的松鼠從樹上射下來。十七歲，他殺了他的雙親，起碼郡警認為是他幹的。沒有確實證據，但有不少嫌疑。不過一年後，在徵召他入伍的募兵人員看來，這些都不重要了。

就一個瘦削結實的人來說，他的性格異常地冷靜沉穩。他能夠讓自己的心跳速度降到三十下，躺著不動長達數小時，而且擁有超人般的視力。換句話說，他是天生的狙擊好手，就連軍方都予以認可。他被送到好幾所專門學校，全都直接晉升為A級成績。在那裡頭，他憑著特殊天賦從事許多艱困難熬的工作，一躍成為帶有暗黑、秘密特務味道的明星。

然而，就一名特種部隊成員來說，不尋常的是他腦中隔絕值勤和休假部分的封條，並不是百分百防水。從一千碼的距離外幹掉一個人，需要的不單是天分和運動能力，還需要許可，來自大腦深層的古老部分的許可，這裡的原始抑制作用若非處於強化不然就是鬆懈狀態。槍手必須徹徹底底相信：**這麼做沒問題的，那是你的敵人，你比他優太多了，你是全世界最優的，敢冒犯你的人都該死。**多數人都有一個關閉按鍵，可是科特整天都是開啟狀態。

我見過他，那是在南美哥倫比亞一家偏僻酒吧後面的雜草堆中發現有個人遭到割喉過後三週的事。死者是美國陸軍遊騎兵團軍士。那家酒吧是直屬中情局的特種部隊單位的聚會場所，供他們在閒暇——不在叢林裡射殺販毒集團分子——時使用。這使得嫌犯範圍變得極小而且整個消音。當時我在第九九軍警（MP）部隊，奉派前往調查，只因為死者是美國軍人。如果受害的是當地人，五角大廈肯定樂得省下這筆機票錢。

沒人多談什麼，但私底下的傳言倒不少。我知道當時酒吧裡有哪些人，於是要他們分別描述一下狀況，他們全都告訴了我一些小細節。有人這麼做了，另一個人那麼做了。這個人在十一點離開，那個人在午夜離開，另一個人坐在第一個人——當時喝的是蘭姆而非啤酒——旁邊，等等的。我在腦子裡編排情節，反覆地一再修改，直到它變得流暢有條理。

唯獨科特，他簡直消失在空氣裡了。

沒人說過關於他的任何事，他坐在哪裡，做了什麼，或者和誰聊過，幾乎可說全然模糊。這可能有幾個原因，其中一個——只是也許——儘管單位裡沒人打算積極把他出賣，但也沒人願意花心思替他掩蓋什麼。算是一種道義吧，或者只是欠缺創意，總之是明智的抉擇。編造故事總是多少會揭露一些事，還是什麼都別說比較好。例如——只是可能，假設——和死者之間的一場冗長激烈的爭執，就這樣……煙消雲散，消失在空氣裡。

一個證據不充分的案子，牽涉到許多伙伴說詞、一個核心人物和某種秘密活動，可是為了表示重視陸軍還是進行了調查。而且明白表示，沒有嫌犯的自白案子不可能有任何進展。

軍方讓我把科特叫來訊問。

大部分問話都是在聆聽答案，而我花了很長一段時間聆聽，然後作出結論，這傢伙內心深處隱含的傲慢特質就和他的腦袋一樣寬廣，而且同樣堅硬。他並未區分**誰敢冒犯你的都該**

死這句話只是戰場上的狠話，不是生活方式。

可是我這輩子都在和這類人打交道，事實上我就是被這些人造就出來的。他們很想向你傾訴，很想讓你明白，希望你能贊同。好吧，就算在技術上某些可笑又瑣碎的臨時性規章暫時對他們不利，可是人命比那重要多了，難道不是這樣？

我讓他說下去，然後支持他，幾乎讓他承認，沒錯，他曾經和那名死者聊過。之後情況急轉直下。當然向上發展的比喻會好一點。整個過程就像在水壺底下點火，或者給單車輪胎打氣。

兩小時後，他在一份冗長又細瑣的報告書上簽名。簡單地說，死掉那傢伙叫他娘兒們，太侮辱人了，讓他忍無可忍，於是事情一發不可收拾。有些反應是被逼的，有些事情就是不可原諒。難道不是這樣？

因為他是要角，這事又屬於秘密活動，因此他們給他認罪協商的機會，相當於二級謀殺罪的十五年刑期。我沒意見，因為不必開軍事法庭，我溜到斐濟去消磨多出來的一週時間，在那裡遇見一個讓我至今難忘的澳洲女孩，我沒什麼好抱怨。

歐戴說：「我們不該憑空推測，並沒有證據顯示他又開始接觸槍械什麼的。」

「可是他在名單上？」

「這是一定的。」

「機率有多少？」

「四分之一，顯然是。」

「你願意用你的錢打賭嗎？」

「我沒說他是我們要找的人，我是說我們得面對現實，他是嫌犯的可能性有四分之一。」

「名單上還有誰？」

「一個俄國人，一個以色列人，一個英國人。」

我說：「科特已經蹲了十五年牢。」

歐戴點頭。「我們就來討論一下這對他有些什麼影響。」

又是一個好問題。十五年的牢獄生活到底會對一個狙擊手產生什麼影響？優秀的射擊需要不少條件，他的肌肉控制或許受到影響。優秀的射擊需要剛柔並濟，柔得足以排除小緊張，剛強得足以承受猛烈的爆裂衝擊。一般性的運動能力或許也受了影響，而這點也很重要，因為低心率和良好的呼吸都是好槍手的要件。

可是最後我說：「視力。」

歐戴問。「原因？」

「十五年來他看見的所有東西都相當近：主要是牆壁，甚至活動場地也一樣。從年輕時期到現在，他的眼睛一直很少凝視遠方。」在我看來這是好事，我喜歡這意象：科特，變得柔弱，說不定還有點顫抖，戴著眼鏡，有點駝背，儘管他太矮了沒那條件。

接著歐戴唸出獄方的釋囚報告。

科特的出身傳承是源自捷克斯洛伐克或阿肯色，然而在十五年的牢獄生涯當中，他卻表現得有如一名來自東方的神秘哲人。他養成了做瑜伽、冥想的習慣。他每天只做一次極輕量的運動來維持基本體能和柔軟度，而且能持續好幾個小時靜止不動，呼吸輕淺，從頭到尾保持他聲稱他必須練習的千碼遠的空白凝視。

歐戴說：「我四處問過了，主要是在這裡工作的一些女孩。她們說科特所做的這類型的瑜伽是用來定心和釋放精力的。你消退、消退再消退，然後轟一下進入新的狀態。和冥想同樣的意思，把心放空，想像成功的畫面。」

「你是說，他出獄後比入獄前還要厲害？」

「他努力鍛鍊了十五年，始終堅定不移。畢竟，槍只是一種金屬工具，要成功還是得靠意志和肉體。」

「他怎麼到巴黎去的？他有護照嗎？」

「想想有那麼多小集團，想想他們的消費力，對他們來說護照根本不是問題。」

「我上次見他時，他簽了自白書。不過那是十六年前的事，我不知道現在我能幫你什麼忙。」

「我們必須全面戒備。」

「你要我防守哪裡？」

「你曾經逮到他，」歐戴說：「必要時，你可以再逮他一次。」

5

這時許梅克加入，情況似乎已經介紹完畢，開始進入細節的討論。很多圍繞著狙擊事件的動機。某些集團無論如何不會雇用以色列人，因此範圍縮減到三個，只是這名以色列人看來有點像愛爾蘭人，而且取了個相當中性的代號，也許那些集團不知道，這會讓這個議題變得更加複雜。可是最後對於動機的探索被丟在一邊。國務院開出的，對法國人不滿的人名清單非常長，因此四個嫌犯都受到同等看待，不可以翻舊帳。

我轉向凱西・奈斯，說：「這還是鬼扯。」

她又問。「哪個部分？」

「同一個部分。這實在太過火了，就算法國人起火了，你們絕不會替他澆水熄火。可是瞧瞧你們，緊張得好像這是珍珠港事件。為什麼？法國會怎麼對付你們？停止進口乳酪？」

「我們不能讓人家發現我們不肯合作。」

「你們根本不會被人家發現，你們老是搬來搬去換地方，躲在假招牌後面。這是好事，任何大使館的眼線都不會知道你們是誰或者你們在做什麼，就連法國大使館也一樣，他們不可能知道你們有沒有幫他們，所以，幹嘛多事？」

「這是國際聲譽的問題。」

「有四分之一的機率，一個美國重罪刑犯會在別的國家打零工，他肯定不是第一個，也不會是最後一個。我們的國際聲譽承擔得起這點小衝擊，何況那個法國人還好端端地活著。」

歐戴躁動幾下，然後說：「政策規章不是我們制訂的。」

「你上次到林肯國會大廈旁聽的時候還穿了短褲呢。」

「可是我到底聽誰的命令？」

我說：「總統。」然後停住。

歐戴說：「所有人都對法國人不滿，到頭來這和沒人對他們不滿是一樣的意思。沒人有特殊理由槍擊那傢伙，今年沒有，和往年一樣。所以現在那些幫派頭子說，就當這是一次選秀大會吧。於是這孩子趁這機會在這一行打響名號，為將來的事業鋪路，到時目標會是誰？沒人知道，可是各國的頭頭們都斷定一定是他們。有什麼理由不這麼想呢？他們可都是全世界的要人，歐盟會議就要召開了，各國政府首長都會參加，接下來還有G8（八大工業國）和G20（二十國集團）峰會，全球二十位領袖將聚集一堂，包括我國。所有人端出架式拍團體照，站得筆直，面帶微笑，背景也許是某棟公共建築。他們可不希望有個能夠從四分之三哩遠射中目標的失意槍手跑來攪局。」

「所以這是政客們的保命措施？」

「確實是，世界各國的頭子。」

「包括咱們的頭子？」

「他本人怎麼想不重要，情報單位緊張得要命。」

「所以替我安排了私人飛機。」

「錢不是問題。」

「但不只是我，對吧？拜託告訴我，你們不單單依賴我一個人。」

歐戴說：「我們有各地人馬的鼎力相助。」

我說：「不太可能是科特。」

「絕對不是另外三個，你打算翻桌走人還是接受任務？」

我沒回答。許梅克告訴我，我將被安排住進附近的營區宿舍，而且只能在基地的那一小塊區域活動。要是遇見有人盤問，不管是正式或隨興，我必須回答我是擁有裝卸貨盤專業的民間包商。萬一被逼問，我就說我正在協助第四十七後勤部隊處理土耳其的問題。這麼說相當合理，因為我一說出土耳其，盤問的人一定會馬上想到飛彈，正派的會掉頭離開，壞胚子則會信以為真，對歐戴來說這正是求之不得的結果。

我說：「誰去追另外那三個？」

歐戴說：「他們自己人，在他們自己國內。」

「不是在法國的法國人。」

「他們假定他們都跑回老家去躲起來了。」

「也許他是移民，住在法國的俄國人，或者以色列人，或者某個英國來的人，藏身在舊農舍或海邊小屋。」

「他們大概不這麼認為。」

「科特有沒有搬到法國去？」

歐戴搖頭，說：「他回阿肯色了。」

「然後？」

「第一個月我們派了架空拍機去監控他的住家，沒發現任何異狀，後來那架空拍機被調到別的地方，他也被暫時擱置了。」

「現在呢？」

「我們把空拍機調回來，他的房子空了，沒有人住的跡象。」

凱西．奈斯陪我走到許梅克提過的營區。原來這裡是一個由許多用五十三呎長的金屬裝運貨櫃改裝成的預造、活動型獨立小居住單位所組成的臨時小聚落。房間高八呎，寬八呎，切割出窗戶和門，裝了空調，自來水管線和電線全部懸掛外露。我的房間被漆成黃褐色，也許是從伊拉克運回來的，我住過更簡陋的地方。這晚天氣十分舒爽，北卡羅萊納的春天，冷天已經過去，大熱天又還沒到來。屋外的天空有星子，飄浮著縷縷雲朵。

我們在我的金屬門前面停步，我說：「妳也住在這營區嗎？」

凱西．奈斯指了指隔排的房間。「白色那間。」她說。如果她的房間在第一街，我的就是在第二街。我說：「妳擔任公職就為了這個？」

「這才叫真正的考驗，」她說：「我開心得很。」

「應該不是科特，」我再次說：「就紀錄來看，說到狙擊手，俄國訓練出來的可說人數最多而且最精良，以色列人則很偏愛五〇口徑子彈，所以可能是這兩人當中的一個。」

「我們擔心的是他練瑜伽的目的，顯然科特有他的人生目標，他打算出獄然後繼續之前中斷的計畫。」她說著對自己點了下頭，像是工作已經交差，然後她走開，留下我一個人。我開門，走進房間。

內部看來就像一只五十三呎長的貨櫃，波浪紋金屬，四壁塗上光面漆，起居間、廚房、浴室和房間呈一線排列，類似老式鐵路公寓。所有窗戶都裝有防風板，可以往內垂下，充作工作桌面。房內有膠合板地板。我打開行李，其實只是從口袋拿出我的折合式牙刷，把它展開然後丟進浴室的玻璃杯。我很想沖個澡，可是沒來得及，因為有人敲門。我往回穿過擁擠的長方形空間，開了門。

又一個身穿黑色裙子套裝、深色絲襪和昂貴皮鞋的女人。這位的年齡和我比較接近，她有一種資深、霸氣的威儀。銀黑色頭髮，修剪整齊但並未造型或染色。年輕時應該是個美人，現在仍然相當漂亮清秀。她說：「李奇先生？我是瓊・史嘉蘭傑洛。」

她伸出手來，我和她握了手，感覺細瘦但強勁。素淨的指甲，剪得短而方整，只塗了透明指甲油，沒戴戒指。我問：「中情局？」

她笑笑，說：「不該**那麼**明顯的。」

「我已經見過國務院和特種部隊的人，所以我猜第三輪好戲也該上場了。」

「我可以進去嗎？」

我的起居室是八呎高，八呎寬，約莫十三呎長。剛好足夠容納兩個人。家具用螺栓鎖在地板上，一張小沙發和兩張小椅子，全部侷促地排列在一起。像是休旅車內部，或者新型灣流飛機機艙的設計樣品。我在沙發坐下，瓊．史嘉蘭傑洛坐椅子上，我們調整著角度，直到能夠面對面彼此注視。

她說：「我們非常感謝你的協助。」

我說：「我什麼都還沒做呢。」

「可是我相信必要時你一定會幫忙的。」

「調查局不管事嗎？在美國境內尋找美國公民通常不該是他們的工作？」

「科特目前可能不在美國。」

「那就是你們的工作了。」

「我們正在進行，包括積極尋求各方的協助，其他的都不重要，你認識這個人。」

「我曾經在十六年前把他送進牢裡。除了這點，我對他一無所知。」

她說：「歐盟會議，接著是全球八大工業國會議，接著是全球二十大經濟體會議。各國領袖，在同一時間聚集在同一地點。也就是說，除了地主國首領，其他人都在別人的地盤上。萬一有人倒下，將是一種不幸。萬一倒下的不只一個，將是一場大災難。據我了解，巴黎這名狙擊手原本打算射擊兩次，為什麼他只開兩槍就滿足了？想想萬一有三、四個人倒下，我們國家將整個癱瘓，股市會崩盤，我們將回到經濟大蕭條時期，民眾將會餓肚子，戰爭可能會爆發，整個世界會分崩離析。」

「也許他們應該把會議取消。」

「沒有用，世界需要有人來管理，總不能要他們全靠電話討論事情。」

「可以暫停一、兩個月。」

「可是要由誰提議？誰要先眨眼打暗號？我們，衝著俄國人？俄國人，衝著我們？中國人，隨便衝著誰？」

「所以這完全得看誰膽量大？」

史嘉蘭傑洛說：「什麼事情不是呢？」

我說：「說到管理，我連支手機都沒有。」

她說：「你需要嗎？」

「我的意思是，約翰．科特是我以前遇過的一個人，十六年前。我沒有資源，沒有聯繫管道，沒有資料庫，沒有設備，什麼都沒有。」

「這些我們都有，我們會把我們所有的彈藥給你。」

「然後派我去逮他？」

她沒回應。

我說：「是這樣的，史嘉蘭傑洛小姐。我知道我才剛來，不過我不是菜鳥，我可不是無知的呆瓜，如果科特真是我們要找的人，那麼妳要我四處奔波去找他，是因為資助他的人一定會設法制止我。不管是哪個集團，就像歐戴老掛在嘴上的，我的功能就是引他們出洞，就這樣，我只是誘餌。」

她沒吭聲。

我說：「還是說妳希望科特主動來找我。畢竟，他對我非常惱火，我讓他蹲了十五年牢，我相信這對他的畢生志業多少造成了阻礙。也許他在培養相當程度的怨恨，也許他勤做瑜伽都是衝著我來的，不是為了追求職業上的精進。」

「沒人想要把你當誘餌。」

「才怪，湯姆．歐戴什麼都想，而且總是選擇最方便、最有效的途徑。」

「你會害怕？」

「妳認識哪個步兵嗎？」

「基地很多。」

「去找他們談談。步兵最吃苦耐勞了，他們住在地洞裡，又濕又泥濘，又冷又餓，還得承受迫擊砲、火砲和火箭、炸彈和毒氣、敵機和飛彈的襲擊，前方除了刺網和機關槍台之外什麼都沒有，可是妳知道他們最討厭什麼嗎？」

「狙擊手。」她說。

「沒錯，」我說：「隨時會沒命，冷不防地，隨時隨地冒出來，毫無預警，分分秒秒都會出現，讓人鬆懈不得。那種壓力讓人難以承受，有些人就這麼被逼瘋了，真的。我可以理解為什麼，就像現在，我坐在一個小金屬盒子裡，我已經莫名其妙地開始喜歡它了。」

「我見過你哥哥一次。」史嘉蘭傑洛說。

「真的？」

她點頭。「喬・李奇。當時我是年輕的情治人員，他在軍方情報單位工作，我們共同調查一個案子。」

「妳是不是想告訴我，他說了我多少好話，說我是火裡來、水裡去的狠角色，借死人的嘴說話。」

「很遺憾他死了，不過他的確說了你不少好話。」

「要是喬還在世，他一定會要我盡快逃離這檔子事，逃得越遠越好，因為這裡頭大有文章。軍方，加上情報單位，而且他也認識湯姆・歐戴。」

「你不怎麼喜歡歐戴，對吧？」

「我覺得應該有人贈勳給他，往他的腦袋開一槍，然後建一座橋來紀念他。」

「這麼做好像不太好。」

「我很意外他竟然還沒退休。」

「正是這類事情讓他沒辦法退休，尤其現在，更是少不了他。」

我沒說話。

史嘉蘭傑洛說：「我們留不住你了。」

我聳聳肩。

「我欠許梅克一份人情，」我說：「我會留下。」

被摸透了。

6

史嘉蘭傑洛說罷便離開了，空氣中還殘留著一絲淡淡的香水味，我沖了澡然後上床睡覺。歐戴喜歡一大早開會，因此我打算吃完早餐就過去，可是沒看見早餐。曙光下，我發現我們位在佔地廣大的教皇機場的偏遠角落。我推測這裡距離最近的一家餐廳起碼有一哩遠，說不定有五哩，而我又無法自由活動，未經許可在布拉格堡到處跑並非明智之舉，在目前情況下不宜，在任何情況下都不宜。

因此我掉頭回紅門，發現凱西・奈斯在一個備有一張桌子的房間裡，桌上擺了幾盤糕點，還有好幾大餐盒的外賣咖啡。唐恩都樂甜甜圈連鎖店，不是軍中伙食，私人買單。改革，就得不計一切掐緊預算。

凱西・奈斯說：「住得還習慣嗎？」

我說：「比睡在中空木材裡好多了。」

「你常這麼做？」

「只是比喻。」我說。

「可是你睡得還好吧？」

「糟透了。」

「昨晚你有沒有和誰見面？」

「我見了一個叫做瓊・史嘉蘭傑洛的女人。」

「很好。」

「她到底是誰？」

「作戰部副主任的代理人。」

聽起來很資淺，其實不然。在中情局內部，作戰部副主任的代理人是最高層小圈子的一員。全球消息最靈通的三、四人當中的一個。她的自然棲息地肯定像世外桃源蘭里的辦公大樓，足足有這間貨櫃套房的八倍大，辦公桌上或許擺著比我這輩子見過還要多的電話機。我說：「他們真的很看重這件事，對吧？」

「他們非看重不可，你不覺得嗎？」

我沒說話。這時史嘉蘭傑洛走進來，她點頭招呼，拿起一塊鬆餅、一杯咖啡，然後就走了。我拿了兩塊鬆餅、一只空杯子和一整個餐盒的咖啡。我想我可以把它放在會議桌邊緣，讓吸管對著自己，必要時再裝滿。就像吧台前的酒鬼。

早晨會議在歐戴的高樓辦公室的隔壁房間舉行。十分簡樸，四張桌子合併成正方形，四周擺著八張椅子供我們五個人使用。許梅克、歐戴和史嘉蘭傑洛已經入座。凱西・奈斯在她旁邊坐下，我選了個兩邊都是空椅子的位子。我倒好咖啡，咬了一大口鬆餅。

許梅克首先發言。他又穿上制服了，佩著星星徽章，這不令人意外，不過他的開場分析相當精闢，顯示他或許真的有些本事。他說：「波蘭政府正著手舉辦一次倉卒的選舉，希臘或許也一樣，看來像是要推動民主，可是如果你仔細鑽研歐盟憲法，你會發現其中有個條款規定，萬一遇上兩、三個國家同時展開選舉，可取消會員國首領的會議。換句話說，這些人溜的溜，逃的逃，歐盟會議肯定是開不成了。因此我們要面對的是三週後的Ｇ８峰會，看來應該會照計畫進行，這給了我們時間和目標。」

我吸口氣準備開口，可是歐戴伸出一條手臂，手掌朝著我，像要一隻狗別動那樣地，然後說：「你想警告我們，這樣的臆測太超過，真正的目標還很難說。這很正確，可是請你了解，我們對其他目標一點都不在乎。如果是其他人被暗殺，我們會高興得手舞足蹈。在那之前，為了作戰目的，我們還是得假定，針對某個大國首領的刺殺行動是已獲確認的事實。」

我說：「我要問的是，參加Ｇ８的有哪些人。」

這肯定是個蠢問題，因為他們全開始不安扭動，沒人答腔。最後凱西・奈斯說：「我們和加拿大，英國和法國，德國和義大利，還有日本和俄國。」

我說：「這些國家不是八個最大工業國。」

「以前是，」瓊・史嘉蘭傑洛說：「有些事情是改變不了的。」

「所以，如果這事是民族主義者的個人行為，任一個國家都可能是目標。但如果是恐怖主義者的某種重大宣言，那麼恕我直言，應該不會是義大利。我是說，誰會注意到他們？這個國家每三個禮拜就換一個領導人。也不會是加拿大，因為就算你在雜貨店遇見他們的元首也絕不會認得的。日本也一樣，還有法國和英國。某個時尚型男倒下，不至於造成世界動盪，德國或許有點麻煩。」

史嘉蘭傑洛點頭。「歐洲最大經濟體，也是該地區唯一財政收入成長的國家，以及一種靠著政治人物**不被**暗殺來維繫的新民族魂。情況是有瓦解的可能，而德國一旦崩壞可就難以挽回了。」

「所以就是我們、俄國和德國。簡單，只要限制這三個人的行動就成了，不准他們出現在公開場合，讓另外五個人去撐場面。或者讓副總統跟著去，要他負責上鏡頭。完全行得通。我們很有種，可以把正副元首都派去。」

歐戴點頭。「這是B計畫，早就擬好了。A計畫是找到約翰・科特，同時期待倫敦、莫斯科和特拉維夫方面也都能順利找到他們的人。」

「我們對他們的人了解多少？」

「相當透徹。英國那位姓卡森，是前SAS（英國陸軍特種部隊）隊員，曾經在全球各地執行五十次暗殺任務，當然沒人會出面承認，其中一次的射程有兩千碼遠，有書面紀錄可供驗證。俄國那位叫達瑟夫，他的啟蒙導師是史達林格勒戰役，非常嚴酷的一所學校。以色列的人叫羅贊，他們前所未見的使用五〇口徑貝瑞塔手槍的高手，連以色列國防軍（IDF）都不敢輕忽。」

「聽起來他們都比科特來得厲害。」

「不，他們只是差不多厲害。一千四百碼對科特來說根本不算什麼，稀鬆平常。當然，被你逮到之後他就沒戲唱了。」

「你這話好像是說我不該逮他。」
「他對我們的用處比他殺掉的那個小步兵大多了。」
我說：「G8在哪裡召開？」
「倫敦，」歐戴說：「估計會在戶外舉行，豪華宅邸、古堡之類的地方。」
「有沒有護城河？」
「我不清楚。」
「也許他們該挖一條。」
「這麼做就有點過頭了。」
「反正我也幫不上忙，我的護照過期了。」
歐戴說：「這你應該告訴國務院。」他抬頭，凱西・奈斯的手又溜進外套底下，就像之前她把大使報告拿給我看那樣，這次掏出一本薄薄的藍色小冊子，橫過桌面推給我。和上次一樣，也是溫熱的。
那是一本護照，上頭有我的名字和照片，日期是昨天，有效期限十年。

7

會議結束後，他們要我到李察・許梅克的辦公室去。他要求我開始擬一份阿肯色州之行的細部戰術性計畫。真可笑，去阿肯色根本不需要什麼細部戰術性計畫。而且也搞錯了方向。
我說：「他應該是住在歐洲，說不定已經到了倫敦，如果真是他的話。」
許梅克說：「瓊・史嘉蘭傑洛告訴我們，你已經充分了解你的角色。」

我就只是扮演誘餌。

我說：「你是說真的？」

他說：「沒什麼大不了。就像你說的，如果科特是我們要找的人，他未必會自己到那裡去。可是如果真是他，他們很可能會派人到那裡去監視我們的作業進度。那是明顯的第一站，我們無論如何都會進行的。我們得確認他是否又開始重操舊業。如果沒有，咱們就安全了。瑜伽和冥想只能讓你撐到現在，你還需要練練打靶。他們或許也料到我們會去調查，那些人都是二流角色，你可以輕鬆應付，但我們或許能從他們身上查出點什麼來。」

「如果真是他的話。」

「萬一不是，你就更不需要擔心了。」

「為什麼找我？到處都有聯邦探員，他們可以充當誘餌，說不定比我更稱職。他們可以亮警燈、鳴警笛去執勤。」

「你可知道有多少美國人擁有極高機密工作許可？」

「不知道。」

「將近一百萬，其中半數是平民，公司主管、生意人、包商和分包商。而樂觀地看，每百萬人口當中也總有數百人是極度狡猾不可靠的。」

「這是歐戴的說法。」

「他總是對的。」

「也總是充滿妄想。」

「好吧，就算人數減半好了。我們有一百個持有極高機密工作許可的叛徒，國家安全可說全面失控，而且十年來都是如此。因此眼前這計畫非常機密，只有極少數人知道，歐戴上將希望能託付給他信得過的人。」

「我連租車都有問題，我沒有駕照，也沒有信用卡。」

「凱西・奈斯會跟你一道去，」許梅克說：「她已經到了開車年齡。」

「那她也會成為誘餌。」

「她很清楚自己從事公職的目的，她可不像外表那麼柔弱。」

最後我的細部戰術計畫報告歸結到了：帶走浴室裡的牙刷，影印存檔的科特最後地址，也就是位於阿肯色州的左下角邊界，和奧克拉荷馬、德克薩斯或路易斯安那州接壤地帶的某棟出租房子。凱西・奈斯則是一身黑色套裝進了她的白色方塊屋，五分鐘後穿著藍色牛仔褲和棕色皮夾克走出來，我同意這樣的裝束的確比較適合阿肯色的左下角偏鄉。

他們安排我們搭之前的同一架飛機，由同一組機員服務。我讓奈斯超前爬上登機梯，當你們當中一個是穿牛仔褲的二十多歲女孩，而另一個不是，大概也只能這麼做吧。我坐在老位子，她坐對面。這次空服員非常清楚我們要飛往哪裡：特克薩卡納機場，一個附帶租車服務的民用機場。不是大圓航線，只是往西、往南，經過喬治亞、阿拉巴馬和密蘇里。大概喝完一壺咖啡的時間便可到達，除非奈斯也想來一杯。

我對她說：「許梅克告訴我，妳很清楚自己從事公職的目的。」

她說：「應該是吧。」

「什麼目的？」

「是他們的一個理論，你應該很清楚。我們全都在一起工作。這個理論是說，將來我們會徹底銷聲匿跡，意思是說退到幕後。所以我們必須爭取亮相機會，這很好，我必須做好準備，我的事業目標主要是放眼未來。」

「到目前為止妳爭取到多少亮相機會？」

「我一點都不擔心亮相機會太少，如果你是這意思。」

「那就好。」我說。

「應該擔心嗎？」

「妳有住過那種床大到不行的飯店嗎？大約七呎長的床？如果我們公開露臉，妳至少得和我保持那麼長的距離。因為最樂觀的情況是，科特和這事毫不相干，當你們的空拍機過去偵察時，他正出海去釣魚，現在已經返家，門前有一條又長又直的車道，廚房窗口擺著一支上膛的手槍。難說他會有多激動，第一槍或許會射偏六呎，但絕不會有七呎的誤差。」

「我認為他不在家，我認為他在倫敦。」

「為什麼是他？其他人比他厲害多了。」

「達瑟夫年輕時就加入紅軍，接著俄國陸軍，一直到五年前。他已經不受雇於國家了。羅贊離開以色列國防軍的時間更早，至於英國的卡森，更是多年前就離開了英國陸軍特種部隊。可是這次的巴黎事件屬於全新領域，達瑟夫、羅贊或卡森為什麼等了這麼些年才又重出江湖？這案子看來比較像是一個花一年熱身然後大展身手的傢伙，一個剛剛退休的人。」

「妳還是和我保持七呎距離比較好。達瑟夫、羅贊和卡森還是可能受雇於人，私人軍隊或保全，也可能他們在經營有機書店，可是遇上了瓶頸，或者因為退休金花光了，也可能他們才剛為了互不相關的罪名服完刑出獄。科特在殺手市場中待的時間可能比他們都來得長，儘管他剛出獄一年。」

「那麼他們一定會挑中他，因為他經驗最老到。目前他在倫敦，這點我很有把握，我一點都不擔心阿肯色。」

我也是，原本是。

8

我們在特克薩卡納機場降落，在一長排和航空業相關的各種商店的盡頭找到租車店。凱西．奈斯掏出一張標準規格的馬里蘭州駕照，我瞄了眼她的出生日期，算出今年她二十八歲。她交出駕照，連同一張馬里蘭銀行信用卡。他們給了她一疊表格要她填寫，然後交給她一輛福特F－150小貨車的鑰匙，這似乎是大家在特克薩卡納機場愛用的車款。

這輛小貨車是紅色的，點煙器接了導航裝置。她輸入科特的地址，視窗迅速捲動，調出儲存的龐大本地資料，然後它告訴我們這趟車程約有五十哩。離去時，我回頭看機場，仍可看見我們的飛機。前方是狹窄曲折的道路，樹端正冒出新葉。

我說：「我們應該先吃午餐。」

她說：「不該工作優先嗎？」

「能吃就盡量吃，這才是金科玉律。」

「去哪？」

「找到餐館就下車。」

結果找到的不是我料想的那種鄉下餐館。我們的車子經過一座整潔的路口小鎮，來到一個清爽的小型新開發區，它的一端是殼牌加油站，另一端是一間家庭餐館。中間有許多販賣日用品的平價商店，包括一家藥品店和一家服裝店。那家餐館有樸實的原木桌和不搭調的餐盤，但菜單上的菜色相當不錯而且實在。我點了遲來的早餐，咖啡、鬆餅、蛋和培根。奈斯點了份沙拉，只喝清水，她大概是用歐戴的公款付帳吧。

然後我折回服裝店，在卡其色系和低價衣服當中尋獵，挑選了內衣、襪子、長褲和一件襯衫，還有一件可能是設計來雨天打高爾夫球穿的外套。我找不到比我腳上穿的更舒適的鞋子，我一如往常地在更衣室換上衣服，把舊衣服丟進垃圾桶，這做法也一如往常引來別人的好奇。奈斯問。「我在你的簡介裡看到這段，可是我不知道該不該相信。」

我說：「你們有我的簡介？」

「歐戴上將叫你福爾摩斯。」

「他自己也該買件新毛衣了。」

我們回到紅色小貨車，繼續上路，往北然後往西，繞過德州邊界，朝奧克拉荷馬州界前進。導航系統顯示我們的目的地是一支黑白方格旗子，就像賽車終點線的旗子，而且似乎是出現在一片鳥不生蛋的地方，只希望我們快抵達時能看見多一點道路。

一小時後，螢幕上果然出現更多道路，都是些狹小、繞來繞去的灰白道路，還有一些湖泊、小溪和河流，看來車子正被導向一片布滿深谷溝壑的地形。朝前方的現實世界一瞥證實了這點。低矮的森林山丘，層層疊疊，像一塊洗衣板那樣由左向右綿延開來。奈斯在差一哩才到黑白方格旗的地方停車，然後拿出手機，可是收不到她需要的訊號。也許是衛星影像。就這樣我們被導航裝置困住，螢幕上的方格旗就位在這條路的北方半哩遠的位置，孤零零立在一片綠色汪洋之中。

「漫長的車程。」我說。

「希望不是一直線。」她說。

我們繼續往前，放慢速度，直到我們發現一條車道的開口出現在右前方。那只是一條穿越樹林的石徑，從兩根由石塊疊成的柵欄門柱之間進入，接著迅速一彎，隱入一片翠綠的新葉中。路肩有一只郵箱，整個鏽蝕了，上面沒有名字。它的正對面，在路的左側，一棟房子清晰可見。也許是離科特最近的一位鄰居吧。

我說：「就從這裡開始吧。」

這位鄰居的房子不漂亮，但還算整潔。一棟用棕色木板搭成的狹長、低矮的房子。屋前有一條碎石路，上頭停著輛小貨車。屋後看來似乎有小院子，一邊立著和家用汽車差不多大的衛星天線，另一邊是一台鐵鏽斑斑的洗衣機，幾條水管垂到泥地上，都泛白而且破損了。

我用手指關節按了下門鈴，聽見門內響起土氣的鈴聲，沒人回應。接著我們聽見一陣腳步聲，一個男人從屋後放著洗衣機的那一頭走出來，大約四十歲，留著小平頭和同樣短的鬍鬚，粗壯的脖子，狐疑的眼神，和一張沒什麼特色的臉，除了缺了顆門牙，就上顎中間偏左那顆。

他口氣淡漠地說：「有事嗎？」

在我的經驗中，接續這兩個字的反應，可以從真心誠意的合作一直到朝你臉上開一槍不等。我說：「我們在找約翰・科特。」

他說：「不是我。」

「你知道他住哪裡嗎？」

那人朝他的稀疏籬笆外頭一指，越過道路，指向過去一點的車道入口。

我問。「他在家嗎？」

「你是誰？」

「他是我兄弟。」

「混哪兒的？」

「牢裡。」我說。

「你幹嘛不自個兒開車過去瞧瞧？」

「我們的車是租來的，那條路看起來不太妙，萬一輪胎弄壞了是要賠錢的。」

那人說：「我不曉得他在不在。」

「他在這兒住多久了？」

「一年吧。」

「他有沒工作？」

「大概沒有。」

「那他拿什麼付房租？」

「不清楚。」

「你有沒看見他進出？」

「偶爾會注意一下。」

「你最後一次看見他是什麼時候？」

「不太確定。」

「今天？昨天？」

「很難說，我沒花太多時間注意。」

「一個月？兩個月前？」

「很難說。」

我又問。「他開什麼車？」

「一輛藍色舊貨卡，」那人說：「福特，開很多年了。」

「你有沒聽過那裡有打靶聲？」

「哪裡？」

「樹林子裡，或者山上。」

「這裡是阿肯色鄉下。」那人說。

「科特先生有沒有訪客？」

「不清楚。」

「有沒有可疑的人在這一帶閒晃？」

「什麼樣可疑的人？」

「例如可疑的外國人。」

「除了你們，我已經很久沒看過了。」

他問。「你在哪出生？」

我說：「我不是可疑的外國人，我既不可疑也不是外國人。」

這問題不好回答。他從我的口音就判斷得出來。我不是出生在南方，而紐約、芝加哥或洛杉磯對他來說都一樣。因此我說了實話。我說：「西柏林。」

他沒說話。

「海軍陸戰隊。」我說。

「我是空軍，」他說：「我不喜歡海軍陸戰隊。依我看，一群喜歡賣弄的勢利眼。」

「不傷感情。」

那人別過頭，看著凱西‧奈斯，從頭到腳、從腳到頭緩緩打量著，然後說：「我猜妳沒坐過牢。」

她說：「那是因為他們太笨了逮不到我。」

那人笑笑，舌頭從牙縫探出來。他說：「逮到妳幹啥呢，小妞？」

奈斯說：「你應該把那顆牙補一補，笑起來會好看得多。還有，你應該把後院那台洗衣機搬走，它已經沒用處了。」

「妳是在說笑嗎？」那人走上前，緊盯著她，然後瞄了我一眼。我用空茫的眼神對著他，就好像我有一眨眼的工夫可以決定，究竟要讓他瘸腿一個禮拜，還是坐一輩子輪椅。他頓了下，然後說：「那就——希望兩位訪友愉快。」說著走開，繞回屋後，可是這次從小耳朵那一側。我們在微弱的春陽下站了會兒，然後回到租車內，讓車子橫越雙線道路的減速丘，直朝著科特那條碎石車道入口前進。

9

這條車道只比乾涸的河床稍微好一點。起碼它不是一直線，一開始不是。它從雙線道路斜角岔出去，接著急遽往右彎曲，爬上斜坡，然後彎向左側，和它一路追隨的峽谷呈並排前進。接著會出現一個髮夾彎路段，再過去螢幕就沒顯示了。奈斯向前弓著身子，和方向盤奮戰，方向盤在她手中扭動頑抗。

我說：「妳應該靠著椅子坐，最好是把妳的椅子向後推。」

「為什麼？」

「因為槍戰一開始，妳得整個人趴在車子地板上。我不知道這東西的引擎是鐵或鋁，可是兩種都是很好的掩護。意思是，如果妳沒有馬上被射殺的話。」

「他在倫敦。」

「他們其中有一個是，另外三個不是。」

「他是裡頭最優秀的。」

「他在牢裡蹲了十五年。」

「懷著計謀的，不管有沒有成功。如果成功，表示他的能耐絲毫不減當年。這次巴黎可說是相當幸運，因為他可能比之前還要厲害，你可曾想過這點？他基本上根本就是超人。」

「這就是國務院的正式內部分析？你們還是專心處理護照和簽證吧。」

車子往上爬，駛向未知的髮夾彎路段。我們沒看見有人巡視，沒人監控我們的行進。從空中看，我們一路伴隨的峽谷應該變得很小才對，就像情人背後的一道抓痕，可是以人類的角度，像這樣親眼就近觀看，實在令人感動。峽谷約有三十呎深，看來像是爪耙上的一條深長溝紋，除了頑強的雜草和灌木叢之外光禿禿的。樹林在斜坡頂重新出現，已發出新葉，還是捲曲的嫩葉，但已濃密到遮蔽了視線。

我說：「也許我們該在這裡下車，走路過去。」

「保持七呎的距離？」

「七呎以上。」

她放慢速度，車子猛地煞住。沒辦法停在路邊，因為這條車道大約是一輛小貨車的寬度。這樣也好。我說：「如果他出門去採購雜貨，回來時我們會聽見。他發現這車子堵在這裡，肯定會狂按喇叭。」

「他在倫敦。」

「妳還是待在車子裡吧。」

「我不要。」

「那妳先去，假裝推銷百科全書，他不會向妳開槍。」

「你確定？」

「妳又沒冒犯他什麼的。」

「看吧？你確實對他有些了解。」

「我在妳後面二十碼左右跟著，萬一遇上狀況就大叫。」

我看著她走遠。她規矩地踏著一塊塊石頭往前走，而且非常小心，彷彿溪床裡有水，而她怕沾濕了雙腳。我在後面二十碼的地方尾隨著，步伐拉大但放慢，像爬山那樣穩穩踏步，儘管坡度其實相當緩和。她在髮夾彎路段前面停下，回頭看。我聳聳肩膀，她繼續往前走，消失了蹤影。我停了會兒，仔細聽，可是除了她踩在石塊上的咔嗒聲之外靜悄悄地。於是我繼續跟上去，稍微加緊腳步，打算縮短由於短暫停留而拉長的差距。

過了髮夾彎，一條長而筆直的道路沿著峽谷的上坡面延伸開來，樹林中似乎有空地的跡象，也許還有一棟和它的鄰舍用同款深色板材搭建的房子。也許還有一點灰藍色鈑金的閃光，在左邊遠遠的樹叢後方。或許有一輛小貨車停在那裡，開了好多年的，距離我約有一百碼距離。

前方，奈斯已經移往車道的邊緣。前進速度慢了，不過我猜她在那裡大概比較安心吧。我也一樣，我橫著跑到路的另一邊，沒有理由讓兩人成為一條直線標靶，沒有理由讓她被原本瞄準我的子彈誤殺，也沒有理由讓我被瞄準她的子彈誤殺。

我們以斜對角的步態繼續前進，直到她到達空地的邊緣，這時她停住，回頭看我。我打手勢要她**別動**，以前接受步兵基礎訓練常用的標準手勢，不過她看懂了，往樹林裡後退一步。我三大步越過車道，和她會合。她說：「要不要我去敲門？」

我說：「恐怕妳非去不可。」

「他養狗嗎？」

「如果有應該早叫了。」

她點頭，深吸一口氣然後走出去。我聽見她腳下的聲音變了，從咔嗒咔嗒的石塊變成沙沙的碎石。我聽見她敲門，沒有門鈴，只有她的手指關節**叩叩叩**敲在門板上的聲音。在城裡或許會顯得急切，可是在鄉間卻十分合宜，因為這裡的人很可能正在別處忙。

沒人應門。

屋內沒有腳步聲或開門聲，也沒有拖著腳嘎吱嘎吱繞過屋子的聲音。

什麼都沒有。

她再敲一次。

叩叩叩。

靜悄悄，沒有回應，沒人在家，沒人看守，沒人監控。

我跨出去，大步越過道路到了她身邊。這屋子的大部分窗子都拉上了窗簾，我們從少數幾扇窗探，看見的只是陳列著廉價舊家具的普通房間。這是一棟狹長、低矮的農舍，和他的山下鄰居的房子相仿。也許是同一批人在同一時期建造的，相當穩固，它所在的林間空地是草率鋪著碎石的硬泥地。去年的雜草又長出來了，在大門口一帶由於時常踩踏，比較稀疏些，後門也一樣，而從兩扇門到那輛藍色小貨車之間的兩條隨意踩出來的彎曲小徑也是同樣情形。

那輛藍色小貨車的確是福特，而且十分老舊，大概一千塊現金就能到手。對一個剛從李文渥斯聯邦監獄出來的人非常合用。車子冷冰冰的，看來有好一陣子沒動過，可是畢竟那麼舊了，難說。

奈斯搜尋著可能藏有備用鑰匙的地方，顯然這樣的地方不多。門邊沒有花盆，沒有塑像，沒有石獅子。她說：「要不要破門進去？」

我看見第三條小徑，其實只是一長條淺淺的凹地，受損的雜草重新長出來的方式也不太一樣，比較短小，帶有傷痕斑斑的深色葉片。這條小徑就在舊貨車後方，沿著斜坡通往下一座峽谷。

我說：「咱們先去查看一下。」

她跟著我走，呈一直列，一左一右，進了樹林，發現我們位在另一座峽谷的東側。很像我們之前看過的，地表上的一條深溝，約有三十呎深，像是一只超長浴缸的形狀。某種古老地質事件造成的，也許是一百萬年前的冰河作用，巨大尖削的礫巖深埋在萬億噸的冰層中，緩慢但篤定地研磨著，像農田裡的耕犁。同樣地，它的底部也有許多碎石，寸草不生。兩側的樹木高聳，將槽溝襯托得更深、更長。

有三棵樹木倒下，就在深穴的東邊那一端，三棵筆直純正的松樹。其中兩棵平行地倒下，相距大約十呎，像一座橋的骨幹那樣橫跨在谷底。第三棵被鋸成許多十呎長的小段，橫著排列在兩根倒下的樹幹之間，構成一個堅實的平台。平台表面是一塊八乘四呎膠合板，室外型的，釘得牢牢地。

奈斯說：「做什麼用的？」

我們爬上平台，一點點移動，利用垂懸的樹枝來保持平衡，一開始有點不穩，接著總算在木板上站穩了。我們放眼環顧四周，我們背後是樹林，前方是往西延伸到天邊的筆直、深狹的峽谷。僅有的一點植被就在我們腳下的谷底，遠遠的另一頭幾乎是光禿的。那裡有一抹灰色，阻斷的東西，就好像由於遠古的一次突來的落石坍方，讓深溝不得已停了下來。

我俯瞰腳下的膠合板，發現兩處模糊的橢圓形痕跡，距離相近，同樣約有一顆鴕鳥蛋的大小，或者足球的四分之一，彼此並列，就像一個人直立留下的一雙腳印。印子是灰色，帶點銀色，類似板子被金屬物摩擦的痕跡，另外還有一些石墨，潤滑油的成分，加上空中飄落的普通塵土，因為如果用顯微鏡細看的話，潤滑油永遠是黏稠的。

我蹲下，用一根手指摸索那兩枚印子。我說：「像那種大口徑步槍，會在前槍托的前面裝上兩腳托架，可以朝上或朝下調整。他在它的轉軸上了點潤滑油來保護腳架，細心的人都會那麼做，然後拿布擦掉多餘的油漬，又用布擦了腳架，來預防鏽蝕，尤其是兩支腳，畢竟這是唯一接觸地面的零件。然後他到這兒來練習打靶，一次又一次，略微變換各種姿勢，於是留下了這兩枚印子。」

「福爾摩斯。」她說。

我來回俯瞰峽谷，說：「也許那些石頭被當成支架或桌面？也許他把靶子放在石頭上面？」

她問。「什麼石頭？」

我們一步步往前測量，在樹林中小心保持平行，直直向前移動，連擋路的樹徑也一併算進去，我慢慢地一次前進一碼，她一邊數著，起初只是默數，接著，當我們來到一千兩百五十碼的地方，她開始出聲數了起來，先是喃喃唸著，聲音平淡，接著，當數字越來越大，她開始咬字清晰而且興奮地說話，最後，當我停在最後一塊倒下的灰色石頭前面，她用迷茫的口吻低聲說了句。「一千四百碼。」

10

在我看來，這些石頭確實是久遠前的一次落石坍方的結果，而且也確實被當作了台子或桌面。它最平坦的地方只有十二吋深、四呎寬，可是顯然足夠放置大堆啤酒罐和玻璃瓶。到處都是金屬碎片、玻璃粉屑。還有一些白色的碎片，就好像他也會不時做一些紙標靶。台子後方的石塊布滿了削痕和彈孔，被轟得慘兮兮。總共打了幾百發子彈，說不定幾千發。

我說：「我們得找個容器。」

奈斯問。「什麼樣的？」

「小的就可以了。」我指著腳下那些傷痕累累的石塊。「我們應該帶一些粉塵回去，好進行氣相層析儀分析，以便確認是不是同一型子彈。」

她摸索著全身上下的口袋，我看見她摸到了某樣東西，但是把它忽略，然後，當她找不到更合適的，又回頭去找它。她抬頭看我，有點難為情。

我說：「怎麼？」

她說：「我有一只藥瓶。」

「應該可以。」

她將手探進口袋，掏出一只橘色、帶有標籤的小瓶子，打開瓶蓋，把裡頭的藥片倒在手心。她將那些藥片鬆散地塞回口袋，蓋回瓶蓋然後把瓶子丟給我。

「謝了。」我說著將塵埃、砂礫和泥土聚成小堆，用手指和拇指捏起，分好幾次、一次抓一點放進瓶子裡。其實我不懂什麼是氣相層析儀分析，只知道它非常精密，只要極少量的樣本就能處理，可是我們需要子彈碎片，而我希望多增加一些勝算。於是我繼續採集，直到瓶子超過半滿，然後把瓶蓋旋上，放進口袋。我說：「好啦，**現在**咱們可以去闖空門了。」

把門踢開就成了，容易得很。顯然，這是動能的問題，也就是質量乘以速度的**平方**的二分之一，可見決定動能大小的主要是速度，而不是重量。在健身房讓自己暴增二十磅肌肉，很好，可是如果能讓兩腳的移動速度加快兩成，就更理想了。能讓你的運動能量增為四倍，因為平方，意思是自乘一次。得來全不費工夫。就像棒球，你可以慢揮重球棒，或者快揮輕量球棒，前者會讓你揮出一個到達全壘打牆前的高飛球，後者卻能讓球飛到外野看台上。一個經常被忽略的原則。大家把門這種東西看得太嚴重了，總是警惕地看半天，然後慢吞吞走過去，最多只是伸出腳去推門板。

我可不一樣。我們捨前門而選擇了後門，因為這道門看起來在許多方面都差一些，例如它的厚度、鉸鏈和門鎖，而且助跑的距離也長一些。我需要跨個三大步，我輕鬆散步時的那種步伐，沒什麼特別之處。只要移動身體，大腿動得比身體快，小腿動得比大腿快，腳動得甚至更快，那麼我的腳後跟就可以像踹空氣那樣把門鎖踹開。

事實也就是如此，我一個彈跳把門踹開，奈斯先我一步進了屋子。到了廚房，我跟著她進去，看見流理台、櫥櫃和金屬水槽，酪梨色的冰箱，還有用壓花金屬板做成的爐具，都是恍如一九五〇年代汽車的圓滑流線造型。流理台顏色暗沉，櫥櫃漆成一種可能原本是綠色或褐色，或者介於兩者之間的悲慘顏色。

空氣很悶，感覺很乾，沒有廚房該有的氣味，沒有洋蔥，沒有高麗菜，只有一種淡淡的、無機質的無臭無味。

陳年的氣味。

奈斯朝走廊門口走去，說：「開動？」

「等等。」我說。我想仔細聆聽，尋找一絲絲活物發出的輕微顫動，可是什麼都沒聽見。整棟屋子靜悄悄、空蕩蕩，甚至有些淒涼，彷彿已空了好長一段時間。

我說：「我去看一下起居室，妳去查看臥房。」

她率先出去，進了鑲著夾板——已經褪成暗沉的泥漿色——的走廊，環顧了一下，然後往左邊走。於是我走往右邊，來到有著L形用餐小角落的起居室。這是一個結構良好的房間，比例也合宜，可是鑲了沉重的深色牆板，沒有深色牆板的地方則貼了平淡無奇的聚氯乙烯壁紙，像中價位的旅館房間。家具是一張沙發、一只腳凳和兩張扶手椅，都是褐色燈芯絨布面，全都十分老舊。兩張邊桌，沒有電視機，也沒有報紙、雜誌或書籍，也沒有電話。沒有隨手丟在椅子扶手上的舊毛衣，沒有乾掉的啤酒杯，沒有半滿的菸灰缸。沒有一點人味。除了沙發上的磨損、裂縫和定型了的塌陷凹痕之外，沒有一點生活的跡象。

奈斯在屋子另一頭大喊。「李奇？」

我回喊。「怎麼了？」

「你最好過來看一下。」

語氣不太尋常。

我說：「什麼東西？」

「你自己過來看。」

於是我循著聲音過去，進了一個房間，和我自己面面相對。

11

那是一張我的大頭照，黑白的。放大成真人尺寸，也許是用專業影印機印出來的，幾乎佔滿一整張信紙大小的紙張，用圖釘固定在牆上，距離地面六呎五吋。照片底下的牆面釘了更多紙張，像貼磁磚，許多部位重疊在一起，做出頸子、肩膀、軀幹和雙臂、雙腿的形狀。在這些紙上用油性麥克筆將我的各個身體部位手繪上去，來搭配我那張影印大頭照的烏黑色調。一個實物大小的假人，直立在那兒，頭部抬高，兩根大拇指向前伸出，穩穩杵在連鞋帶都畫得一清二楚的鞋子裡。

總的來說，相當逼真的人像。騙不了我娘，但也差不多了。

它的胸口插著一把刀，大致在我心臟的位置。一把大型廚刀，或許有十吋長，其中五吋深埋在牆板裡頭。

奈斯說：「還有。」

她站在一處也許是用來擺床鋪的壁凹前。我走過去，發現它的內壁貼滿了紙張，全都是和我有關的。頂端是同樣的真人尺寸大頭照，底下是它的來處，也就是我的軍中個人檔案的自傳頁。這張自傳頁的右上角貼著我的小張大頭照，影印得相當清楚。自傳頁底下還有十幾張別的資料，全都是影印的，全都用圖釘固定，依照特定的順序緊湊地排列在一起。

依照特定方式篩選。

它們全都是我的失敗紀錄，主要是行動後報告，檢討線索、聯繫方面的失誤，還有出了差錯的冒險行為。整整三十頁，全都和多明妮可・柯爾有關。

我的失敗紀錄。

奈斯問。「她是誰？」

我說：「我的手下，我派她去逮捕一個傢伙，她被擄獲、肢解而後殺害，我應該親自出馬的。」

「很遺憾。」

「我也是。」

她看了會兒那些資料。「誰料得到呢。」

我說：「她剛好和妳同年。」

她說：「恐怕不只這樣。」

她帶我來到另一個房間，裡頭一張桌子上放了只我猜可能是自製的工具架，可以將紙標靶釘在上面，也可以立在距離步槍一千四百碼外的平坦岩石上。令人佩服的決心，只不過那些紙標靶是我的照片。同樣是實物尺寸。有兩疊，一疊用過，一疊還沒有。還沒用過的那疊樣本是我看過的：我的臉，烏黑的影本，印滿一整張信紙大小的紙張。用過的那些就更慘了，很多被打得七零八落，不是被五〇口徑子彈的強大威力轟的，就是被標靶後面的岩石飛濺起來的碎片擊破，或者兩者都有。不過有些樣本挺住了。其中一張幾乎沒有破損，只在我右顴骨底下有個工整的半吋圓孔，另一張的彈孔是在我右嘴角的位置。

一千四百碼的距離，偏左而且稍微偏低，但還是很不錯的槍法。

他進步了。

那一落紙的其他部分，有些真的是破碎不堪，但好的卻也極好，包括三張打中我兩眼之間的，一張微微偏左，一張微微偏右，最後一張命中眉心。

一千四百碼距離。

比四分之三哩還要遠。

奈斯問。「照片是多久前的？」

我說：「大概二十年吧。」

「這麼說來，他在入獄前就取得檔案了。」

我搖頭。「這些不良事蹟有些是在他入獄後發生的，他應該是出獄後才拿到檔案。」

「他對你好像很火大。」

「還用說嘛。」

「他在倫敦。」

「也許不是，」我說：「他幹嘛去那裡？既然他這麼氣我，怎麼還有閒工夫跑到國外？」

「理由很多。首先，為了錢，因為這次任務肯定可以讓他大賺一筆，相信我。再者，他找不到你。你這個人行蹤不定，他恐怕得找一輩子，他大概沒想那麼遠。」

「也許吧。可是這下他不需要找我，我自己找上門來了，我看他八成在家。」

「要是這樣，他早就朝我們開了不知道幾槍了，可是並沒有，因為他不在這裡。」

「他待過這裡嗎？他的東西呢？」

「我猜他沒多少東西，也許只有睡袋和背包。就像苦行僧，或者經常冥想的那種人。打包這兩樣東西，一路帶著到巴黎，接著又到倫敦。」

這麼說也有道理，我點頭贊同。十五年來科特可說一無所有，也許他已經習慣了。我久久打量著那張命中要害、彈孔位在我眉心的標靶，然後說：「咱們走吧。」

回紅色小貨車的路途比我預料中順利得多。因為樹林的緣故。幾何學上，想要穿越森林擊中一個長射程目標是不可能的，總是會有樹木堵在那裡，擋住子彈，或者讓它偏移轉向。安全得很。

車道不夠寬，無法讓小貨車迴轉，而我們又不想一路倒車出去，因此我們把車往前開到房子前面，在碎石地上做了個U形迴轉，然後回到原路。一路上沒看見車道上有任何人車，那條雙線道路也是空蕩蕩的。我們要導航系統把我們帶回機場，它開始設定，同樣是五十哩路，往回走。

我說：「對不起。」

她問。「為什麼？」

「我犯了範疇謬誤，我把妳當成一個為了增加曝光度和經驗，外借給中情局的國務院人員，因此覺得妳有點不夠格。其實正好相反，對吧？妳是中情局外借給國務院的，為了增加曝光度和經驗，處理護照、簽證和各種證件，所以其實是大材小用。」

「從哪裡看出來的？」

「幾件事：妳懂步兵的手勢信號。」

她點頭。「我在班寧堡陸軍基地待了段時間。」

「而且妳一本正經的。」

「難道許梅克沒告訴你，其實我不像外表那麼柔弱？」

「我以為他只是在替自己的大膽冒險辯護。」

「還有，國務院的工作可不是只有處理護照和簽證，我們的業務繁雜得很，也包括監督這類情報任務。」

「怎麼監督？這次任務是歐戴和兩個中情局的人主導的，還有妳和史嘉蘭傑洛，又不干國務院的事。」

「就像你說的，我就是國務院的人，目前算是，理論上也是。」

「妳有沒有隨時向妳目前的、理論上的上司報告工作進度？」

「不是很詳盡。」

「為什麼？」

「因為這事對國務院來說太重大了。如果是英國人、俄國人或以色列人幹的，我們政府就可以大大鬆口氣，可是還沒確認之前，這事必須嚴加保密。」

「妳認為這是機密？」

「已經確定是最高機密了。」

「都上了報紙頭條，還算什麼最高機密？」

「過了今天，新聞就成了舊聞。法國方面準備展開逮捕行動，應該會讓事情平息下來。」

「他們準備逮捕誰？」

「替罪羊之類的，他們會找個願意扮演三週激憤恐怖分子的傢伙，然後讓他在別的方面交換到一些好處。我猜他們正在物色人選，這也給了我們較多時間和空間行動。」

「一千四百碼，」我說：「這才是關鍵，開槍的人是誰不重要。英國人需要一道環形防禦工事，起碼一哩長。」

「再不然他們也可以躲在地洞裡，也許他們遲早都得這麼做，可是在那之前我們寧可採取先發制人的策略。我們必須把約翰·科特拘留起來，我們可不希望只有我們逮不到自己人。」

「其他國家進行得如何了？」

「早上你也聽歐戴說了，他們握有名字、照片和履歷。」

「就這樣？」

「我們有的他們也都有，目前是公平競爭的局面。」

我們繼續行進，最後我們還了車，徒步走向機場圍籬的鐵絲網門，一輛高爾夫球車送我們去搭小飛機。兩小時後我們回到教皇機場，發現公平競爭的局面早已被打破。

12

公平競爭的局面被打破是因為，以色列已經找到他們的人了。羅贊先生的行蹤已被發現，他去度假了，在紅海。監看人錯失了他出發的時機，但現在他回國了。他過去的所有活動都受到檢視，許多酒吧雇員、餐廳員工幫忙確認他的行程，查得滴水不漏。當時他不在巴黎。不可能是他，他已經脫離嫌疑名單。

「這麼一來我們的行動更加急迫了。」歐戴說。他也喜歡在下午開會。此時我們又聚集在同一間高樓層辦公室，幾張桌子拼湊成會議桌。歐戴、許梅克和史嘉蘭傑洛都已就位，我和凱西・奈斯較晚到，耳裡還呼呼響著噴射機的引擎嘶吼。我們報告了我們在阿肯色的發現，把那些泥塵和砂礫——裝在證物袋，不是藥瓶裡——交給他們。許梅克很失望沒有事先作更嚴密的監控，他原本期待誘餌策略能奏效，接著歐戴說他覺得科特對我的執迷也是人之常情。

我說：「我很想知道他是怎麼拿到我的檔案的。」

他說：「可能在政府機構有朋友吧，那是密蘇里州常規儲存室裡的常規檔案。」

「他在政府機構沒有朋友，他連在他的服役單位都沒有朋友，沒人會為他撒謊。」

「那就是他買來的。」

「拿什麼買？他才剛離開李文渥斯監獄，接著在他家後院射擊了約莫一千發五〇口徑的子彈，每開一槍可能就要花掉他五塊錢，就算阿肯色也一樣。他哪來多餘的錢？」

「我們會調查。」

「怎麼調查？你們根本沒有裝備。別再扯什麼國家機密的鬼話，現在該讓警力介入了。他有一千四百碼的練靶場，是個一千四百碼射程的神槍手。這只是巧合？還是說巴黎那處公寓陽台老早就選定了？他是專為了那次行動進行訓練？這樣的話，這很可能是一件已經進行將近一年的陰謀。我們需要收集資料，例如，誰是巴黎那棟公寓的所有人？」

「你會自願擔任我們的警察嗎？」

「我以為我是誘餌。」

「你可以兼任。」

「我從來不會自願去做任何事，軍人的基本守則。」

「也許你該考慮一下。看了那些東西之後，你不可能心安的。」

「全世界對我不爽的人少說也有十幾個，有什麼好擔心的？他們沒有一個找得到我。」

「我們就找到你了。」

「這不一樣，你以為我會回覆科特登的廣告？」

「你就這樣放了他？」

激將法。

我說：「我不是他的假釋官。」

他說：「以你這年紀，你的體格算是相當不錯，李奇。不用說，這是因為你選擇的生活方式讓你有很多機會鍛鍊，主要是走路吧，我猜。人家都說走路是最好的運動，不過我猜那其實算不上辛苦，這是它的魅力之一，對嗎？開闊的道路，大晴天，遠方的地平線，或者人聲嘈雜、燈火通亮的大城市，熙熙攘攘的，還有到處都可以見到的奇人異事。你喜歡走路，你樂得逍遙自在。」

我說：「你到底想說什麼？」

「多了個槍手找麻煩，一切都不同了。」

瓊・史嘉蘭傑洛直盯著我，想激我提出反駁。

歐戴說：「尤其這個狙擊手狂熱到勤練了十五年瑜伽，還在他臥房牆上畫了人像。」

我沒說話。

他說：「如果你是警方，會怎麼詢問他？」

「他把車子留在家裡，因此他是搭別人的車離開的。不是電話叫車，因為他沒有電話，也沒有手機。那是事先安排好的，顯然這整件事都是，這表示有人連著好幾個月在那條車道進進出出，一定有人目睹了什麼。」

「他的鄰居沒看見。」

「目前他是這麼說的。他被收買了，而且受過指導。」

「真的？」

我點頭。「他必須承認他認識他的鄰居，在阿肯色鄉下，不這麼做的話太奇怪了。可是有人要他不可透露車子進出的事。我一問到關於在那附近閒晃的外國人的事，他馬上轉移話題，開始貶低海軍陸戰隊，向奈斯小姐送秋波。」

歐戴回頭看奈斯。「真有這種事？」

她回答。「我應付過去了。」

「他說了海軍陸戰隊什麼？」

「一群喜歡賣弄的勢利眼。」

「他在海軍待過？」

「空軍。」

歐戴嚴肅地點頭，回頭對我說：「結論？」

我說：「那位鄰居肯定在衣櫃裡藏有一袋現金。」

「很難追蹤。」

「也許吧，也許不會。可是他肯定知道給他錢的人是誰，而且有一筆數字更大的現金進了某個彈藥零售商的登記簿，這商人一定記得他曾經賣出一千發五〇口徑的子彈，這可是一大筆交易。」

「也可能他是向好幾個彈藥商買的。」

「沒錯。而且為了避風頭，也許是由好幾個人分頭去買的。而且人數越多，他們進出小石城機場和特克薩卡納機場的次數也就越多，還有更多租車紀錄，更多在當地加油站的加油紀錄，說不定還有超速罰單、違規停車罰單和警車監視影片。還有更多在當地餐館解決三餐、在當地汽車旅館投宿的紀錄。所有這些都查得出來，還有那位鄰居沒透露的。」

歐戴的嘴巴蠕動著，像在預習各種說法，開了又闔，可是最後只說了這麼一句。「好吧。」

我說：「我沒辦法。我不是警察，沒人會理我。」

「調查局會處理。」

「我以為這事是最高機密，或者秘密進行的。」

「分化然後各個擊破，」歐戴說：「各單位都會知道一小部分，可是沒人能夠看見全貌。」

「那我建議他們昨天就開始處理。」

「我最快只能做到明天開始。」他在紙上作著筆記，然後說：「目前俄國人沒什麼進展，達瑟夫同志人間蒸發了。英國人研判他們的人卡森最近使用護照到處遊山玩水而且詐騙成癮，因此他們正在清查事發當時曾經使用全新護照前往巴黎的人，不管是搭火車、飛機、汽車或船，他們握有將近一千個人名。」

「卡森最後一次公開露面是在什麼地方？」

「英國，一個月前。政治部的人到他那裡作例行性查訪。」

「達瑟夫呢？」

「差不多，在莫斯科，大約一個月前。差別在於，這兩人都沒有被追蹤出住處有個一千四百碼的練靶場。我有種不祥的感覺，這案子是我們的人幹的。」

「卡森或達瑟夫有可能是在國外受的訓。他們需要的時間比較短，不像科特必須加緊迎頭趕上。也許他們全部在某個地方聚集，也許他們舉行了遴選之前的遴選，也許他們舉行了三人試射選拔賽，贏的人得到那份差事。」

歐戴說：「也許情況很複雜。」

我說：「我們有照片嗎？」

他打開一只紅色檔案夾，拿出四張彩色大頭照。他抽出其中一張，丟到一旁。一個鬈髮男，皮膚黝黑，帶著天真的笑容，大概是羅贊吧，以色列人，已經擺脫嫌疑的。他把剩下的三張越過桌面，往我的方向滑過來。第一張是一個大約五十歲的大光頭，空白有如二乘四吋木板的臉孔，外眼角微微往上翹的深色眼睛，帶有蒙古人血統。

「費奧多・達瑟夫，」歐戴說：「五十二歲，出生在西伯利亞。」

接著是一個原本膚色很淡、經過日曬風吹而變得黝黑、皺紋橫生的傢伙。棕色短髮，警戒的眼神，彎折的鼻子，還有似笑非笑的表情，像嘲諷又像恫嚇，端看你怎麼想。

「威廉・卡森，」歐戴說：「出生在倫敦，四十八歲。」

最後一張是約翰・科特。有些人會隨著年紀變得龐大、臃腫又鬆弛，就像許梅克，可是科特卻縮小了，結實了，一身精瘦的肌肉。捷克人的高聳顴骨更加突出，嘴巴抿成一條細線，眼睛放大了，從照片上灼灼盯著我。

歐戴說：「這是他出獄時的照片，我們手上最近的一張。」

令人反胃的三人組。我把照片胡亂堆成一疊，推回給他。

我說：「英國人的大壕溝挖得還順利嗎？」

史嘉蘭傑洛回答。「他們不打算建造一道一哩長的環形防禦工事。你也知道英國的人口有多稠密，這麼做相當於遷走一整個曼哈頓的人口，不可能辦到的。」

「接下來呢？」

歐戴說：「你到巴黎去。」

「什麼時候？」

「現在。」

「充當誘餌或警察？」

「兩者兼有。但主要是我們需要有人在犯罪現場盯著，以防有任何疏漏。」

「他們幹嘛跟我合作？我算哪根蔥啊。」

「你的名號到處都行得通，我事先打過電話了，他們會拿給我看的，也都會出示給你。這就是歐戴厲害的地方，尤其這種時候。」

我沒說話。

許梅克問。「你懂法語，對吧？」

我說：「對。」

「還有英語。」

「一點點。」

「俄語？」

「怎麼了？」

「英國和俄國方面也會派人過去，你得和他們會面，盡量挖掘一些東西，可是絕不能洩漏情報給他們。」

「說不定他們也得到同樣的指示。」

歐戴說：「我們需要有個中情局的人在場。」凱西・奈斯在椅子上往前挪動。

瓊・史嘉蘭傑洛說：「我去。」

13

他們派給我們同一架飛機，可是換了新組員。駕駛艙的兩名機員，和新的空服員，是一位女性，全都穿著空軍工作制服。我洗完澡直接登機，換上在阿肯色買的新衣服，五分鐘後史嘉蘭傑洛跟了上來，同樣洗了澡，換了另一套黑色裙子套裝。她帶著一只小登機箱，還有手提包。這將是一趟過夜飛行，得在空中待上七小時，經過六個時區，預計在法國時間早上九點到達目的地。我常坐的那張扶手椅已經被放平，一頭抵著對面的扶手椅，那張椅子也放平了，充作沙發。機艙另一側的一對椅子也是同樣的配置，同樣堆著許多枕頭、床罩和毛毯。以一條狹窄走道分隔開來的兩張細長床鋪。我沒問題，史嘉蘭傑洛則不太有把握的樣子。她是個有點年紀又有點特異的女人，我想她或許會希望保有多一點隱私。

不過我們得找張普通椅子坐下來，等待起飛，然後繼續坐一陣子，因為空服員說她要為我們送餐，結果這餐點和機艙裝潢一點都不搭調。它們不是和奶油黃皮革座椅和胡桃色飾板相稱的美食，也不是陸軍伙食，或者空軍。它們是漢堡，裝在蚌合式紙餐盒裡，用機上的微波爐加熱過的，不知是什麼口味而且沒有商標，大概是從教皇機場附近的小攤子買來的，也許就在唐恩都樂甜甜圈隔壁。

我吃了我的，加上史嘉蘭傑洛沒吃完的半個。接著她開始思索該如何上床睡覺而不會造成尷尬。我看見她的眼睛來回掃射，檢視著各種角度，看著燈光，推測著我會在哪個位置，會看見什麼。

我說：「我先去。」

去洗手間得通過廚房，一直走到盡頭，後面是行李架，她的行李箱就堆在這裡。我上了廁所，刷了牙，然後回到臥鋪區，選了靠近右舷的床位。我脫掉鞋子和襪子，因為這樣我會睡得比較好，然後我躺在毯子上面，翻身對著牆壁。

史嘉蘭傑洛會意了。我聽見她走開，硬挺的羊毛料套裝和絲襪窸窸窣窣的，片刻後又聽見她啪踏啪踏回來，輕柔許多，也許換上了棉衣，接著我聽見她爬上床，整理床單。她發出些微聲響，介於惺忪呢喃和咳嗽之間，我把這當成一種宣示，意思是**謝謝你喔，我已經忙完了**。於是我翻過身來，向上盯著機艙壁板。

她問。「你習慣睡被子上？」

我說：「天氣暖和的時候。」

「你習慣穿衣服睡覺？」

「沒辦法，情況特殊。」

「因為你沒有睡衣。沒有家，沒有行李袋，沒有財產，我們手上有一份關於你的簡介。」

我說：「凱西・奈斯告訴我了。」我稍微翻身轉向牆壁，想調整舒服的姿勢，感覺有個東西抵住我的臀部。我口袋裡的東西。不是牙刷，因為牙刷放在別的口袋。我撐起身體來查看。

藥瓶。我把它握在掌心，在昏暗光線下看著標籤，純粹是出於好奇。我以為大概是抗過敏藥，為了預防阿肯色州森林裡的春季花粉而準備的，不然就是止痛藥，也許是牙科手術後或肌肉痠痛的藥方。可是標籤上寫著樂復得（Zoloft），我知道這既不是抗過敏藥也不是止痛藥。我很確定樂復得的功能是抗壓力，抗焦慮，或者恐慌發作後的沮喪憂鬱，或者PTSD（創傷後壓力症候群），或者OCD（強迫症）。重劑量，而且是處方藥。

不過這不是凱西・奈斯的處方藥。標籤上的名字不是她的，是個男人的名字。安東尼奧・魯納。

史嘉蘭傑洛說：「你覺得我們的奈斯小姐如何？」

我把藥瓶放回口袋。

我說：「人如其名，很nice。」

「會不會太nice?」

「妳擔心這個?」

「有那麼點兒。」

「她在阿肯色表現得很好,沒被那鄰居惹毛。」

「當時要是你不在場,她又會怎麼做?」

「一樣吧。過程不同,結果差不多。」

「那就好。」

「她是妳學妹?」

史嘉蘭傑洛說:「我以前沒見過她,就算見過也不一定會選擇她,可是我們在國務院就只有她這條線,只有她符合要求。」

我說:「這些世界級領袖隨時都有遭到槍殺的危險,這是從政的代價,而且當今的保護措施可說嚴密到了極點,我不懂幹嘛這麼大驚小怪。」

「我們的簡介上說你是一個數學高手。」

「那你們的簡介肯定不正確,我頂多只有高中算數的程度。」

「半徑一千四百碼的圓面積?」

我在黑暗中一笑。圓周率乘以半徑平方。我說:「將近二平方哩。」

「西方大都會市中心的平均人口密度?」

這跟數學或算數無關,而是常識。我說:「每平方哩四萬人?」

「這次你算得太保守,現在已到了每平方哩將近五萬人了,倫敦和巴黎的某些地區甚至高達七萬人。平均來說,他們必須封鎖上萬戶人家的屋頂和窗戶,清查十萬個居民,根本辦不到。精於長射程的神槍手可說是他們的最大夢魘。」

「多虧了防彈玻璃牆。」

史嘉蘭傑洛在黑暗中點頭。我聽見她的頭在枕頭上挪動的聲音。她說：「那只能保護身體兩側，正面和背後還是危險。而且政治人物都不喜歡那種東西，會讓他們顯得膽小，儘管這是事實，可是他們不希望民眾知道。」

多了個槍手找麻煩，一切都不同了。

我說：「有沒有人確切知道那玻璃真的有用？」

她說：「製造廠商聲稱有用，有些專家很懷疑。」

輪到我在黑暗中點頭。換作是我也會懷疑。五〇口徑子彈威力非常強大，它是專為能夠擊倒樹木的白朗寧重機槍研發的。我說：「好夢。」

她說：「很難。」

我們在陽光燦爛的布赫傑機場落地，空服員告訴我們這是全歐洲最繁忙的私人機場。飛機緩緩滑向停在那裡等候的兩輛黑色汽車。雪鐵龍吧，我猜。不算真正的轎車，但車身倒也修長穩重，亮閃閃的。車旁站著五個人，全都被飛機的噪音震得東倒西歪，擠成一團。其中兩個顯然是司機，兩個是穿制服的軍警，另一個是身著套裝的銀髮紳士。飛機滑行而後停止，一分鐘後，引擎關閉，那五人挺直了身子，走上前準備迎接。空服員忙著打開艙門，史嘉蘭傑洛起身站在走道上，遞給我一支手機。

「需要我幫忙就打給我。」她說。

「什麼號碼？」我說。

「手機裡有。」

「我們要分頭進行？」

「當然，」她說：「你去探勘現場，我去DGSE。」

我點頭。Direction Générale de la Sécurité Extérieure（法國對外安全總局）。中情局的法國版。總的來說，沒有比較好，也沒有比較差。一個很夠格的機構。史嘉蘭傑洛大概是去作禮貌性拜會吧，或許也會進行高階的情報交換，或者無情報可交換。

「我同時也是誘餌。」我說。

「只是順帶地。」她說。

「凱西・奈斯和我一起到阿肯色了。」

「離你七呎遠。」

我又點頭。「這在公寓門口就難了。」

「他在倫敦，」她說：「不管是哪一個。」

機艙門打開，清晨的風吹進來，清新涼爽，微微帶有噴射機燃油氣味。空服員退讓開來，史嘉蘭傑洛先走，在登機梯頂端停頓了一下，像達官顯貴那樣一點點前進。然後她繼續往下走，我跟在後面。那名穿套裝的銀髮男子前來迎接她，他們顯然彼此認識。也許他是她在法國方面的對應情報人員。他們一起進了第一輛雪鐵龍的後座，司機之一進了前座，開車離去。接著兩名穿制服的憲兵走到我面前，殷切有禮地等候。我從口袋抽出僵硬的新護照，遞了出去。一名軍警把它翻開，兩人瞄著印在上面的名字，還有照片，再看看我的臉，然後那傢伙把它遞還給我，像獻出供品那樣用雙手捧著。他們並沒有真的鞠躬行禮，或腳跟併攏立正，但任何外人看了都會認為他們做了那些動作，歐戴果真是有力人士。

第二位司機替我開了車門，我滑入第二輛雪鐵龍的後座。他驅車載我離開，通過黑色網格柵門，經過一棟航廈建築，進入市街。

布赫傑機場距離市區頗近，但由於戴高樂民用機場位在同一條路的反方向，巴黎的東北方，因此交通非常壅塞。一長條汽車、計程車頭尾相接的車龍匍匐爬行，這些車子全都是要進城的。那些計程車司機看來多半是越南人，不少是女性，有些在後座載著單人旅客，有些載著剛在機場入境門歡喜重逢的一組人。沿路橫跨著許多電子告示牌，警告各種交通阻塞，提醒attention aux vents en rafales，意思是注意某種風，可是我想不起rafales到底什麼意思，直到我好幾次看見路上的車子突然一陣搖晃，建築物上的旗子猛地狂飛，才想起它的意思是**狂陣風**。

我的司機問。「先生，你還缺什麼東西嗎？」

在存在的意義上，這是個大哉問，可是我當下並沒有急迫的需求，因此我只對著後視鏡點了下頭，沒說什麼。其實我又餓又哈咖啡，可是我想這些問題應該很快就可以得到解決。我猜從倫敦出發的早班飛機應該會比我晚一點到達，從莫斯科起飛的還會更晚，而巴黎警方肯定不會想在犯罪現場重複模擬三次案發過程，因此我們三人應該會一起過去，這表示在我的俄羅斯和英國伙伴現身之前，我可能還有空檔可以吃頓像樣的早餐。無疑地，我應該會被帶往飯店去等候，警局預算負擔得起的那類飯店，而那附近應該會有一些宜人的小餐館。在我看來，巴黎是一座宜人的城市，我對接下來的這一整天充滿期待。

然後事情發生了。

14

我們經過Périphérique，華盛頓特區環城大道的巴黎版。巴黎在這裡從歐洲戶外垃圾場變身為一座寬廣的室內活博物館，到處可見三線街道、宏偉的古蹟建築和華麗的鑄鐵裝飾。我們下了弗朗德大道，繼續往前，朝北站和東站火車站之間的狹路行進。一到那裡，司機立刻進入典型的都會模式，一路左彎右拐地繞過許多狹窄的後街，最後在蒙西尼街的一條小巷弄裡的一道綠門前面停車。根據我的推測，這裡大致上位於羅浮宮後門通往巴黎歌劇院前門的途中。這道綠門邊有一塊小銅牌，上頭寫著**貝勒提耶膳食公寓**。所謂**膳食公寓**就是平價旅館，介於分租公寓和一泊一食旅館之間，很符合警察局的拮据預算。

司機說：「他們在等你，先生。」

我說：「謝了。」然後打開車門，下了人行道。陽光淡淡的，空氣不冷也不熱。車子開走，我暫且沒理會那道綠門，回頭走出巷子到了蒙西尼街。在我正對面，另一條窄街斜斜切過來，形成一處畸零人行道的小三角地帶，而就如同巴黎所有這類規劃失當空間，那裡開了家小餐館，許多附有遮陽傘的桌位排開來，而就像所有清晨時段的巴黎餐館，它的客人坐了大約三分之一滿，大部分動也不動埋在報紙堆裡，還有空咖啡杯，還有掉滿牛角酥碎屑的盤子。我走過去，找了空桌位坐下，一分鐘後，一位穿著白襯衫、繫著黑領結、外罩白色長圍裙的老服務生過來招呼，我點了早餐，一大壺咖啡，定心用的，搭配一份croque madame，吐司上放了火腿和乳酪，再加上一枚煎蛋；還有兩個pains au chocolat，包有純巧克力棒內餡的長方形牛角酥。相當費工，不過總得有人做。

兩個桌位外，有個人在看報紙內頁，將頭版對著我。從標題看來，刺殺事件造成的恐慌確實已經平息，凱西・奈斯說得一點沒錯。過了今天，新聞就成了舊聞。逮捕行動已展開，罪犯已被拘禁，問題已經解決，所有人都可以安心了。我距離太遠，看不清楚細小的印刷字，但我確信它的內容是關於一個有著怪異北非姓名的孤狼狂熱分子，一個業餘殺手，一個瘋子，沒有同伙，不必擔憂後續發展。**這應該會讓事情平息下來，也等於給了我們較多的時間和空間行動。**

我吃了麵包，喝完咖啡，望著小巷口。**狂陣風間歇地一陣陣吹來**，我桌位上方的遮陽傘猛烈飄動了一會兒，而後靜止下來。許多人步行經過，準備去上班或者剛走出商店，有的抱著法國麵包，有的牽著小型狗散步，或者沿路發送郵件包裹。服務生撤走我的餐盤，又送來一壺咖啡。終於，一輛和我坐過的那輛車子相似的黑色雪鐵龍緩緩駛入巷子，在綠門前停車。後座的乘客愣了一下，無疑地司機正告訴他，**他們在等你，先生**。然後他下車，靜立在人行道上。此人身材中等，年約五十，剛刮的鬍子，黑灰夾雜的頭髮梳理得十分整潔。他穿戴著格紋圍巾和Burberry駝色風衣，底下是高級灰色布料製成的褲腿，也許是倫敦裁縫街訂製套裝的一部分，再底下是擦得晶亮的馬栗色英國皮鞋。

看來是俄方的人，我想。沒有一個英國情報人員會這麼穿，除非他想在〇〇七電影裡軋一角。而且近年的莫斯科有很多奢華的服裝店，這是共產黨員從沒享受過的。他的座車倒車然後開走了。他對著綠門看了會兒，然後和我之前一樣，轉身出了巷子，朝餐館走過來，邊走邊觀察它的客人，眼睛左右移動，目光在每個人身上逗留不到半秒，然後移往下一個人。迅速、鬼祟的評估，但顯然十分精準，因為最後他筆直朝我走了過來，用英語說：「你是美方代表？」

我點頭。「我以為英國佬會比你先到。」

「我可不，」那人說：「因為我半夜就出發了。」然後他伸出手來。「耶夫基尼・肯欽。很高興見到你，先生。你可以叫我尤金，耶夫基尼的英文直譯。或者簡短些，金，隨你便。」

我和他握手。「我是傑克・李奇。」

他在我左邊坐下。「你對這事有什麼看法？」

他的措辭正確，口音不太明顯。不算英國腔，也不能算美國口音。有種全面通吃、無國界的味道。「我覺得你或我或那位英國佬當中，有人麻煩大了。」

「你是中情局的人？」

我搖頭。「退伍軍人，我逮過這傢伙一次。你是FSB（俄國聯邦安全局）或SVR的人？」

「SVR。」他說。Sluzhba Vneshney Razvedki，他們的對外情報單位，就像美國的CIA，或法國的DGSE，或者英國的MI6（軍情六處）。接著他說：「但其實都還是KGB（蘇聯秘密警察）的人馬，新瓶舊酒。」

「你認識你們的人達瑟夫？」

「可以這麼說。」

「認識多少？」

「我是他的導師。」

「他是KGB的人？我聽說他是軍人，紅軍，然後俄國陸軍。」

「表面上或許是吧。也許他的薪資支票上是這麼寫的。他偶爾也會領死薪水，可是像槍法那麼好的人？當然是另有任用。」

「例如？」

「射殺我們指定的對象。」

「不過是以前的事？」

肯欽說：「你懂足球嗎？」

「懂一點。」

「最好的球員總會得到最棒的機會。這週他們是某個小村莊裡的窮光蛋，下週卻變成住在巴塞隆納、馬德里、倫敦或曼徹斯特的百萬富豪。」

「達瑟夫有得到這類好機會？」

「他聲稱他的背心口袋滿滿的都是這類經歷。他看我不買帳，便生氣走人，從此消失，然後我就來了。」

「他到底有多行？」

「神乎其技。」

「他喜不喜歡五〇口徑子彈？」

「各有所好。以那樣的射程，當然。」

我沒說話。

肯欽說：「不過，我不認為是他幹的。」

「為什麼？」

「他不可能接受遴選，他不需要證明什麼。」

「那麼你認為是誰？」

「我認為是你們的人。他需要證明自己，畢竟他在牢裡待了十五年。」

我聽見手機鈴聲，等著肯欽掏口袋接電話。可是他沒動，這時我才發現鈴聲在我口袋裡，史嘉蘭傑洛給我的那支手機。我把它抽出來，查看顯示螢幕，上頭顯示：**隱藏號碼**，我按了接聽鍵。「喂？」

是史嘉蘭傑洛。她說：「你一個人？」

我說：「不是。」

「會被偷聽嗎？」

「可能喔，被三個不同的政府單位。」

「這支電話不會，」她說：「這你不必擔心。」

「找我有什麼事？」

「我剛和歐戴通電話，你從阿肯色帶回來的那些子彈碎片的氣相層析分析報告已經出來了。」

「結果？」

「不是同一型子彈，沒有穿甲威力。屬於競賽等級，鑄造、加工得更具準確性。」

「美國製？」

「真不巧。」

「那種子彈一顆要價六塊錢，歐戴有沒有追查錢流？」

「調查局正在進行。不過這是好事，對吧？總的來說。」

「還算不錯。」我說。她掛了電話，我把手機放回口袋。

肯欽問我。「什麼美國製的東西一個要價六塊錢？」

我說：「聽來像腦筋急轉彎。」

「笑點在哪？」

我沒回答。這時那位老服務生又過來，肯欽點了咖啡和白麵包，搭配奶油和杏子醬。他用法語點餐，同樣十分流利，但聽不出源自任何一個國家。服務生離開後，肯欽回過頭來問我。「歐戴上將還好嗎？」

「你認識他？」

「知道他。我們學習關於他的一切，應該說是研究，在課堂上徹底加以檢視，他是ＫＧＢ的榜樣。」

「不意外。他很好，還是老樣子。」

「很高興他回到工作崗位，相信你也一樣。」

「他離開過？」

肯欽扮了個鬼臉，既非**是**也非**不是**。他說：「據我們了解，他的運勢弱了許多。對他這樣的老戰將來說，生活太過安逸不是好現象。而這類任務會讓眾人想起他，也算是可喜的事。」

又一輛黑色雪鐵龍穿過混雜的人群，轉入小巷子。司機在前座，乘客在後座。車子在綠門前停下，靜待了一陣子。**他們在等你，先生**。然後乘客下了車，一個壯男，約莫四十、四十五歲，曬得有點黑，爽利的短髮，憨直的方形臉。身穿藍色牛仔褲、毛衣和帆布短夾克，腳上是駝色麂皮短靴，也許是英國陸軍的沙漠靴。他的車開走了，他瞥了眼綠門，接著轉過身來，往前方、左右兩側掃描了一陣，然後穿越蒙西尼街，筆直地朝我們走來。

「兩位是李奇和肯欽？」他說。

「你真是消息靈通，」肯欽說：「竟然已經知道我們的名字。」

「好說。」那人說。聽起來像威爾斯口音，很久以前的，像在唱歌。他伸出手。「我姓班尼特，幸會。沒必要知道我的名字，反正你們也不知道怎麼發音。」

「什麼名字？」我問。

他用濃重的喉音回答，像是得了肺炎的煤礦工人。我說：「好吧，班尼特，你是軍情六處的？」

「你說是就是囉，反正是他們付的機票錢，不過目前情況還不定。」

「你認識你們的人卡森？」

「碰過幾次面。」

「你認為是他幹的？」

「很多地方。我說過，目前情況還不定。」

「在哪裡？」

「不一定。」

「為什麼。」

「因為那個法國人還活著，我認為是你們的人。」班尼特在我右側坐下，正對著我左邊的肯欽。這時服務生端著肯欽的餐點過來，班尼特點了同樣的東西。我要他再拿咖啡來。老傢伙很開心的樣子，帳單又增多了。希望肯欽或班尼特身上帶了本地貨幣。我可沒有。

肯欽看著對面的班尼特，問他。「你知道G8的會場在哪？」

班尼特點頭。「依照一般會議標準，算是相當安全，但也許不是太安全，畢竟科特下落還不明。」

我說：「說不定不是科特，你的腦袋要開放一點，先入為主是很危險的。」

「我的腦袋開放到腦髓都快掉出來了，我還是不認為是卡森，也許是達瑟夫吧。」

肯欽說：「那就表示刺殺事件不是遴選，我們空談半天只是在浪費時間。達瑟夫決不會參加遴選，他太高傲了。如果這次狙擊是他幹的，那情況就單純了，只是針對法國總統，結果失敗了，因為防彈玻璃的緣故，這也表示我們在浪費時間，因為線索早在幾天前就沒了。」

服務生送來班尼特的咖啡和麵包，還有我的第三壺咖啡。對街，一輛漆成警局顏色的小廂型車彎入巷子，在綠門前停車。一名穿戴著藍色制服和軍用平頂帽的警員下車，敲了敲綠門，然後等著。一分鐘後，一位身穿家居服的女人來應門，兩人短暫、困惑地交談了幾句。大概是說，**我來找那三個人，他們還沒辦住宿登記呢**。警員後退，環顧周遭，來回看著巷子兩頭，又望向蒙西尼街。他把帽子往前推，搔搔後腦勺，接著他的目光掃向我們，露出延時慢鏡頭般的恍然大悟。他向那位穿家居服的婦人道謝，舉步朝我們走來。我看見他下定決心要假裝不曾有一點困惑，要碰碰運氣我們是他認為的那三人。他走到我們桌前，說：「我們得先到警局去。」他說的是法語，巴黎流浪兒的口音，相當於老紐約的布魯克林口音，或者倫敦東區的草根腔，然而卻缺乏那種魅力，而是一種陰沉、委屈的哀鳴，就好像全世界的不公不義都重重壓在他肩上。

班尼特說：「他說我們必須先去一趟警局。」

「我知道。」肯欽說。

我沒說話。

結果是肯欽拿出一捲可能是真鈔也可能不是的硬挺歐元新鈔替我們買單。我們全部站起，伸著懶腰，拍掉衣服上的麵包屑，然後跟著那名警員穿過街道走向廂型車。太陽在藍得有如知更鳥蛋的早晨天空爬得更高了，我感覺有點暖，直到突來的又一陣狂風颳起，像一隻冰冷的手溜上我肩頭，肯欽那件高級風衣的下襬噗噗拍打著他的膝蓋。接著風靜止了，那股暖意一下子又回來，直到我們走入陰涼的巷弄。

我們進了廂型車，班尼特先，接著肯欽，我殿後，當下十分輕鬆，那心情就像當兵時準備搭車離開基地，到酒吧、夜店，或其他你知道有女人在等候的地方去。

15

我們被帶往的警局根本也不是什麼警察局。不是那種市民可以去通報遺失車子或皮夾的地方，而比較像是一座情報碉堡，從河左岸一長排政府大樓當中的一道不起眼的灰色大門進入，就在國民議會——美國國會大廈或倫敦西敏宮的法國版附近。這道灰色門通往一段階梯，沿著階梯走下地下兩層樓，來到一個牆面漆成灰色、鋪著灰色油氈地磚的天花板低矮的擁擠空間。法國對外安全總局所屬設施，我邊想，邊希望他們省下的裝潢經費花得有價值。

我們被帶到一個像是會議室的房間。所有椅子全被清光，桌上擺著一長列共計十二台的筆記型電腦。所有電腦蓋以一致的角度打開，所有螢幕也都顯示完全一樣的東西，Police nationale（法國國家警察）標誌的動畫螢幕保護程式，繞著螢幕緩慢但果決地移動，全都鎖定了，動畫標誌不斷從螢幕的上下邊緣和左右兩側彈回來，好像古早遊樂場的乒乓球遊戲。一個女人從我們背後走來，個頭嬌小但霸氣十足，四十五歲左右，有著柔軟的黑髮和聰慧的深色眼珠。要是換個時空，我或許會邀她共進午餐，但事實上她根本沒把我放在眼裡，沒有特別針對誰，說：「我們的檔案全都數位化了，從最左邊的電腦開始，依序往右邊看過去，各位便會知道我們手上的所有訊息了。」

於是班尼特、肯欽和我擠在第一台電腦前面，肯欽用修剪整齊的指甲點了下觸控板，螢幕保護程式消失，一段影音檔取而代之，並且開始播放。法國電視網轉播總統演說的片段，我猜。時間是晚上，那傢伙站在正對著開闊大理石台階的露天講台上，燈光通亮。他背後是一排法國國旗，在他左右兩側的防彈玻璃屏障幾乎看不見，他的麥克風是豎立在講台桌面的幾支黑色天鵝頸軟管頂端的幾隻黑色小蟲子。從聲音聽起來，這些麥克風的定向性非常強，瞄準那人的胸口、喉嚨和嘴巴，沒有收進太多別的雜音。不過，顯然電視台的人混入了其他麥克風收到的許多環境聲音。因為我們可以聽見細微的人群喧嘩聲，還有若干街道噪音。那傢伙扯了大堆國家仍然會有好的發展、二十一世紀仍然可能是法國的世紀——只要有好的政策，而他便是能提出好政策的人——之類的鬼話。有一度他突然結巴，發不出聲音，仰頭望著左方，幾乎陷入了沉思，接著他回過頭，繼續演說。三秒鐘後，他又望著左前方，這次看著近一點的某樣東西，又結巴起來，然後過了幾秒鐘，他被推倒，被幾個穿深色套裝、戴耳機的傢伙壓在底下，那群人像隻移動快速的大烏龜那樣貼著地板將他拖走。

肯欽又用他的指甲，把新聞影片倒轉，回到總統第一次結巴、他仰望左前方的瞬間。「槍口的閃光，一定是的。」接著三秒過後，第二次凝望。「這是子彈擊中玻璃。」

我們聽不見槍聲。也許某個一流的數位專家能夠把音軌上的某個尖銳聲音分離出來，可是這也沒什麼幫助，因為所有人都已經知道有人開了槍。

「看夠了沒？」肯欽問。

班尼特點頭，我沒說話。於是肯欽輕按滑鼠，一張巴黎市街圖跳了出來。地圖上的榮軍院正門台階有個紅色箭頭標示著A，遠遠的另一個紅色箭頭標示著B，就在聖日耳曼大道附近的壅塞街區當中。兩個紅色箭頭以一條紅色細線相連，標示著一二七三公尺，不多不少正好是一千四百碼。

班尼特說：「榮軍院是舊時的軍醫院。」

「我知道，」肯欽說：「現在已成了紀念館，相當壯觀。」

也很適合做為大型政治演說的場所。極具情感衝擊性的地點，面對一片開闊的空間，大得足夠容納一定數量的群眾，但又小得不至於在萬一群眾不夠踴躍時顯得尷尬；也寬廣得足夠容納新聞採訪車和衛星天線。聖日耳曼大道附近的指標應該就是那棟公寓房子了。相當遠的一次射擊，大致朝著正西方，越過一片矮房子和許多開放空間，差不多和河岸平行，距離我們所在的地點不到一千碼。對任何想找政府麻煩的人而言，都是極佳位置。

肯欽點了下一個符號，我們看見的下一張照片是事發後的總統講台和它的防彈玻璃屏障。那座講台相當穩固，可能是設計成可以迅速組裝、拆解並且在不用時儲藏的。防彈屏障則是半透明的玻璃板，每一片約有七呎高、四呎寬，五吋厚，平行豎立著，以適度的距離包圍著講台，類似開放式公用電話亭的兩側隔板。

「夠了沒？」肯欽問。

班尼特點頭，我沒說話，於是肯欽繼續往下點，打開一張子彈擊中玻璃的特寫照片。看來不過是一枚極小的白色缺口，幾條細細的裂縫約有一吋長，有如蜘蛛腳那樣放射開來。肯欽接連打開好幾張倍數越來越大的放大特寫，直到一張裂縫看來像是大峽谷的電子顯微鏡照片，儘管它的嵌入資料顯示它還不到二毫米深。最後一張照片回到正常大小，和第一張相同，但是設定成動畫，類似電視運動比賽常見的那種電腦特效，讓畫面靜止，然後將它任意旋轉，以便從不同角度來檢視。於是照片不停轉動，直到我們幾乎是從側面直視著玻璃屏障，接著視角稍微拉高，直到我們大致上是從上方看著它。也就是槍手的視角吧，我想，從一千四百碼外的公寓陽台，透過狙擊瞄準鏡看到的。

以實際大小看來，那枚白色缺口幾乎看不見，可是接著一個紅色亮點出現，標出它的位置，接著幾條紅色細線從那個點拉出來，測量著它和玻璃板周邊的距離。距離左緣大約是五百毫米多一點，距離頂部是七百毫米多一點。

肯欽似乎對這些測量數字相當不安。

他湊過來，瞪大眼睛。（你們看見了嗎？）

班尼特沒說話，我說：「我不知道你指的是什麼。」

肯欽轉身，左右搜尋著，直到看見那個暗色頭髮的女人。「我們可以馬上到那棟公寓去嗎？」他問。

女人說：「你們不把簡報看完？」

「還有什麼？」

「鑑識報告，微物證據，彈道分析，金相學分析等等。」

「這能讓我們知道槍手是誰嗎？」

「不盡然。」

「那就不必，」肯欽說：「我們不想看那些，我們想看那間公寓。」

16

我們搭同一輛小廂型警車去看公寓，由同一位愛發牢騷的警員負責開車。那位暗色頭髮的女人也跟著去，帶著兩台筆記型電腦，同行的還有一名國家警察的人，一個身穿藍色戰鬥制服的灰髮老退役軍人。路程很短而且輕鬆，從第七區到第六區，一路沿著聖日耳曼大道走，接著轉入波拿巴路的後街，來到一棟冷冷清清佇立在一排相仿建築物當中的老式優雅樓房。這是一座密集的布雜學院派公寓社區，一道高聳的雙扇車道門對著馬路，通過這道門，經過管理員的小棚屋，便來到一座內院，院子的各個角落都有台階和搖晃不穩的老舊鑄鐵樓梯。我進過這類房子的內部，裡頭總是有股塵埃、烹煮食物和地板蠟的氣味，也許有豪華鋼琴的叮叮咚咚聲從屋內傳出，還有突如其來的小孩笑聲。總之是氣派但老舊的公寓，金邊和櫻桃木裝潢，磨損的奧比松地毯，還有悉心保養拋光的拿破崙時期家具。

司機將管理員叫來，他打開雙扇門，我們驅車進入，然後把車停在院子裡。我們選了院子左後方的樓梯，走上五段梯子，來到一扇緊閉而且上了鎖、但也沒有任何標示的門。沒有警方封鎖線，沒有檢察官封條，沒有官方的犯罪現場告示。

「屋主是誰？」我問。

「總該有人接手吧。」

國家警察的老警員說：「她在兩年前過世了。」

「當然，可是她沒有繼承人，情況很複雜。」

「槍手是怎麼進來的？」

「可能有類似的鑰匙在市面上流通。」

「難道管理員沒看見？」

老傢伙搖頭。「鄰居們也一樣。」

「街上有沒有監視器？」

「還沒有結果。」

「也沒人看見槍手出去？」

「我猜當時所有人都忙著電視上的混亂場面。」老人掏出一支看來像是剛打的鑰匙，在鎖孔裡輕輕轉動，直到門打開來。我們走進一間堂皇的大廳，接著進入一條堂皇的走廊。屋裡鋪著黑白大理石地磚，由於經年累月的踩踏變得暗淡而且凹凸不平。空氣冰涼、凝滯。好幾道雙扇門，全都有十二呎高，有些半敞著，房間裡昏昏暗暗的。老人帶我們走進一間客廳，然後通過它來到一間約有四十呎長的餐室。這裡頭有一張巨大的、部分被白色舊床罩蓋住的紅木餐桌，和二十張餐椅，桌子兩側各排著十張，還有一座城堡規模的石磚壁爐、大理石胸像、裱著厚重金色畫框的深沉風景畫。對外牆面有三道高達天花板的落地窗，全都向內打開，全都面朝西方。那張大餐桌和中間的落地窗對齊排列，另外兩扇窗旁邊擺著許多大理石台面的宴會桌。典雅的老式風格，寧靜、悠閒而對稱，賞心悅目。

落地窗外面就是陽台。

它和整個房間同寬，前後深度達到八呎，石板地面，低矮的石雕護欄，一長排堆滿乾涸泥土和凋萎天竺葵殘株的石頭花盆，還有兩張鑄鐵咖啡桌，分別配有兩張鑄鐵椅，靠著落地窗之間的外牆擺設。

越過護欄，遠遠的地方正是榮軍院正門台階的側面。四分之三哩的距離，小得幾乎看不見。

班尼特問。「你們是怎麼追蹤到這地點的？」

老人說：「總統看見槍口的閃光，給了我們大致的方向。接著是簡單的彈道計算，讓我們推測出四個可能的地點，全都是這棟建築物內互相毗鄰的房間。其中三間住著普通人家，只有這間是空的。而且這裡的地面灰塵有新的攪動痕跡，我們有絕對把握這裡就是犯罪現場。」

暗色頭髮的女人說：「簡報裡說明得非常清楚，你們應該看完的。」

肯欽點頭，表情參雜著歉意和不耐。他問。「你們認為他是從哪個位置開槍的？」

女人說：「我們從那張電子顯微鏡照片往回推。穿甲子彈的彈頭異常堅硬，因此我們可以看見確切的撞擊角度，細微到分子的層次。我們計算速度，於是得到了射程，然後我們計算彈道曲線，由此測出精確的地點。我們認為他是從陽台正中央開的槍，採取坐姿，步槍的兩腳支架立在中央花盆的泥土裡。泥土裡有印子，石板地上也有刮痕。」

肯欽又點頭。

「我們去瞧瞧吧。」他說。

於是一群人走出陽台去查看。我們位在五樓，空氣清新，景觀優美。成排花盆中央是一只實心的石盆，很厚重，非常平穩，不高但寬度很夠，雕成類似希臘遺寶的形狀，被歲月磨得光滑而且長了青苔，非常巧妙的架槍位置。考慮到對著目標物的微微朝下的角度，一個中等身高的槍手應該可以非常舒適地坐著開槍。他肯定是透過陽台欄杆瞄準的，從豎立在扶手上的兩只圓胖、滿布青苔的石甕之間射擊。

我問。「達瑟夫有多高？」

「一百七十到一百七十五公分之間。」肯欽說。

大約五呎八吋，算是中等身高。

我看著班尼特，問他。「卡森呢？」

「五呎九。」班尼特說。

也是中等身材。科特也一樣，大約五呎七，十六年前我最後一次見他時的印象。

肯欽在石頭花盆後方的地上盤腿坐下，無視於身上的高級套裝。他閉上一隻眼睛，瞇眼看著。他問。「你們有沒有從這裡拍的照片？玻璃板和講台還沒撤走的時候？」

暗色頭髮女人說：「當然有，全部在簡報裡，你們應該看完的。」

「抱歉，」肯欽說：「妳該不會剛好帶來了？」

「事實上，我帶了。」女人開啟一部電腦，點著滑鼠，捲動著，然後把電腦放在肯欽面前的花盆泥土上，說：「我們認為，這應該足以模擬從瞄準鏡看見的景象。」

的確，差不多。我彎腰湊了過去，看見螢幕中央的講台，相當近，相當大，較近的那面防彈玻璃屏障幾乎看不見，但確實擋在那裡。那座講台孤零零佇立在一個顯然在倉卒中實施淨空接著封鎖的現場，顯得那麼寂寥淒涼。

肯欽說：「我看不見那個小彈孔。」

女人擠進我們之間，一絲香奈兒香水味撲鼻而來。她點了下滑鼠，紅點重新出現在玻璃板上，距離左緣五百毫米，距離頂端七百毫米。

肯欽問。「你們總統究竟有多高大？」

女人又點著滑鼠，一個身形出現在玻璃板和講台後方，不是法國總統，而是替身，大概是身高、體重相仿的人。也許是警察吧，或安全人員。

紅點就在他喉嚨左邊七吋的位置。

「看見沒？」肯欽說：「我就知道，他是故意失手，偏左，有點偏低。」

他掙扎著站起，拍掉Burberry風衣上的砂粒，一直走到陽台欄杆前。他遠眺著巴黎的大片灰色屋頂，望著榮軍院。班尼特跟著過去，肩並肩站在他右邊，我也過去，肩並肩站在他左邊。我看見哈斯拜大道，寬廣的街道，車輛和人群，一列列截去樹梢的整齊行道樹，開闊的綠地，有著黑色鑄鐵裝飾和石板屋頂、插著垂軟旗子的蜜糖色寧靜建築物，還有華麗的街燈，朦朧灰白的舊軍醫院建築體，以及再過去，遙遠的艾菲爾鐵塔頂端。

接下來發生了三件事，以一種有如老時鐘的滴答聲般悠緩的完美、精確且命定的節奏，一、二、三接連發生。先是遠遠有個細小光點閃了一下，接著各處的旗子隨著突如其來的一陣風穿過，全部唰地狂飄起來，接著，肯欽的腦袋被轟掉，就在我的肩頭。

17

肯欽已無生命跡象的身體都還沒倒下，我已經趴在地上。他碎裂的腦袋在掉落的中途撞上了我，在我外套的肩部留下一條灰灰紅紅的黏液。記得當時我心想，該死，這是新衣服，接著班尼特在我身邊趴下，然後像變魔術似地，咻一下消失。前一秒鐘還趴在陽台的石板地上，下一秒鐘便不見了，一如秘密情報人員該有的表現。英國軍隊有句諺語：**不報姓名，無人受罰**，還是避免被列入紀錄比較好。

抱著電腦的女人已經蹲下，說是尖叫還比較像是呻吟，壓低腦袋，手忙腳亂地爬回餐廳。穿藍色戰鬥制服的老警員仍然穩穩站著，姿勢一點沒變，腰部以上暴露在外。我認為這還好，因為我相信那名槍手絕不會多逗留半秒。這裡畢竟是巴黎市中心。我用膝蓋撐著站起，透過陽台扶手窺探，試圖找出剛才看見的槍口閃光的位置。我閉上眼睛，再次看見那景象，就在舊軍醫院左側，因此還要往前推一點，在一扇約有六層樓高的屋頂天窗內。

我睜開眼睛，搜尋著。要不是拉圖爾—莫布爾大道，就是它後方那條小街道，灰色斜屋頂，而且毫無疑問是有著精美石雕窗框的橢圓形布雜學院派窗戶。大約是一千六百碼的距離，將近一哩，以正常走路速度來算，大約是十七分鐘腳程。我轉身，站起，跨過那個還蹲在地上的電腦女，匆匆通過餐廳、客廳、走廊和大廳，跑下樓梯到了院子，衝向街道。

我沒有走榮軍院的方向。沒那必要，我推測那名槍手早就離開了，而在我趕往那裡的幾分鐘當中，他只會跑得更遠。遠方傳來警笛聲，很多法國警車還在使用的那種呆板、哀戚的**嗶嗶卜卜**響的舊式警笛。那傢伙究竟會往哪裡走？不會往北，我想。也不會搭車，因為附近有警車，沿河的幾座橋都阻塞了，除了游泳沒辦法下橋。可是警方也有船，因此他只能走路。往南，或西南。不能往東南，因為蒙帕拿斯火車站就在那個方向，而大眾運輸是警力會馬上聚集的第二個地方，僅次於橋樑。基於同樣的理由，那傢伙也會避開地鐵。他會在地面上，徒步走路，這時應該已經走了幾百碼，或許沿著軍事學校周邊，這表示他應該已經到了莫特—皮凱大道，或者洛安達勒大道。

我取道塞弗荷街，沒有跑步，怕驚動路過的警察，但還是堅決地快步往前走。比那傢伙快得多，這點可以確定。他肯定是吊兒郎當閒晃，沒有特定目標，一派無辜的模樣。可是會帶著什麼呢？總不可能將一把五〇口徑步槍拆解成零件，沒有鋸子和噴燈是辦不到的。而這款槍多半約有五呎長，重三十磅以上。他會用波斯地毯包著帶走？一捲布？還是把它藏在某個角落？

我轉入加里巴迪大道，這時突然想到，那傢伙應該領先我大約三百碼，正在遠遠的前方經過我的路線。於是我加緊腳步，匆匆趕了三分鐘路，直到抵達尼維賀十字大街，這條路是洛安達勒大道的延伸，這表示前方的一長條街區是商業街，也就是莫特—皮凱大道的延伸。那傢伙肯定是走其中的一條，往西南進入安全又穩當的第十五區。

我在第一個街角轉彎，因為到頭來我還是覺得洛安達勒大道比莫特—皮凱大道理想，因為它讓軍事學校的龐大建築物將那傢伙和最吵鬧的一批警車——應該是事發後迅速從艾菲爾鐵塔趕過來的第一組警方人馬——隔絕開來。於是我轉彎，加快速度，一邊觀望前方的大片灰色建築，迎頭撞上一個逆向衝過來的矮個子。撞上之前，我偶然瞥見他的長相，感覺他是亞洲人，也許是越南人。較之他的輕快步伐，他的外表顯得非常老成，接著在碰撞之後，我感覺他十分精瘦結實，而且異常地有力。

我放緩一步，讓他彈開，希望他能站穩腳步，然後我可以向他道歉並且繼續往前走。可是他沒彈開。他緊挨著我，兩手抓著我的外套，往下拉，像是兩腿發軟那樣地。我向前一個踉蹌，微微彎身，避免踩上他的腳。他以逆時針方向的弧線把我拉下，然後幾乎是靠在我身上，並且把我拉到路邊。

然後他揍了我一拳。

他將右手從我的外套拿開，往後收回，邊把手指握成典型的一招斃命拳，往下瞄準我的鼠蹊。這本來可以構成大傷害，還好我退縮得夠快，那一拳只打中我的髖骨內側，當然這也是相當敏感的部位。一股神經刺痛沿著腿往下竄，我的腳一下子就麻了。那人肯定察覺到了，因為他再度卯足了力氣向我推擠。我聽見背後的車流聲，非常近。一條窄小的巴黎巷弄，平均車速四十，十個車主有九個忙著講手機。

夠了。

我單手扼住那人的咽喉，把他推開一隻手臂的距離，讓他的拳頭落空。他可以踢我，但我也可以把他捏得更緊，他似乎也明白這點，我開始把他往後拖。

就在這時，警察趕來了。

18

有兩名警員，都很年輕，只是開著小警車的普通街頭員警，穿著和清潔人員和清道夫差不多的廉價藍色制服。可是他們的警徽是真的，他們的槍也是真的。而在他們眼前上演的情節更是無可置疑的。一個高大的白人正勒著一位矮小的亞洲老人，而且把他往後拖過人行道。正是會被政客稱作觀感不佳的那類事情。於是我停下腳步，把那傢伙鬆開。

那人跑走了。

只見他左閃右躲，消失了蹤影。兩名警員沒去追他。這也合理，因為他是受害人，不是施暴者。施暴者就站在他們面前。他們不需要受害者提供證據，因為他們自己便是目擊證人，鐵錚錚的事實擺在眼前。我有一眨眼的時間下決定，該留下或走人？最後我估計，無論哪一種情況，歐戴的威力都會保護我，而且無比迅速。而且到了這節骨眼，那名槍手肯定早就跑遠了。況且留下也可以省得跑得上氣不接下氣，因此我留下了。

就在人行道上，他們以襲擊、毆打、仇恨罪和虐待老人罪等一長串罪名將我逮捕。他們把我推入警車後座，開車帶我到了位於勒谷賀伯街的警局。值班警員搜了我的身，拿走史嘉蘭傑洛的手機，還有我的新護照、牙刷、金融卡和所有美金，還有凱西•奈斯的空藥瓶。然後他們把我連同另外兩人關進一間拘禁室，一個醉鬼和一個吸毒正嗨的傢伙。我讓那酒鬼讓出他的長凳位子。長遠看來，最好是盡早建立輩分等級，這對他也有好處。我在他的位子坐下，靠著牆面，等候著。我猜我頂多在這裡頭待個二十分鐘，我敢說這時史嘉蘭傑洛肯定找我找得慌。

她花了一小時才找到我，帶著那位穿高級套裝的銀髮男子前來，他在警界似乎是一號人物。所有警員都對他敬畏三分。一分鐘後，我拿回我的所有物品，再過一分鐘，我們已走在人行道上，我回復了自由清白之身，歐戴果然很夠力。史嘉蘭傑洛上了她從布赫傑機場過來時搭的同一輛黑色雪鐵龍後座，我隨後上車，穿套裝的男子留在人行道上，替我們關上車門，然後用法語交代司機「直接送他們到機場」。車子迅速啟動，我轉過頭，看見那人目送我們離去隨後回到警局內。

史嘉蘭傑洛說：「你為什麼跑走？」

我說：「我沒跑，我不喜歡跑步，我只是走路。」

「為什麼？」

「我是到這兒來充當警察的，所以去追那傢伙，這是警察該做的。」

「你還差得遠呢，你完全追錯了方向。」

「我推測他不會留在原地。」

「你錯了。」

「那麼究竟如何了？」

「他們逮到他了，還有他的步槍。」

「**逮到**他了？」

「他就在那兒等著。」

「是哪一個？」

「都不是，是一個大約二十歲的越南孩子。」

「哪一種步槍？」

「AK—47型。」

「鬼扯。」

她說：「那是你的看法。」

我開口想說話，她舉起手來制止。她說：「什麼都別告訴我，我不想知道原始資料，不然到了明天肯定傳票滿天飛。我還是什麼都不知道的好，等警方發布正式聲明再說。」

「我是要問妳，妳介不介意車子繞回去一下。」

「飛機在等著。」

「沒有我們它不會起飛的。」

「你想去哪裡？」

我湊向前，用法語告訴司機。「到巴士底監獄然後右轉。」

那人想了一下，問。「走洛蓋特街？」

「一直走到底，」我說：「然後在入口等我們。」

「好的，先生。」他說。

史嘉蘭傑洛回頭想盤問我，可是她的目光岔開，落在我外套肩頭。那條灰灰紅紅的黏液，現在已變成暗褐紫色，近看甚至會發現斑斑的白骨碎片。她問。「什麼東西？」

「一位已故的舊識。」我說。

「太噁心了。」

「這也是原始資料。」

「你得換件新外套。」

「這件就是新的。」

「你得把它脫掉，我們去買件新的，現在就去。」

「飛機在等我們。」

「花不了多少時間的。」

「這裡可是法國，」我說：「商店賣的東西我不可能合穿。」

她說：「這會兒我們要去哪？」

「我想趁著離開前去辦件事。」

「什麼事？」

「我想散散步。」

「哪裡？」

「等會兒妳就知道了。」

我們從奧斯戴利茲橋通過塞納河，左轉進入巴士底大道，往前直驅巴士底監獄遺址，在車陣中如行雲流水般前進，彷彿車子裝了警燈和警笛，儘管並沒有。這遺址是一個混亂交通圓環的中樞，圓環叫做巴士底廣場，和巴黎所有其他的圓環同樣壅塞，它的十個進出口當中的第四個便是洛蓋特街，大致朝東，直接通往墓園大門。

「拉謝茲神父公墓，」史嘉蘭傑洛說：「蕭邦就葬在這裡，還有莫里哀。」

「還有埃迪絲・琵雅芙和吉姆・莫里森，」我說：「門戶樂團主唱。」

「我們沒時間觀光。」

「花不了多少時間。」我說。

司機在入口停車，我下了車，史嘉蘭傑洛跟我一起。這裡有一座木棚攤位販賣所有名人墓的導覽圖，就像好萊塢的明星豪宅之旅。我們沿著條寬闊的砂礫小徑走進墓園，左轉再右轉，經過許多精緻的陵墓和白色大理石墓碑。我憑著記憶穿梭其中，回到多年前的一個陰霾的灰色冬日清晨。我緩步行走，不時停下來，查看著，直到發現正確的位置，如今已變成一長條草坪，長滿嫩綠的春草，羅列著大片低矮的墓碑。我找到了那只墓碑，色澤灰白，幾乎沒有風化痕跡，上面的兩行銘文仍然鮮活清晰：**約瑟芬．穆提耶．李奇，一九三〇—一九九〇**。一段六十載的人生，我正好來到它的中點。我站在那裡，雙手垂在兩側，外套上染了某個男子的血和腦漿。

「親人？」史嘉蘭傑洛問。

「我母親。」我說。

「她為什麼葬在這裡？」

「生在巴黎，死在巴黎。」

「所以你才對這城市這麼了解？」

我點頭。「我們經常到巴黎來。後來我父親死後，我們便定居在這裡。哈柏大道，榮軍院的另一頭，我常找機會回去看一下。」

她點頭，沉默了會兒，也許是出於敬意。她和我並肩站在一起，問說：「她是什麼樣的人？」

我說：「嬌小，深色頭髮但是藍眼珠，非常柔弱，非常頑強。但總的來說相當開朗，總是隨遇而安。她會走進某個破舊的海軍營房宿舍，開心大笑著說『Home sweet home』。可是由於她的法國口音，她發不出H音。」

史嘉蘭傑洛說：「六十歲還不算老，很遺憾。」

「人各有命，」我說：「她可沒抱怨。」

「什麼原因？」

「肺癌。她是老菸槍，法國人嘛。」

「這裡是拉榭茲神父公墓。」

「我曉得。」

「我是說，普通人不會葬在這裡。」

「那當然，」我說：「否則不擠爆才怪。」

「我是說，這是一種榮耀。」

「戰時服役過。」

她又看了下墓碑。「哪一場戰爭？」

「二次大戰。」

「終戰那年她才十五歲。」

「時局艱難。」

「她做什麼工作？」

「抗敵。在荷蘭或比利時被打下的盟軍飛行員常通過巴黎被送往南方。當時有個鐵路網，她的任務就是陪伴他們從一個車站去到下一個車站，然後送他們上路。」

「什麼時候？」

「一九四三年幾乎整年。總共八十趟，他們說的。」

「那年她十三歲。」

「時局艱難，」我又說；「女學生是很好的掩護，她學會告訴人家說他們是她的叔父或哥哥，從外地來探訪，他們通常會裝扮成農夫或辦事員。」

「這是拿她的生命冒險，還有她家人的生命。」

「沒有一天不是，可是她很盡責。」

史嘉蘭傑洛說：「這段情節不在你個人檔案裡。」

「沒人知道。她從沒提過，我甚至不確定我父親知不知道。她死後我們發現一枚勳章，接著有個老先生來參加葬禮，告訴我們這件事。他是她的導師，我想他現在大概也過世了。葬禮過後我一直沒回來過，這是我第一次看見她的墓碑，大概是我哥哥張羅的。」

「選得好。」

我點頭。謙遜的女人，謙遜的紀念。我閉上眼睛，回想我最後一次看見她的情景。早餐，和她的兩個兒子，在哈柏大道的公寓裡。柏林圍牆倒了，當時她已病得相當重，但還是硬打起精神來穿戴整齊，裝作沒事。我們喝咖啡，吃牛角酥。至少我哥哥和我吃了，她則是拚命說話來掩飾她的沒胃口。她天南地北地聊，我們認識的人，去過的地方還有那裡發生過的事。接著她沉吟了好一陣子，然後分別給了我們最後的告誡，其實也就是她以前常說的那些。像是一場為人母的儀式，她做過不下千百次。她在椅子上勉強撐起身子，走過來，從我哥哥喬的背後，兩手放在他肩頭，這些都是編排好的；然後她彎下腰，和以往一樣從側面親吻他的臉頰，問他。「你不必怎麼樣呢，喬？」

喬沒回答，因為我們的沉默也是儀式的環節之一。她說：「你不必把所有問題全攬在身上，只要攬一部分就行了，要應付的麻煩已經夠多了。」

她再親他一下，然後硬撐著繞到我背後，同樣親吻我的臉頰，照例用兩隻小巧的手測量我的肩寬，觸摸著堅實的肌肉，依然驚奇於她的新生幼兒已經長得如此壯碩，儘管當時我已將近三十歲了，然後她說：「你的力氣抵得上兩個普通孩子，你打算怎麼用它呢？」

我沒回答。我們的沉默是儀式的一部分，她會替我回答。她說：「你要把它用來做該做的事。」

我也努力了，大體上。有時因此而惹上麻煩，有時得到勳章。當年我把我的銀星勳章獻給她做為陪葬品，此時它就在我腳底下，在六呎深的巴黎泥土裡。我猜想它的緞帶已腐爛殆盡，但那塊銀牌應該還閃亮。

我睜開眼睛，退開來，看著史嘉蘭傑洛。「好了，我們走吧。」

19

機艙內很暖和，出於對史嘉蘭傑洛敏感嗅覺的尊重，我脫去被污染的外套，將內裡往外翻摺然後丟在一個空座位上。四十分鐘後我們飛離法國機場，接著以對角線方向橫越英國，航高八哩，接著展開遠達北大西洋的航程，大圓航線。我們吃了機員從布赫傑機場外帶的食物，然後在躺椅上伸展四肢，中間隔著走道，從頭到腳十分貼近，但又不會太近。

我問她。「穿套裝那傢伙究竟是誰？」

她說：「法國對外安全總局反恐小組組長。」

「那個越南小子是他的人？帶AK—47步槍那個？」

「他的人？」

「他也是替罪羊？為了應付媒體？」

「不是，真的是他，待在閣樓窗口等著被逮。」

我沒說話。

她說：「怎麼？」

「妳還是別知道的好。」

「歐戴會不會料到發生這種情況？」

「我想他早就料到了。」

「那麼你可以把背景資料一五一十告訴我。」

「妳記得多少關於蘇聯的事？」

「很多。」

我說：「首先，他們非常實際，尤其對人性，還有他們自己人的特質。他們有一支人數龐大的陸軍，這表示他們的步兵普遍很懶散、不夠格而且欠缺特殊才能。他們也了解這點，而且知道這也是莫可奈何的事。因此，他們沒有訓練他們的人向上提升，來符合各種現代武器的標準，而是將各種現代武器的設計向下修正，來符合他們的人的水準。」

「了解。」

「說到AK─47突擊步槍。舉個例吧，一個戰火中的驚慌步兵會怎麼做？他抓起他的槍，拉下機柄然後扣下扳機。我們的槍的機柄是從保險到單發到全自動，很順，是線性的，很合邏輯。可是他們很清楚，他們的士兵十之八九會慌慌張張把機柄直接拉到底，以致在第一次倉卒、沒瞄準的射擊中就把整個彈匣的子彈用光，讓他們的武器在交戰之初就沒有彈藥可用。這可不太妙，因此AK步槍的機柄是從保險，然後全自動，然後單發射擊。不是線性的，不合邏輯，可是非常實用。單發射擊等於是預設的，而全自動是思慮後的選擇。」

「了解。」

「他們也知道，在野外，槍枝不可能得到維護或保養，因此他們把它改良得不管在什麼環境條件下都能順利操作。只要一拉扳機，槍就會開火。我們就看過許多埋在地底下好多年的AK—47，木頭槍柄都被蟲子啃光了，可是這些槍照樣可以發射。」

「了解。」

「他們也知道他們的步兵普遍沒辦法擊中幾百呎外的東西，甚至沒辦法看見幾百呎外的東西。所以何必把錢花在準確度上？AK—47的可靠耐操是數一數二的，可是它的準確性連半撇都沒有。它是一把近距離廝殺的武器，說穿了和手槍沒兩樣。隔著街道，街頭巷戰，或者河岸兩邊。」

「你是說擊斃肯欽的不是這種槍？」

「完全不可能。妳可以把一款最剽悍的AK—47拿給科特、卡森或達瑟夫，只要超過大約四百碼這種槍就完全派不上用場。可是擊斃肯欽的那一槍大約有一千六百碼遠，足足四倍距離。它甚至射不到目標建築物，加上它的子彈很弱，根本到達不了。必須用大約三十度仰角發射，就像丟出一個大弧度的球越過本壘。向上然後向下，類似彈道飛彈，這是不可能的射擊。就算真的辦到了，子彈到達時也已經軟弱無力，妳用乒乓球拍就可以把它擋掉，它應該會被肯欽的髮膠彈開，可是並沒有，它轟掉了他的腦袋。」

「所以？」

「絕不是一個拿AK—47步槍的二十歲越南孩子幹的。」

「那他為什麼在那裡？」

「我猜他是這整件交易的一部分。科特、卡森、達瑟夫或者不知是誰雇用了一批當地人馬，在巴黎很可能就是越南人，他們人數眾多。我相信他們大多數非常正派老實，開計程車什麼的，很努力工作，可是我也相信他們有些是幫派分子。他們派出十個或十來個一夥人在街上遊蕩，就像一道滾動警戒線，把那名槍手圍住，掩護他逃脫。他是被隊友團團圍住的帶球進攻球員。他們叫那孩子待在閣樓當作假目標，在試他的膽識，而他試圖在江湖打響名號，只要被捕，緊守口風，堅持到最後，他就出頭了。我敢說他的槍連撞針都沒有，這樣他們才能以技術細節為由，讓他免於牢獄之災。」

史嘉蘭傑洛沉默了會兒，然後說：「是達瑟夫，對吧？科特或卡森和肯欽有什麼過節？」

我說：「我相信歐戴對此一定有不少說法。」

結果證明，蘇格拉底式問答法還是有它的極限。歐戴、許梅克和奈斯反覆推敲半天，就是提不出足以讓所有人心服口服的解釋。他們蒐集了許多來自巴黎、莫斯科和倫敦的詳盡簡報，還有圖表、照片、影片和事發後報告，就各種數據分析再分析，但就是沒有結論，只等著看我有什麼說法。

下午我們在教皇機場落地，距離我們離開還不到一天時間，重新補回我們往東飛所損失的六小時。史嘉蘭傑洛想先沖個澡再去和大家開會，聽來很合理，因此歐戴給了我們半小時。這段時間我同樣用來洗澡，首先把外套沾的肯欽體液洗掉，這很容易，因為衣服是防水布料，所以黏液一下子就沖掉了。我繼續沖水，直到殘留的水珠變乾淨，然後用毛巾把它拍乾。接著我沖洗全身，用了洗髮精，也用了香皂，接著迅速穿上衣服，趕著在會議開始前到自助餐廳去一下。桌上的東西不多，但起碼有咖啡，於是我拿了杯咖啡然後上樓。

歐戴坐在他的老位子，許梅克就在他旁邊。凱西・奈斯微笑向我招呼，我坐下，史嘉蘭傑洛隨後進來，由於洗了熱水澡臉上紅通通的，頭髮也還是濕的，又換了套新的黑色裙子套裝。

歐戴說：「首先咱們得排除那個越南人。」

我說：「凡事總有第一回。」

他沒笑。我猜他在那次久遠的對越戰爭中一定已是一副老氣橫秋的模樣，說不定還曾經參與某些戰略的制定，因此到現在仍然對這方面有點敏感。凱西・奈斯打破彆扭的沉默。她說：「我們推測這名槍手或者他的金主在當地僱用了一批犯罪分子做為支援，或者藉此取得在他們地盤上活動的許可，或者兩者皆有。」

「很可能，」我說：「除非那名越南人**就是**金主。也許這是法國政府策動的，也許他們想攻打俄國。」

「你是說真的？」

「不是，」我說：「我同意妳的說法，是當地的支援人馬。」

「在這情形下，以他們的傲氣和紀律，他們絕不會透露任何有意義的訊息。這也使得我們缺乏實據，只能針對這個讓人一頭霧水而又不完整的劇情提出我們單方面的詮釋。」

「沒有不完整，至少在肯欽看來非常完整。」

「我們認為他到巴黎去，急著說服我們和英國人，達瑟夫沒有嫌疑，你同意嗎？」

我點頭。「他說達瑟夫不屑參加遴選。」

「法國對外安全總局還告訴我們，肯欽還不斷主張，那一槍是射偏了。顯然它是射偏了，偏左而且偏低。莫斯科方面說達瑟夫從來不會失手，而偏左偏低剛好是科特在阿肯色州練靶的特徵，那些紙標靶看來確是如此。」

我說：「在公寓陽台上的絕不是科特。」

歐戴抬頭。「你怎麼知道？」

「那位法國對外安全總局的女士推測，槍手是坐在一只花盆後方射擊的，可是科特練習了一整年躺著不動，就像睡著了。每個人都有自己的獨特姿勢，而坐在花盆後面不是科特的姿勢。」

歐戴點頭。

他說：「很高興知道這點。」

凱西・奈斯說：「可是肯欽不可能知道這些。他頂多只能一再強調達瑟夫不可能失手，所以他被擊斃之前一直是很樂觀的，這也是令人困惑的地方。原本顯示不是達瑟夫，突然之間變成是他了，只因為他和肯欽之間有過節，而科特或卡森和肯欽之間沒有。」

我說：「站起來。」

她說：「什麼？」

「站起來，把鞋子脫掉。」

「幹嘛？」

「做就是了。」

她照著做，站了起來然後問。「哪一隻鞋子？」

「沒差。」我跟著站起。她彎身，脫去左腳的鞋子。我越過房間走向門口。就像這大樓內的其他房門，這是一道上漆的長方形木門，大約六呎六吋高，兩呎六吋寬。我說：「假設這是一塊玻璃板，假設妳知道它相當堅固，假設我給妳一次機會，讓妳用鞋跟把它整個敲碎，扎扎實實的一擊，示範一下妳會從哪裡下手。」

她頓了下，然後一跛一跛、啪達啪達朝我走來。她把手中的高跟鞋翻轉過來，像拿槍那樣握在手裡。她停下，然後說：「這方面我不太懂，這是屬於陶瓷科技，堅硬物質的科學。」

「達瑟夫、科特和卡森也都不是科學家，就憑妳的直覺吧。」

只見她的目光從一點移往另一點。她試探地舉起鞋子，稍稍移動一下，不由自主似地，像在腦子裡排演各種不同的敲擊方式。我說：「一邊解釋給我聽。」

她說：「不會是靠邊緣的地方，我想那頂多只能敲出一個破洞，就像一大塊餅乾被咬了一小口。」

「了解。」

「也不是正中央。我覺得衝擊力會一致、均勻地擴散開來，然後，也許會從周邊往內彈回去，差不多就抵銷了。如果我打正中央，它可能會凹陷，就像鼓皮那樣。」

「那要打哪裡呢？」

「中心以外，但又距離中心不太遠，這樣的話衝擊力會呈現不對稱狀態，內應力才能發揮作用。」

「示範一下。」

她又瞥了下門板，然後舉起鞋子，模擬了一次大弧度揮動的動作，最後讓鞋跟落在門板的左上方象限，也就是說，如果這片門板依比例放大成巴黎防彈玻璃板的大小，那麼她所標示的點就相當於玻璃板上距離左緣五百毫米多一點，距離頂端七百毫米多一點的位置。

我說：「第二槍才是打算置人於死的，第一槍不是。第一槍的目的是要把玻璃擊碎，就這樣。所以那不是射偏了，而是正中紅心。」

奈斯在房門前單腳跳著轉身，把鞋子穿回去，然後我們坐回原位。我說：「我想這些肯欽一開始就知道了，法國對外安全總局的推測讓達瑟夫涉嫌的可能性又增加不少。他到巴黎時原本還希望那孩子是清白的，可是他所見到的一切在在顯示並非如此。」

許梅克說：「那三人當中的任何一個都可能開那一槍。」

「可是第二槍呢？我認為肯欽思考的正是這一點。因為這名槍手必須把瞄準點往上並且往右移動大約六吋，才能擊中那傢伙。而且得要非常迅速，在倉卒中開槍，而且是從一千四百碼的距離，這是極度困難的事。這表示槍口必須移動大約千分之七吋，不多不少，而且要流利順暢，分毫不差，但也要無比冷靜，完全沒有時間穩下來檢查和喘息。如果玻璃板被擊碎，法國那傢伙應該會當場沒命，至少也會驚慌地到處亂竄。而實際上他在兩秒後就被大群特工壓在地上。試想，你開槍，把槍口移動千分之七吋，接著再開一槍，速度快得令人咋舌。這真的需要超乎常人的技巧，而根據肯欽的說法，達瑟夫擁有超乎常人的槍法。」

歐戴說：「好吧，總算有進展了，槍手是達瑟夫。」

我說：「肯欽確實是這麼想的。我一直在觀察他，這人很難纏，但也有柔軟的一面。那天早上他脾氣很暴躁，因為他起得太早，可是他非常開心。那天只是愉快的暢遊巴黎之日，問題在別人身上，我吧，也許。他甚至替我付了早餐的錢。可是接著情況急轉直下，那天似乎沒那麼愉快了。因為這下問題在他身上了，他勢必得回國去宣布這個壞消息，可是他不想這麼做。他有那麼點官僚氣。」

「可是接著達瑟夫射殺他，替他省了麻煩。」

「不對，」我說：「達瑟夫沒有射殺他。」

20

我說：「我們得好好考慮這第二槍，你不相信我無所謂，只管拿起電話來打給五名國內的頂尖狙擊手，例如海軍陸戰隊武裝偵察部隊、海豹部隊、三角洲部隊之類的，我相信你可以輕易辦到，我相信你只要按一下快捷鍵就可以找到他們，我相信他們實際上都是你的人，就像達瑟夫是KGB的人。」

許梅克說：「KGB早就不存在了，現在是SVR。」

「只是新瓶舊酒。」

「你到底想說什麼？」

「問問你最優秀的手下這第二槍的事，問他們連開兩槍——就像快速的雙連擊，中間沒有任何停頓，只有一千四百碼距離的六吋偏差度——是怎麼一回事，而且使用的是一支五呎長、比鐵條還要重的步槍。」

「他們會怎麼說？」

「他們會告訴你，沒問題，長官，說他們蒙著眼睛都能辦到。」

「所以問題在哪？」

「問題在，接著你會說，少在那裡吹牛了，老弟，快給我老實說，然後他們會向你發誓，這種射擊根本是辦不到的。」

「肯欽顯然不這麼認為。」

「他是在誇口。達瑟夫也是人，就跟你我一樣。應該說，跟我一樣。他不可能開那一槍，世界上沒人有本事開那一槍。」

「你到底想說什麼？」

「有兩個槍手。」

屋內突然一片靜默，我利用這空檔喝完咖啡。我說：「其中一人不是達瑟夫就是卡森，至於另一個，就是約翰・科特。」

歐戴緩緩舉起一手，像隻老海龜慢吞吞從沙洞爬出來。「你剛才還言之鑿鑿告訴我們，絕不是科特幹的。」

「我是說他不在公寓陽台上。他在餐廳，趴伏在餐桌上，那桌子的周邊大約和八乘四呎夾板同尺寸。他是越過他同伙的肩膀瞄準目標的。試想，兩個狙擊手，一個盤腿坐在大花盆後方，另一個趴在桌上，兩人已經在那裡待了三十分鐘，從容備戰，呼吸輕淺，見機行事。落地窗已經打開，花盆後方那位瞄準防彈玻璃板，彈匣裡裝的是穿甲式子彈，選了和奈斯小姐一模一樣的瞄準點，完全憑著直覺。在他頭頂後方，另一個趴在桌上的配備的是競賽級子彈，瞄準法國佬，太陽穴吧，也許。說不定那傢伙在套裝底下穿了防彈衣。大概起不了什麼作用，不過，何必增添不必要的變數？瞄準腦袋比較妥當。因此瞄準鏡上出現了腦袋，只等著玻璃被擊碎。」

「可是玻璃沒碎。」

「於是他們火速逃離現場，科特留在巴黎，他寧可待在那裡阻止警方調查。他在外頭紮營，每天監視陽台。也可能法國警方有人洩漏消息給他，這你得查一下。無論如何，他的機會來了，三名調查員現身。當他在望遠鏡裡看見我，他一定覺得自己中了樂透，他的心臟一定噗噗狂跳。然後他冷靜下來，扣了扳機。」

「卻誤射了肯欽？」

「不是誤射。他瞄準我的要害，正對著靶心，不偏不倚，一塊唾手可得的奧運金牌。在他扣下扳機的那一瞬間我就注定要死了。可是子彈在空中待了將近四秒鐘，就在這時吹起一陣強風。我還記得當時的情景，槍口閃了一下，接著旗子啪啪狂飄，接著肯欽中彈。因為子彈被強風吹偏了，一千六百碼射程只移動了大約一呎半。風只輕輕推了它一下，讓它從右飛向左邊，從我的胸口移往他的腦袋。」

「你沒辦法證明。」

「可以，」我說：「如果是達瑟夫瞄準肯欽，死的會是班尼特，因為他站在風尾。你不能跟風講道理，它說來就來，旗子同時亂飛亂飄起來，接著突然靜止下來。那天風一陣一陣吹了整個早上，去查一下就知道了。」

歐戴沉默了會兒，接著他說：「兩名槍手，老天。」接著又說：「我們得把這想法告訴倫敦和莫斯科，如果大家都沒有異議的話，李察？」

許梅克頓了下，然後點頭。

「我贊成。」他說。

「瓊？」

史嘉蘭傑洛說：「與其推測只有一個而實際上有兩個，倒不如實際上只有一個但是推測兩個。料敵應該從寬比較好。」

歐戴沒問凱西・奈斯。

我說：「我得馬上到倫敦去。」

歐戴說：「現在？」

「我不介意他的臥房裡貼了我的照片，我甚至不介意那小子剛對我開了一槍，這是身為警察的職業風險。可是他不夠謹慎，還失手了。他不該還在一個起風的日子下手。他害死了一個無辜的人，這就另當別論了。他犯了錯，而就像你說的，我逮過他一次，當然可以再逮他一次。」

「然後呢？」

「我要把他的手臂從肩窩扯下來，然後用他自己的右手把他狠狠揍一頓。」

「不行，」歐戴說：「等我要你去倫敦你再去。情況很複雜，必須有周全的準備。」

「你不能對我下命令，我是平民。」

「為了替國家效力，咱們還是謹慎點的好。」

我沒說話。

他說：「肯欽不算無辜，他是KGB成員，專幹壞事。」

我沒說話。

他說：「我早告訴你了。」

「告訴我什麼？」

「多了個槍手找麻煩，一切都不同了。」

史嘉蘭傑洛說：「他們在倫敦會不會也合夥辦事？」

「也許吧，」我說：「那裡有太多攻擊目標，兩人一起可以增強火力。」

「科特的伙伴會是誰？卡森或達瑟夫？」

「我不是賭徒。」

「如果你是呢？」

「卡森。肯欽說達瑟夫不會參加遴選，我不認為這是誇大其詞，他說得感覺很真實。」

「等我們準備好，」歐戴說：「你就可以去倫敦了。」

21

會議結束，我下樓，走出紅門，準備回我的貨櫃屋，可是沒走幾步，奈斯從後面追來。「你想不想吃晚餐？」聽來很不錯，因為我最後吃的熱食是由耶夫基尼・肯欽好意替我買單的巴黎乳酪火腿蛋三明治。

我說：「去哪吃？」

「營區外面，」她說：「燒烤之類的。」

「妳有車？」

「算有吧。」

「什麼意思？」

「等等就知道了。」

「好吧。」我說。

「我想換一下衣服。」她說。她穿著黑色裙子套裝，深色絲襪，高級皮鞋，很適合出現在華盛頓特區，或維吉尼亞，不過和菲耶特維爾鎮外的簡陋路邊攤或許不太搭調。

我說：「我很樂意等妳。」

「五分鐘。」她說。

結果等了將近十分鐘，不過等得很值得。她來敲我的門，我開門，發現她紮了馬尾，身上是上次到阿肯色穿過的類似外出服。同一件棕色皮外套，內搭白色T恤，不一樣的牛仔褲。顏色相同，但比較低腰。刷舊、砂洗，磨得破破爛爛。**刷破**，他們是這麼說的，在我看來意思就是混亂。真讓人搞不懂，漂漂亮亮的女孩，卻配了件破長褲。

她把車鑰匙拎在手裡，高舉在我面前，然後說：「我先說聲抱歉。」

「為什麼？」

「等等就知道了。」

走了約兩百碼，來到教皇機場附近的一座圍著鐵絲網的停車場，我總算明白。不出我所料，這座停車場內什麼都有，起碼開了二十年的小卡車和國產大塊頭車，老舊的賓士和BMW，在德國進行部隊調動時帶回來的。我睜大眼睛留意不一樣的東西，不久發現一輛薰衣草色的迷你Cooper，遠一點是一輛新型福斯金龜車，鮮黃色，半隱在一輛醜陋破舊的小貨卡後方。既然她急著道歉，我猜那輛金龜車應該是她的，也許是畢業禮物，也許她在儀表板的花瓶裡插了枝雛菊，來搭配它的烤漆顏色。

結果不是那輛金龜車，是它旁邊那輛髒舊的小貨卡。我說：「這是什麼鬼東西？」

她說：「有一部分是一輛舊福特野馬，其餘是幾片焊接上去的鋼板，原來的鈑金已經掉落了。上面的褐色是零件鏽蝕和泥巴參半，人家建議我別把泥巴洗掉，說那有防鏽和補強作用。」

「從哪弄來的？」

「班寧堡基地的一個傢伙賣給我的。」

「多少？」

「二十二塊錢。」

「厲害。」

「上車吧，門沒鎖。我從來不鎖，何必費事呢？」

副駕駛座車門鉸鏈上的鐵鏽多於泥巴，我用了不少力氣，只把它打開到夠我側身鑽進去的寬度，而且看見奈斯在車子另一頭也做著一模一樣的動作，好像兩人邊跳凌波舞邊會合。車內沒有安全帶，事實上連座椅都沒有，只有一塊綠色帆布鬆鬆地蓋在鐵管骨架上。

不過在一陣噼噼砰砰之後，引擎總算發動了，接著空轉，唏哩呼嚕地。它的傳動系統比郵政服務還要緩慢。她把變速桿打到倒檔，所有內部零件開始點名，計算法定人數，準備決議該怎麼做。顯然這需要一點時間討論，因為過了幾秒車子才猛地往後退。她轉動方向盤，看起來相當吃力，接著把排檔拉到前進檔，這時倒檔委員會結束任務，核准會議紀錄然後離開房間，接著前進檔小組前來報到，坐穩了，一項動議被提出、附議然後進行討論。又過了好幾秒，車子開始有氣無力地前進，一開始慢吞吞、結結巴巴，接著加快步調，朝營區大門執拗地前進。

我說：「妳應該把科特那輛藍色小卡車偷開走，會讓妳的行情大大提升。」

她說：「這東西已經讓我的行情從A升到B了。」

「要是妳打算往C或D邁進，不知會怎樣？」

「今晚天氣不錯，散散步對你有好處。」

車子從布拉格堡的眾多小門之一離開基地，進入真實世界，或者至少是某種形式的真實世界，行駛在一條北卡羅萊納州的平坦雙線道路上，路的兩側羅列著許多專為軍中男女的品味和經濟能力建造的建築物。我看見許多當舖、速食店、二手車商、不綁約手機店和平價商店，還有二手遊戲交換舖、酒吧和各式小酒館。緩緩行駛了一哩，商店逐漸稀少，讓位給空停車場和松樹林，一種空曠無邊的感覺橫在前方。

車子繼續往前，不快，而且伴隨著股焦油味，但總算保持著前進狀態。我們右轉，深入一片荒蕪之中，顯然正前往某個奈斯熟悉的地點。她說：「你會不會在意科特拿你以前的失敗紀錄當笑話？」

「不會，」我說：「都已經是公開的事了。」

「我的話一定會在意。」

「面對面單挑的話我準吃鱉，他應該拿這點做文章。」

「幸好起了那陣風。」

「我生來福星高照。」

「加上你站在風頭。」

「也是。」

「故意的？」

「習慣，大概也算是一種故意吧。」這時我看見前方的樹林掛著許多燈泡，林間一片空地，中央立著一棟破舊的木棚屋，許多桌椅排列在它四周的碎石地和泥地上。棚屋有一管煙囪，熱氣、煙霧從裡頭裊裊冒出來。還可以聞出一股燉肉的氣味。

奈斯說：「可以嗎？」

我說：「很合我胃口。」

她展開減緩車速的複雜過程，包括踩煞車踏板並且死踩著不放，接著轉動方向盤，把車子喀登喀登開進停車場然後停住。她關掉點火器，抽出鑰匙。引擎繼續呼呼轉動了整整一分鐘，然後抖動幾下才熄火。我們勉強擠出車門，找了張桌位。這裡沒有店名，事實上連菜單都沒有。只有一種肉可選擇，副菜是Wonder牌麵包或燉豆，飲料是三種牌子的罐裝汽水任選。保麗龍餐盤、紙餐巾，不接受信用卡，還有一個看來只有十一歲的服務生。好極了。

我們點了菜，她點了肋排和麵包，我點豬肉和燉豆，外加兩罐可樂。夜空清朗，星星全露臉了，空氣爽洌，但並不冷。客人大約半滿。我伸手到口袋裡，拿出那只藥瓶，放在桌上，讓標籤朝外。我說：「妳還是把它拿回去吧，直接從口袋拿藥吃，總是不太好。」

她沒立刻拿走。接著她伸手進她的口袋，抓出一把藥片。總共七顆，比之前少了。她吹掉上面的灰塵，拿起藥瓶，用大拇指把蓋子彈開，然後將那些藥片丟回去。

我說：「安東尼奧・魯納是誰？」

「一個朋友，」她說：「我叫他月亮東尼。」

「同事？」

「只是普通朋友。」

「在妳需要空藥瓶時剛好能變出一個來給妳的普通朋友？」

她沒說話。

「還是說他假造症狀，然後把他拿到的處方藥給妳，因為妳不能找軍隊醫生談？」

她說：「你有意見嗎？」

我說：「沒有。」

她把藥瓶放回口袋。

「我沒有問題。」她說。

我說：「那就好。」

菜送來了，我把藥的事一下子忘光，不管那正不正當。燉豆普通，可樂普通，可是烤肉美味極了。只是北卡羅萊納偏遠地區的一片無名林間空地，但此時我哪裡都不想去。奈斯的樣子似乎很有同感，吸吮著肋排肉，笑咪咪舔著嘴唇。好極了，直到她的手機響起。

她擦了擦手指然後接電話，聆聽著，然後掛斷。她說：「我們得回去了，倫敦出了狀況。」

22

倫敦出的狀況是有人死了，這本身不是什麼新聞。倫敦約有八百萬人口，而全英國的年死亡率超過千分之九，因此每天都有幾百個倫敦人嚥下最後一口氣。年老，服藥過量，退化性疾病，各種癌症，車禍，火災，各種意外，自殺，心臟病發作，血栓和中風。正常得很。不過被一把高性能步槍擊中腦袋，這可不太尋常。

我們開著她那輛福特野馬舊拼裝車回到布拉格基地，發現歐戴、許梅克和史嘉蘭傑洛已經在樓上會議室等著。許梅克向我們描述狀況。倫敦有個了不得的阿爾巴尼亞幫派首腦，名叫卡雷爾・里柏，極度富有，極度殘暴，極度成功，專營販毒、色情和槍械。就像所有極度富有、極度成功的大幫主，他同時也極度地猜疑，有一大群保鑣照應他，無論到任何地方都要事先勘查維安，就算只是從家門到車子的短短路程也都有周全保護。但這顯然防範不了從一千碼距離發射的五〇口徑子彈。里柏先生的腦袋被轟爆，濺得他準備搭乘的一輛荒原路華休旅車裡到處都是。

「結論？」歐戴問。

許梅克靠回椅背，彷彿這問題不是針對他而來。史嘉蘭傑洛瞄一眼凱西・奈斯，奈斯聳聳肩，沒說話。我說：「科特和卡森已經到了倫敦，他們雇用了一批當地的支援人手，但不是用金錢。顯然這次那幫人要求用別的方式償還，例如，替他們除去對手。」

歐戴點頭。「一個平常在街頭難以接近的對手。可是抬頭瞧瞧，如今倫敦的天際線可說摩天大廈林立，想想，可以從一千碼外射擊的機會太多了。對科特來說一千碼根本不算什麼，和短程射擊差不多。」

「對卡森也一樣。」我說。

「或達瑟夫，」他說：「卡森只是你的推測，我們不能太早下定論。」

「巴黎可曾發生過類似情況？」

歐戴又點頭。「確實有，只是當時我們沒想到，因為那案子沒使用步槍。在總統暗殺事件前大約一週，一名阿爾及利亞幫派頭目在蒙馬特被刺殺身亡。一個大起司（大人物），法國人會這麼說。如今回想起來，那名越南人極有可能是受益者。」

奈斯問。「在倫敦的受益者是誰？」

「我還在等最後報告，」歐戴說：「不過初步評估有兩個，倫敦西區的一個塞爾維亞人集團，還有一個東區的英國舊黑幫。根據英國軍情五處的說法，無論是哪一邊，都把卡雷爾・里柏視為眼中釘。」

我說：「G8的會場到底在哪裡？」

「倫敦東區。」

「那麼，如果科特等人找的是道地的當地人，應該會跟那個英國老幫派結伙才對。」

「究竟為了什麼呢？」史嘉蘭傑洛問。

許梅克說：「他們的報答行動一部分被當作舊式的保護費，藉以得到在當地活動的許可。類似通行費或稅金之類的。剩下的是為了交換一些奧援，像是住處、藏匿的地方，還有行動當天的站崗和其他近身維安，還有在一定距離外布置警戒線，就像我們在巴黎看見的。」

「這麼一來我們的行動更困難了。」

我搖頭。

「更容易，」我說：「我們要找的不再是兩個人，我們要找的大概有五十二個人。他們說的是當地的支援人手，我說的是帶路的麵包屑。」

歐戴說：「對了，關於科特那位鄰居的事，你說對了，調查局起出將近一萬元現金，不過不是藏在衣櫃裡。」

「那麼藏在哪？」

「在他後院的洗衣機裡。」

「藏得妙，」我說：「我應該查看一下的，誰給他的？」

「他不肯說，而用水淋頭的刑求方式又已經過時了。」

「他怕得不敢說，這或許意謂著什麼。」

「還有，法國警方找到了早上射殺肯欽的子彈，嚴重變形嵌在那棟公寓牆上，不過它的化學組成和你從阿肯色帶回來的碎片一致，很可能是同一批子彈。」

我點頭。「這衍生了關於他如何出入英法的問題。他沒搭經濟艙，否則你應該會有書面紀錄，而且他不可能在眾目睽睽下帶著五〇口徑的步槍和一盒子彈通關。」

「兩種可能，」許梅克說：「從莫比爾或加爾維斯敦港搭貨船出海，或者從隨便什麼地方搭私人飛機，歐洲私人機場的通關檢查基本上只是做個形式。」

「肯定是搭私人飛機，」歐戴說：「那些人正在到處撒錢。我是說，把一萬塊錢送給一個阿肯色的缺牙鄉巴佬，太不值得了，那傢伙只要有個幾百塊錢就會樂歪了。他們考慮的不是代價高低，他們只想把問題迅速解決，而他們有充裕預算可以辦到這點。」

奈斯問。「他們今天又是怎麼到倫敦去的呢？」

史嘉蘭傑洛說：「火車吧，也許，通過英法海底隧道，這條隧道在巴黎有個護照查驗站，可是過了之後就暢行無阻了，市中心直達市中心。」

「他們的槍枝又是如何運送的呢？」

「可以用高爾夫球袋，或者滑雪袋，旅客的行李本來就千奇百怪。」

「他們怎麼知道在倫敦該和什麼人接頭，以便召集當地的支援人馬？」

「事前調查吧，我猜。事前協商，可能是。」

「明早會有更多消息進來，」歐戴說：「今晚大家就休息吧，明天早餐時繼續討論。」

我下樓，走出紅門，可是又一次聽見背後傳來高級皮鞋的喀喀聲，和深色絲襪的窸窣聲響。我轉身，看見史嘉蘭傑洛向我走來。她注視著我，眼神空洞冰冷。「我們得談談。」她說。

我說：「談什麼？」

「你。」

「我怎麼了？」

「我不想在這裡談事情。」

「那要去哪？」

「你的營房。你的房間感覺很空，像中立地帶。」

於是我們一起走過去，我開了門，我們像以前那樣坐下，我坐沙發，她坐椅子，兩人調整角度，以便能面對面看著對方的臉。她問。「晚餐愉快吧？」

「還不錯，」我說：「妳呢？」

「忙著和歐戴上將還有許梅克爭論。」

「爭論菜好不好吃？」

「不是，爭論你在倫敦的角色。」

「怎麼說？」

「倫敦的情況和巴黎不一樣，英國人不一樣，他們習慣掌控一切。他們會接受建議和情報，可是他們不會讓我們實際參與任何工作，那是他們的地盤，我們得尊重這點，我們在很多方面還得仰賴他們。」

「所以？」

「依我的看法，你應該以我方無名密探的身分到那裡去。」

「可是歐戴不贊成，因為這麼一來我就使不上力了。」

她點頭。「他希望你以普通平民的身分去，和我們無關的，意思是萬一你因為在路邊掐某個老先生脖子而被警方逮捕，我們也一點辦法都沒有。」

「我會小心。」

「我是說真的，」她說：「歐戴上將提到一些公然違法的事情，你到那裡去本身就是公然違法。無名密探在盟友司法權限中的定義非常模糊，萬一你搞砸了，很簡單，你就只是普通罪犯。事實上，比這更糟，因為大使館還會關切普通罪犯，可是沒人會關切你。他們會巴不得離你遠一點，因為我們會要求他們這麼做。」

「我會小心。」我又說。

她說：「我看了約翰・科特的檔案。」

我說：「然後呢？」

「你訊問他的方式非常高明。」

「謝了。」

「你挖了個陷阱，讓他自己往下跳。他非常自大，禁不起別人挑釁。」

我點頭。「妳說到重點了。」

她說：「我認為你跟他一樣壞。」

我沒說話。

她說：「這時候你應該說，你從來沒殺過人。」

「必要時我會的。」

「我覺得派你到倫敦去太冒險了，不管用什麼身分。」

「那就別派我去。」

「意思是無論如何你還是會去？」

「我有行動的自由。」

「我可以收回你的護照。」

「來拿啊，在我口袋裡。」

「我可以上網讓它失效，這樣你就會在機場被逮捕。」

「隨妳，」我說：「我又不會少塊肉。科特遲早會回來，到時我再去逮他。政局癱瘓，股市崩壞，經濟衰退，飢荒，戰爭四起，整個世界分崩離析，這些我全不放心上，我照料得了自己。再說我也沒有什麼了不起的任務在身。」

她沒說話。

我說：「妳得爭取最好的奧援，其他的都可以忽略。我好像在哪裡看過這句話。」

「你就是最好的奧援？」

「這還有待證明，這事要麼有人去執行完成，要麼沒有。這人要麼是我，要麼不是。未來的事很難說，可是我的表現紀錄還不錯，我看不出我有搞砸的可能。」

「你被捕不到五分鐘就會把事情給搞砸，然後我們會在維安緊急任務之外多出一樁外交事件，我真的很難信任你。」

「那就跟我一起去，」我說：「妳可以監督我的所有行動，我們可以隨時商量問題，不必保持七呎距離。」

她點頭。「這正是我和歐戴達成的折衷條件。」

「真的？」

「不是我，」她說：「凱西‧奈斯會跟你一道去，不公開。她還很生嫩，他們沒有她的情資。況且目前她不屬於中情局，她是國務院的人。」

「交戰守則？」

「一切聽她指揮。」

史嘉蘭傑洛說完便離開了，留下淡淡的香皀和溫熱皮膚的氣息。我等了一分鐘，然後離開房間，回到紅門。我上樓到了許梅克辦公室，看見他坐在辦公桌前。「史嘉蘭傑洛把你們的晚餐對話告訴我了。」我說。

他說：「開心嗎？」

「是啊，高興得翻筋斗。」

「往好的方面想，你會需要最新消息和情報，我們會把它們傳給奈斯，讓她轉交給你。

沒有她，你只能瞎摸索。」

「她曾經到海外出任務？」

「沒有。」

「她曾經到任何地方出任務？」

「這類的沒有。」

「你認為這麼做好嗎？」

「這是必要的折衷方式，這樣你才能到那兒去，你不需要聽令於她。」

「可是我得照應她。」

「她很清楚自己從事公職的目的，而且她不像外表那麼柔弱。」

「這話你說過了。」

「我錯了嗎？」

我想起她的好友月亮東尼，沒答腔。

許梅克說：「不想去就別去，李奇，你沒虧欠我什麼。追溯時效早在幾年前就過了，是歐戴決定登報找你的；一種心理戰，他是這麼說的，他說要成功只有這個辦法。」

「他錯了嗎？」

「不想去就別去，」他又說：「已經有好幾百人投入其中了，而且英國人非常重視這事。我是說，他們早就在做了，畢竟是G8峰會，如果你是做維安業務的，那麼這次大會就是你的超級盃。所以他們全卯足了勁，所以不缺你一個。你不過就一個人，少了你又有什麼差別？」

「這也是一種心理戰？」

「當然，我也希望你能去，我希望所有人都去，必要時組成一道人牆，不管代價有多高。因為，如果有個美國槍手把G8變成G4，那我們這個國家就真的麻煩大了。」

「這也是心理戰？意思好像是說，你很愛國，對吧？這是什麼，心理操控術一〇一招？」

「去找歐戴談吧。」他說。

我去了，緊接著馬上去找人，經過會議室走到它隔壁的辦公室。歐戴坐在辦公室前，穿著黑色便裝外套上衣和黑色毛衣，頭低低的。他抬起眼睛來看我，腦袋不動，像是怕扭到脖子。

我說：「這差不多可以說是史上最糟糕的點子。」

他說：「就算是吧，這也是你逮到約翰・科特的最佳機會。我會把我知道的情報傳給奈斯小姐，你有整個政府的公權力做為你的後盾，而且你得馬上去做。除非他消失，你沒辦法一夜好眠。」

「我睡得很好。」

「那就試著自我超越吧。當然，我們都看過你的檔案，至於貼在科特房間牆上那些剪報？我們很清楚上頭寫些什麼。那位多明妮可・柯爾──我們的奈斯小姐正好和她同年──被人用廚刀割去乳房，因為你派她去逮捕一個瘋子。」

「沒錯，」我說：「這正是那些剪報的內容。」

「你怎麼了？迷信？每個人遲早都會經過二十八歲，根本毫無關聯，而且你也不會派她去逮捕什麼人，因為這次不會有任何逮捕行動。我要你到那裡去，就你一個人，近距離，私下接觸，而且我要你把他們的耳朵帶回來當作證據。」

「為什麼找我？擅長這方面的人才起碼有數百個。」

「如果很容易，無疑地他們當中一定有人能夠勝任，可是這事並不容易，這是不爭的事實，而那些人恐怕都應付不了。這正是我害怕的地方，我需要一面擋球網，我需要一個信得過的人。」

這或許也是一種心理戰吧。

23

次晨，我和凱西・奈斯會合。她已經接獲通知，滿面紅光，她解說著工作程序。「我們的手機裝有衛星導航系統，因此他們會密切注意我們的每一步行動。我會透過語音、文字和電郵接收最新情報，我們的手機內都預設了對方的號碼，還有歐戴上將和許梅克的，供緊急聯絡用。所有通話都會加密，不怕被追蹤。」

我說：「他們有沒有告訴妳交戰守則？」

「有。」她說。

「誰告訴妳的？」

「所有人。」

「分別或者一起？」

「分別。」

「他們全都說了同樣的話嗎？」

「不一樣。」

「所以妳打算聽誰的？」

她說：「歐戴上將。」

許梅克給我們許多實用的東西：手機充電器、信用卡、一疊英鎊現鈔、旅館預約單，從亞特蘭大到倫敦希斯洛機場的達美航空機票。灣流小飛機將帶我們南下喬治亞州，可是在那之後我們就只是普通旅客，和一般市民一樣。

接著我們在會議室會合，因為歐戴有兩件最新情資要給我們。首先是一張照片，是擷取自巴黎鐵路北站維安監視系統的靜止畫面，上面所標示的時間顯示，這是肯欽遭到槍殺之後五十分鐘的畫面，失焦而且有點模糊，但夠清楚了。照片中有一名男子，中等身高、體格精瘦結實。他側臉對著鏡頭，混在人群中，可是突出的顴骨洩漏了他的身分，是約翰・科特。他眼睛低垂，嘴巴緊抿成一條線，單從一個鏡頭很難說得準，不過從他的肢體語言和臉部表情看來，他在擁擠的人群中相當不自在。這也難怪，在李文渥斯監獄蹲了十五年，接著在阿肯色鄉下住了一年，而巴黎北站是全球最繁忙的火車站之一，對他來說這生活步調的變化太大了。

歐戴說：「那是歐洲之星鐵路大廳，往倫敦的列車十分鐘後出發，可以推測他在那班列車上。」

奈斯說：「卡森為什麼沒跟他一起？」

歐戴說：「我們應該假定他們是分開行動的，這樣比較安全。他們不會甘冒兩人同時倒大楣、雙雙被逮到的風險。」

接著他打開一只檔案夾，抽出一疊文件。倫敦軍情五處所做的幫派分析報告。他說：「他們確定是當地那幫英國人。目標地點周邊的街區是他們的地盤，因此他們迅速逼近卡雷爾・里柏一票人馬，快得里柏先生的死訊都來不及透過正常管道傳到他們耳中，當然他們事前就知道那會發生，因為是他們設的局。」

他唸出名單上的四個名字，一個幫派頭子加上三名心腹，懷特、米勒、湯普森和葛林，聽來像法律事務所，接著他描述一支三十多人組成的核心小組，什麼時候或在什麼地方會由一群急著證明自己身價的契約工遞補。他說這伙人素來有「羅姆佛小子幫」的稱號，因為他們出身在一個叫做羅姆佛的地方，這裡位在倫敦東區，泰晤士河北邊，就在環城公路內側。他說他們主要是本國出生的白人，他描述他們的經營項目，也就是販毒、色情和槍械，和里柏相同，外加收保護費、放高利貸等額外收益。他沒有駭人聽聞的故事要告訴我們，陰森可怕的謀殺事件、恐怖的懲罰和殘虐的拷問，他說多年來許許多多他們的受害者都已經人間蒸發，消失了蹤跡。

奈斯去打包行李，我再次洗了澡，再次穿回衣服，把牙刷放進口袋。我們在灣流飛機的機艙內會合，她穿著她的阿肯色裝束。「歐戴上將說你對這事有點猶豫不決。」她說。

我沒說話。

她說：「我是說，和我一起出任務。」

我沒說話。

她說：「多明妮可・柯爾遭遇的不幸不能怪你。」

「歐戴讓妳看了檔案？」

「我已經在科特房間牆上看過了，那不是你的錯，任誰都料想不到的。」

我沒說話。

她又說：「我不會去逮捕任何人，我不會貿然行動，不會讓歷史重演的。」

「我同意，」我說：「這類事情通常是例外，不是常態。」

「也許我們還沒到那裡問題就解決了，英國人一定卯足了勁在辦事。」

「相信一定是的。」

「歐戴一拿到他們的資料就會傳給我們的，我們不會有事。」

「妳這口氣才真叫猶豫不定。」

「我有一點不確定感。」

我說：「我也是，任誰都一樣，不管是哪一方，這是好事。這表示誰反應快，誰就是贏家，妳只要迅速反應就沒問題。」

「我們不可能同時搶第一。」

「我同意，」我又說：「我可能會慢一點，這麼一來將會有人拿步槍對我開火，所以妳最好和我保持七呎距離。」

「要是我反應慢一點，他們對我開火？」

「一樣，起碼七呎距離，起碼我還有五成勝率。」

亞特蘭大機場太大了，我們得搭計程車從通用航空辦公大樓前往登機航廈。奈斯在一個看來像自動提款機的機器前報到，可是我到普通櫃台去，櫃員瞄了下我的新護照，給我一張用舊式紙板做成的登機證。我們坐的是讓人覺得語意自我矛盾的豪華經濟座椅，奈斯說它意謂著比較寬敞的腿部活動空間。她解說著政府為了節省納稅人的錢而採用的一長串複雜的計算方式。基本上大家出差都是坐經濟艙座椅，除非有迫不得已的理由，而我們符合規定的唯一理由，就是我們落地後必須馬上展開工作，因此獲得了優惠。

結果也沒有多優惠，我們進入安檢程序，脫去鞋子、外套，口袋掏空。接著我們晃過一個像大賣場的空間到了候機室，順道買了我的咖啡和她的果汁。她帶了一只小登機箱和一只介於手提包和購物袋之間的袋子。做為普通市民，她看來比我自在得多，坐在薄墊椅子上等候。最後，等所有有著普通腿部活動空間的座椅全坐滿之後，我們總算上了飛機。我們的座椅其實很普通，所謂椅子前方的多餘空間顯然只對她有用，對我則不然，如果我把後腰的脊椎骨緊貼著椅背，還勉強可以讓小腿稍微往前伸出一點點，但最多也只能這樣了。

機長說飛行時間大約是六小時四十分鐘。

兩小時後，我們吃喝完畢，機員把溫度調高，讓所有人沉沉昏睡過去，也讓自己能喘口氣。這叫熱棍子伺候（thermal coshing），我聽過他們私底下聊天時這麼說。不過我無所謂，我在更糟的情況下也睡過。我的頭枕有兩片活動的小翅膀，於是我像戴著某種醫療器具那樣把頭塞進去，閉上眼睛。

奈斯說：「我吃藥是因為我很焦慮。」

我睜開眼睛。

我說：「有用嗎？」

「有，有用。」

「妳剩下幾顆？」

「五顆。」

「昨天吃晚餐時妳還有七顆。」

「你數了？」

「也不是，只是剛好注意到。那是處方藥，黃色的，很小，妳放在口袋裡，總共七顆。」

「昨晚我吃了一顆，今天早上又吃了一顆。」

「因為妳很焦慮？」

「對啊。」

「妳在焦慮什麼呢？」

「掌握簡報還有執行任務。」

「現在還焦慮嗎？」

「不會。」

「因為早上吃了藥？」

「藥效已經消退了，但是我沒問題。」

「很好，」我說：「因為好戲還沒開始呢。」

「我知道。」

「月亮東尼的醫生難道不擔心他怎麼老是沒好轉？」

「一般人大都吃這東西好多年，有的甚至吃一輩子。」

「妳打算這麼做？」

「我也不知道。」

「還有什麼事讓妳焦慮？」

她先是沉默，接著說：「風險吧，我想，就只是這樣。當中的風險太高了，我們不能讓它再發生。」

「不能讓什麼事再發生？」

「九一一事件。」

「當年妳多大年紀？」

「青春期。」

「當時妳就決定加入中情局了？」

「我知道我必須做點什麼，參加招募是最理想的決定，畢業後就被錄用了。」

「妳唸什麼學校？」

「耶魯。」

我在我的醫療頭具裡點了點頭，耶魯可說是中情局的人才搖籃，就像英國劍橋大學替軍情六處培育新血。恐怖分子只要研究一下畢業名冊，或者轟炸校友聯誼會。我說：「妳一定很聰明，才能進耶魯。」

她沒回答。

我說：「妳很拚？」

她說：「我盡力。」

「妳專不專心？」

「一向專心。」

「而且妳還花二十二塊錢支付交通費。」

「這根本八竿子打不著吧？」

「這表示妳只是有那麼點不守常規，這是妳必須做到的四件事當中的第四件。四個條件妳全符合，應付這次行動非常足夠了。聰明、努力、專心、橫向思考。」

「九月十日那天，這些條件我們也都具備。」

「不，我們沒有，」我說：「真的沒有，就像一九四一年我們沒有像樣的軍隊，因為我們已經很長一段時間沒打仗了，我們只有一群落伍的人做著落伍的事。可是我們進步得很快，就像妳，所以絕不會再發生不幸。」

「話不能這麼說。」

「我說了。」

「你太武斷了。」

「為這種事吃藥太划不來了。只要努力、專心、不停動腦，這樣就夠了。況且又不是只有妳一個人，有好幾千個，和妳一樣優秀、一樣努力、一樣專注。」

「還是可能失敗的。」

「放輕鬆，」我說：「過幾週以後再說。這和九一一不一樣。我知道史嘉蘭傑洛非常悲觀，可是萬一她錯了呢？某個政客挨了一槍，他的國家可能會有一半人會高興得開派對，買啤酒和標語旗，說不定能創造經濟奇蹟。」

「我相信他們研究過這個可能性，不過我覺得副主任代理人史嘉蘭傑洛的立場代表了大多數人的觀點。」

「妳這麼稱呼她？」

「這本來就是她的職銜。」

我問。「妳的槍已經送到旅館了嗎？」

「什麼旅館？」

「我們投宿的地方，還是妳打算到別的地方拿槍？」

「我沒帶槍，這次任務不公開，政府不能配槍給我，你也一樣。」

「那我們上哪兒弄槍？」

「根據標準程序，我們得自己到當地軍火商店去買。」

我把頭向左向右擠壓，推開頭枕的小翅膀。我說：「其實很簡單，因為羅姆佛小子幫應該會保持警戒來保護科特或卡森，我們遲早會和他們的外圍警戒線接觸，就像拉扯蜘蛛網的邊緣，而這些外圍警戒線的人應該都配有槍枝，這麼一來我們的槍就有著落了，因為我們要奪走那些傢伙的槍。」

「我想上面也會希望我們往這方向去考慮。加上許梅克上將認為和羅姆佛小子幫的外圍防線接觸本身就是一種不錯的戰術，以進行交易做為假藉口，他提議。如果我們能突破第一層，我們便可以分進合擊進攻第二層，進而了解核心的所在，也就是科特和卡森的所在。」

「如果我問妳一個問題，妳會不會老實回答？」

「看情況。」

「美國還派了多少不公開的幹員出這趟任務？」

「五個。」

「英方有多少秘密人員？」

「據我所知，十三個。」

「另外六個國家呢？」

「他們會分別派出兩位，俄國除外，他們和我們一樣派出七個。」

「全員到達是在什麼時候？」

「可能比我們早吧，我們會遲一點加入。」

「羅姆佛那些傢伙會有多忙？」

「忙什麼？」

「忙著交易，補貨、批發、零售之類的。」

「我不清楚。」

「多少有點忙，對吧？毒品、色情和槍械不外乎買進賣出，而市場上總是會不時出現一些價格更好的新面孔，不管是對買方或賣方而言。因此他們經常得跟不認識的人洽談，而且早就習以為常。所以，如果突然冒出個滿口生意經的彪漢，他們大概也不會想太多，出現第二個或許也不會，可是妳剛說總共有三十七個人全都抱著和李察・許梅克同樣的想法，到了第三個、第四個，他們的警戒線肯定會見一個殺一個，因此我們不會去做拉扯蜘蛛網的事，我們得採取別的方式。」

「什麼方式？」

「稍後再解釋。」我說，因為在這節骨眼上我也沒有答案，而她又只剩五顆藥片。

24

我睡了三小時左右，筆直坐著，頭被箝住。接著，在抵達前大約九十分鐘，燈光亮起，廚房傳出一陣乒乒砰砰的聲響。奈斯一副整晚沒睡的樣子，臉色有點蒼白，目光灼熱亢奮。熬夜旅行的樂趣。她說：「你去過倫敦嗎？」

「去過幾次。」

「我需要知道什麼？」

「妳沒去過？」

「沒去工作過。」

「這不是工作，我們的任務是不公開的，記得吧？」

「沒錯，」她說：「我就要進入一個陌生的國家，違反一百條法律和協定，他們可不會同意。」

「史嘉蘭傑洛也這麼說過。」

「她說對了。」

「這樣的話，機場會是妳的最大難關。我們應該假定他們會保持高度警戒，總之疑神疑鬼的。到處都有監視器和單向透視鏡，我們一走出飛機他們便會開始監視我們，幾乎是從空橋上就開始了，監視我們和所有旅客。他們在尋找焦躁不安或鬼祟的行為舉止。因為這是他們逮人的最佳機會，也是唯一的機會，而要是我們在邊境被遣返或者被拘留訊問，那可不太妙。因此千萬別露出緊張或鬼祟的樣子，別想一百條法律或協定的事，想想其他不相干的東西。」

「例如？」

「例如妳打算在倫敦做什麼？秘密小渴望之類的，不管多傻氣都行。」

「你真的想知道？」

「我要妳想像正在做，或者正要前往，妳到倫敦就為了這個，叫一部計程車馬上趕過去。」

「好吧。」

「出了機場就容易多了，只是每個公共場所的每個角落都裝了監視器，大部分私人場所也是。光倫敦這個城市裝設的閉路攝影器材就佔了全球的四分之一，躲都躲不掉，我們只能接受並且繼續走我們的。我們在演一場戲，不管我們願不願意，而我們唯一能做的就是在事發後，趁他們還沒看帶子盡速出境。」

「要是我們找到科特和卡森，就不需要盡速出境了，我們會被請到白金漢宮去接受贈動。」

「這得看我們找到他們以後對他們做了什麼，還有怎麼做。我相信英國人和我們一樣，希望我們處理得乾淨俐落，但萬一不夠乾淨，他們會直接把我們出賣，他們必須到國會接受質詢，而且英國多得是不友善的媒體，他們會迫不及待地出來大加撻伐，主張要有合法的拘捕行動和米蘭達警告[1]，還有公正的審理。他們會叫我們外籍傭兵，說白了就是殺人犯。我們會遭到譴責，必要時我們會被犧牲。總的來說，我還是覺得盡速出境的策略比較好，反正我也沒興趣到白金漢宮去。」

「你不想見女王？」

「不怎麼想，她只是人，人人平等。況且，她說過想和我見面嗎？」

「你在機場最好別有這念頭，肯定會被抓起來，他們會以為你想暗算她。」

早上是希斯洛機場的起降尖峰時段，我們在空中盤旋四十多分鐘，在倫敦市中心上空緩緩兜著大圈子，有些旅客被那種若即若離的感覺弄得緊張不已，有的則開心欣賞著窗外的風景，蜿蜒的河流，雜亂地蔓延、拓展開來的大都會，還有從垂直高度看來無比渺小、卻極盡細緻的散落各處的著名建築。接著氣氛變得嚴肅，列隊準備降落，機輪放下，飛機低緩地搖搖擺擺落地，接著快速向前滑行。

下機花了不少時間，大家起身，伸懶腰，忙著將手機重新連上網路，拿回自己的行李，在椅子底下尋找失物。我們跟著參差不齊的排隊人群進入航廈，隊伍三三兩兩，零零落落，但總算接續著，全部以半不耐、半疲憊的差不多速度朝同一個方向前進，我沒看見前面的旅客有鬼祟的跡象，我沒回頭，怕人家覺得我鬼祟。

等了半天，我們順利通過查驗櫃台。奈斯走在前面，交出填寫整齊的表格，我讀唇知道查驗員問她為何來英國，看見她回答，「休假，」接著又說，「我是說，holiday。」就像操雙語的那種人。我隨後過去，查驗員沒問我問題。我的新護照蓋上第一個戳印，接著通過櫃台和奈斯會合，兩人經過行李大廳走向英國稅務海關總署，這裡也沒有問題。他們花了大錢安裝隱藏式監視器，我們通過一長排單向透視鏡，沒看見半個人影。

接著來了一群群準備迎接我們除外的其他旅客的親友團，清晨的冷風從幾道臨街出入口灌進來，頭頂的招牌指出我們接下來的交通運輸選項，包括火車、地鐵、巴士或計程車。希斯洛機場位在西邊，而我們的旅館在東邊，對一位計程車司機來說會是記憶深刻的一次長程駕駛，因為這將是他本週收入最可觀的一次生意，不過許梅克給的那疊現鈔儘管豐厚，但畢竟是有限的。

因此我們選擇了地鐵，為了體驗一下，也因為我認為在地鐵內最能感受一個城市的氣氛。迴盪混雜的音響放大了恐懼或緊張感，或者相反地讓人感覺平靜。

漫長的車程，坐在堅硬的椅凳上，轉乘兩次，在比車廂大不了多少的隧道裡轟轟地疾駛。我沒感覺氣氛有什麼異常，有不少平常工作日的焦慮苦悶，但也只是這樣。我們在一個叫巴金的地方下車，走入上午的陽光。奈斯那樣子活像被拋棄的流浪女，推著活動行李箱站在火

1. Miranda Warning，指美國檢警在審訊前，必須告知嫌疑人其有保持緘默、不自證其罪的義務。

車站外的人行道上，一臉疲憊而且頭髮稍顯散亂。她估計旅館還有一段距離，得走上半天。我沒看見路上有計程車，離市中心太遠了。她說：「我們真的需要叫輛車子。」

我說：「這裡好像沒有。」

不過倒是有勉強可替代的東西。我看見一家掛著「巴金微型租車」招牌的石灰牆店面前停了幾輛破舊的轎車。我們走過去，我單獨進入店內。一名男子坐在高高的夾板櫃台後方，我向他表示要租車，他說依規定不可以沿街叫車，得要預約才行。

我說：「我沒有叫車，我只是用普通聲音說話，而且這裡也不是街上。」

他說：「我們只接受預約，不然會被吊銷執照。」

「你覺得我像政府稽查人員？還是像警察？」

他說：「你必須用電話預約。」他朝牆上的大告示牌一指，上面寫著「只接受預約」，底下附有一組電話號碼。

我說：「不會吧？」

他說：「不然我們會被吊銷執照。」

我正要考慮別的替代方案，忽然想起我口袋裡有一支手機，史嘉蘭傑洛在巴黎給我的，歐戴還為了這次任務給它裝了導航晶片。我拿出手機，撥了告示牌上的號碼。起初一陣靜默，接著一連串定位服務和國際協助生效，接著一支辦公室電話在我附近約一碼的地方響起，那名店員拿起來接聽。

我說：「我想租一輛車。」

那人說：「沒問題，先生，您什麼時候要？」

「二十秒以後。」

「在哪裡接您？」

「就在這裡。」

「目的地？」

我說了旅館名字。

「幾位乘客？」

「兩位。」

那人說：「您的司機一會兒就過去。」

結果比我要求的秒數多等了足足一倍時間，可是我沒藉故刁難。我關掉手機，回人行道上去和奈斯會合。我把事情經過告訴她，她說：「你不該強求的，他們會記住你。這種地方說不定得向羅姆佛小子幫繳保護費，他們肯定會拿一些馬路消息做為交換。」

車子又髒又舊而且不夠寬敞，但終究把我們送達了目的地，一家備有停車場、隱在一整排混雜企業當中的平價旅館，很久以前這地區只是座偏遠小村莊。它的某些隱密角落仍然很有寧村氣息。許多地方還留有老舊的磚牆，還有一棟宏偉得很不合時宜的老房子，如今被許多小得多的郊區型建築物團團圍困住。可能是一座舊莊園吧，兩百年前曾經無比富裕歡樂，大都市只是一則傳說，得坐一整天馬車才到達得了。可是後來鐵道來了，莊園失去一塊十英畝大的農地，接著又失去一塊，接著來了巴士和汽車，莊園失去了它的果園，接著花園，接著失去一切，只剩門前一小片石板地，足夠停兩輛車，只是得小心提防擦撞。

旅館是專為旅宿用途建造的，特別注重功能性。他們可以用一台起重機，把教皇機場的營房堆成四層樓高，結果大致是一樣的。我們辦了住宿手續，拿到鑰匙，奈斯說要上樓去安置行李，於是我也上去看我的房間，非常普通，但我需要的都有了，不需要的都沒有。我洗了臉，用手指梳了下頭髮，然後回到樓下，發現奈斯已經準備就緒。

她說：「接著要做什麼？」

我說：「咱們去瞧瞧。」

「瞧什麼？」

「G8會場。」

25

旅館櫃台的人替我們叫了輛接送轎車，非常得體地用電話預約，車子來得出乎意料地快速。奈斯把地址告訴司機，我們朝著在我感覺是東北邊的方向前進，經過許多感覺像郊區的街道，但不知怎地有一種壓縮感，就好像它們不得已變得繁忙了點，狹窄了點，急促了點。我們經過一塊顯示我們已來到羅姆佛的路標，但我們仍然位在市區的西側，接著沿著條小路繞過它的上方，轉眼進入一大片綠意盎然的風景區，它的形狀有如一片披薩，從我們的位置往外擴展出去，直到在遠遠的彼端和交通壅塞的環城公路——或者本地人口中的M25號快車道——銜接。

在這片楔形綠地的中央有一棟優美的磚造房屋，有著凸窗、山牆和煙囪，還有陡峭的斜屋頂，幾百個閃閃發亮的鉛條玻璃窗。伊莉莎白式建築吧，大概，或者考究的仿維多利亞式。房子四周是傾斜的金色碎石地，環繞著碎石地是平坦的草坪，簡單而造作，但大體上比禪風來得有整體感。

草坪的外圍有一道高高的磚牆，圈成巨大的長方形。它由前後左右將房子圍住，但距離非常長。那些草坪十分寬廣深遠，顯然是經過精算的結果。這道牆毫無疑問和房子是相關的，絕對是建築結構的一部分，可是從內部看，花園一定感覺非常寬敞。圍牆過去是整塊披薩形綠地的一小片殘餘部分，再過去倫敦市區再度展開，彷彿向內擠壓般地從左右兩側包夾。

我說：「就這裡？」

奈斯說：「是的。這裡是瓦勒斯莊園，達比家族住了幾百年的地方。房子是十五世紀建造的，圍牆則是維多利亞時期，目前做為會議中心。」

我點頭。同樣是一座舊宅邸，同樣在兩百年前富裕歡樂過，但也許走運的時間長一點。維多利亞時期的屋主一定預料到變化即將到來，也許他是鐵路投資者，因此搭建了圍牆，將世界隔絕在外。我猜這辦法的確有用，勉強撐了一百年左右，直到快車道興建，噪音逼得這家人再也無法忍受，終於遷居他地，家園就這麼變成商業中心，也許對生意人來說，噪音反而讓人覺得亢奮、幹勁十足。

我說：「這不可能是G8的典型開會地點。」

奈斯說：「沒錯，這裡頗具爭議性。通常他們會選擇比較僻靜的鄉下地方，可是英國人很堅持，說是這裡很靠近奧運會的地點什麼的，我想沒人真的清楚原因。」

租車停下後，我們在車內待了很長一段時間。**多了個槍手找麻煩，一切都不同了。**接著我們深吸一口氣，下車去看個仔細。圍牆大約有九呎高，很厚實，布滿雕琢裝飾，還設有拱壁。必定花了大筆錢吧。裡頭少說也有幾千萬塊磚頭，都可以打造好幾座小鎮了。我又想起維多利亞時期的屋主，很久以前的那位達比先生。也許留著大鬍子或連鬢絡腮鬍。他肯定固執得不得了，寧可拋下家產去買一個小島。

這道牆只有一個出入口，在正面，精緻的鐵柵門，漆成黑色，到處綴著金葉裝飾。這道門和房子的大門完全對稱，遠遠地位在又長又直的車道的另一頭。這也讓這裡不至於是太糟糕的開會地點，非典型並且具爭議性，沒錯，但至少不是自找死路。讓軍隊進來，派步兵在圍牆外站成一圈，全副武裝，穿上戰鬥服，相隔大約十碼，在唯一的入口周圍設一道大型安全裝置，這麼一來馬上可以杜絕九成九的一般性暴力威脅。一輛防彈悍馬運輸車或許能把磚牆擊穿，或許不能，但比那小的肯定沒辦法。因此我可以理解為何八國的情報單位會同意採用這場地，他們認為這裡夠安全。

還很難說。

G8峰會還有三週才召開，可是準備工作已開始進行，這點很明顯。遠處有好幾輛廂型貨車正在卸貨，大門站著一名警員，正戒慎地望著我們。不是戴尖帽子的溫和警伯，而是身穿凱夫拉纖維防彈背心、配有黑克勒－科赫衝鋒槍的傢伙。

奈斯悄聲說：「他看見我們了。」

我說：「那是他的職責。」

「我們不能就這麼離開，這樣太可疑了。」

「那咱們去和他聊聊吧。」

我大步走過去，停下，避免靠得太近，擺出一種我們慣於運用的肢體語言：**別讓帶槍的傢伙有藉口對你動手**。我說：「我們本來想進去的。」

帶槍的傢伙說：「是嗎，先生？」

這人操本地口音，語氣平板，說「先生」二字時刻意冷淡，就好像他真正想說的是，**我不得不這麼稱呼你，其實我並不想**。

我說：「我們大概迷路了，我的旅遊指南很舊。」

他說：「什麼旅遊指南？」

「我父親給我的，更早是他父親給他的，應該算是傳家寶吧。上面說每年有特定幾天，遊客可以花六便士進去參觀房子和花園。」

「你應該把那本指南賣給古董店。」

「我想隨著通貨膨脹，現在可能不只六便士了。」

「這裡早在三十年前就不是私人房產了，總之目前是不開放的，因此我得麻煩你繼續往前走。」

「好吧。」我說。我們慢慢走開，一邊悠緩、仔細地掃視，往左，往右，往後，目光朝上對著樹林、排屋、雙戶住宅、低矮方正的公寓樓房，還有加油站、便利商店、車流和天空。我們的租車已經離開，因此我們繼續走。奈斯說：「接下來呢？」

她的樣子很疲倦，因此我說：「回旅館休息去。」

可是我們沒得休息，因為歐戴來了通電話，加上別的許多事情，讓我真希望自己是賭徒。史嘉蘭傑洛曾經問，**科特的伙伴會是誰？**當時我回答卡森，結果證明我沒錯。因為達瑟夫已經被找到，應該說，已經被逮捕了。消息剛從莫斯科傳來，三個多星期前他躲在一家夜店地下停車場內的汽車行李箱裡，跟著車子出城到了一座私人機場，往東飛了四千哩，然後和一般狙擊手那樣準備就緒，耐心等待。時機到來時，他用單發子彈射穿一個擁有一座鋁土礦提煉場的傢伙的腦袋。一千兩百碼距離，歐戴說。和以往一樣是交易，在私有化自然資源業界，只扣了一下扳機。之後達瑟夫的雇主就成為鋁金屬業第二大巨頭。

不幸的是，事情沒那麼簡單。第一大巨頭自然感覺受到威脅，而且自然看見更進一步合併事業的機會，而他在高層有朋友，全都打點妥當了。於是執法機關展開非典型的執法行動，天氣因素也幫了大忙。俄羅斯東端的春天可不像北卡羅萊納、巴黎或倫敦的春天，寒凍加上晚雪。那位剛出爐的第二大巨頭的飛機意外墜落，他的所有隨行人員被發現藏匿在當地一家旅館，達瑟夫也在其中。一場新瓶舊酒的KGB式訊問很快便切入事件核心，達瑟夫遭到了拘留。歐戴推測他們會讓他選擇：回SVR工作，不得有半句怨言，或者去坐牢。對一個在俄國監獄體系待過的人來說，他其實沒得選擇。歐戴已經將達瑟夫的檔案從兼職類移到專職類，未來會如何發展，他不清楚，可是對過去他非常確定：巴黎的兩次槍擊事件達瑟夫都不在場，此刻也不在倫敦。

我們結束通話。我們還在旅館大廳，奈斯說：「越來越棘手了，因為卡森是本地人，而科特也說英語。」

「想喝咖啡嗎？」我問。

「不想。」她說。

「熱茶？」

「無咖啡因的。」

於是我們再度離開旅館，到對街再過去一點的街區找了家質樸的咖啡館。不是國際連鎖，不是西雅圖常見的那種，只是老式的倫敦咖啡館，冷冷的螢光燈，潮濕的夾板桌。我點咖啡，她點低卡咖啡，我說：「閉上眼睛。」

她笑笑。「要不要脫鞋？」

「想想我們離開瓦勒斯莊園時看見的，回想一下，告訴我，妳第一個想到的畫面是什麼？」

她閉上眼睛。「天空。」

我說：「我也是。它的周邊是大片低矮的建築，有的是三層樓的排屋，有些是四、五層樓的公寓房子，但大部分都是普通兩層樓雙戶住宅，有些設有凸窗閣樓。」

「在四分之三哩半徑範圍內，總共大約有一萬個樓上窗戶。」

「不到一萬個。那裡不是曼哈頓或香港，是羅姆佛，不過幾千個肯定有。其中可能有幾百個是不錯的選擇，如果由妳負責安全工作，妳會怎麼做？」

她說：「我勢必得聽從情報單位的指示。」

「假設妳是情報單位的負責人？」

「我不會作任何更動，我會要他們繼續執行手上的工作。」

「什麼工作？妳有沒有見過總統蒞臨的場面？」

「當然見過。一輛防彈禮車駛入一條封鎖的街道，接著進入目標建築物附設的一座白色帳篷，帳篷的門片隨後關上，總統本人始終沒露面，安全待在防彈禮車內，待在帳篷裡。至少是安全避開了狙擊手，狙擊手不知道總統究竟會在哪裡或者什麼時候下車。因為有帳篷，他看不見。當然，他可以隨意掃射，可是命中的機率又有多少？就算是頂尖槍手也會有二十呎和兩秒的誤差。」

我說：「這次情報單位也會把他們那一套搬過來，對吧？他們一向如此，他們自己的防彈禮車、他們自己的帳篷，用空軍運輸機運來。英國人再怎麼堅拒別國插手都無所謂，既然你們要美國總統參加你們的會議，就得聽從我們情報單位的安排。你們必須在房子旁邊搭一座帳篷，不管你們樂不樂意。況且總統不會不准其他人使用，他不會說，抱歉，各位，請你們從工作人員入口進去吧。」

「不是所有元首都有專屬的防彈禮車。」

「無所謂，只要有幾輛賓士轎車就夠了，裝了深色窗玻璃的。總理坐的是哪一輛呢？副手和庶務人員又坐哪一輛？和帳篷的作用是一樣的。」

「你到底想說什麼？」

「如果我是約翰·科特，或者威廉·卡森，我一定很不爽。有那麼多對我不利的防範措施擺在眼前，非實施不可，而且清楚明白又牢靠，周邊又是大片低矮的建築物，太過平坦的射擊曲線，而理想的射擊地點又只有幾百個。我是說，如果英國方面願意砸下大筆加班預算，他們甚至可以在每戶人家的臥房都配置一名警員。」

「你認為不可能有暗殺行動？」

「怎麼可能有？禮車都直接開進帳篷了。」

她說：「你忘了大合照。」

26

我問奈斯關於大合照的事，她詳細解釋給我聽。她說，就和所有和政治、外交相關的事情一樣，這事也不像表面上那麼簡單。它不單是一種禮儀形式，其實裡頭大有文章。這事攸關形象和權力共享，小咖有機會站在大咖旁邊，真的是在平等的立足點上。這也攸關地位、身價，以及本國媒體。換句話說，事關曝光度，比喻和實際的曝光度都有。露天的拍照背景相當重要，因為你必須被世人看見和一群政要在一起談笑風生，勾肩搭背，討論政策，和所有人平起平坐。

奈斯還說他們到戶外並不單為了拍照，他們會不時三三兩兩在草坪上走動。要是義大利來的傢伙有國債和歐元方面的問題，他就必須被看見和德國人一起漫步，埋頭深談。事實上他們或許只是在聊孩子或足球，可是義大利民眾會買帳。同理我們的總統也會刻意和俄國領袖走在一起，法國人和英國人也會在一起，日本人則會找加拿大人談話，可能的排列組合數也數不完。加上他們平常其實很不對盤，有些人私底下還是癮君子，因此休息時間是必要的。

奈斯說：「相信我，科特和卡森一定能清楚看見他們的標靶。」

我問。「有沒有可能取消會議？」

她說：「沒有。」

透過熱氣蒸騰的咖啡館窗戶，我看見一輛黑色廂型貨車在我們旅館外面停下。

我問。「大合照不能在市內拍攝嗎？」

她說：「理論上可以，不過以目前的狀況不可能。」

「合理的謹慎也不行嗎？」

「給人膽小的感覺就不行。」

「太奇怪了。」

「這就是政治。必須讓世人看見他們盡自己的職責，而且其中有些人的選舉就要到了，這類報導十分重要。」

對街的黑色廂型貨車在路邊等著，沒人下車，沒人上車。

我說：「萬一下雨呢？」

她說：「他們會一直等到雨停。」

「這裡是英國，可能會下個沒完。」

「最近沒下雨，要不要我查一下氣象預報？」

我搖頭說：「凡事作最好的期待，作最壞的打算，戶外的拍照位置是不是事前就選定的？」

她說：「後院。那裡有平緩的階梯，矮個子用得著。」

「那房子後面對著公路，還好不是對著市區。」

「兩邊有不少建築物。」

「他們用不用防彈玻璃？」

「沒那必要，」她說：「那種玻璃板只能保護演說台上的個人，不適合用在八個人到處走動的場所。」

我點頭，在腦子裡想像著八個人到處走動的情景，假定他們從院子的某一道門走出來，所有人裝出一副對於原本高尚嚴肅的氣氛一下子轉為必須面對媒體的粗鄙提問感到不知所措的樣子。**不會吧？現在得面對記者？好吧，咱們速戰速決，好回去繼續辦正事。**於是許多人露出虛假的靦腆笑容，許多人善意地擠到後排位置。基於對權力共享、平等性和互相沾光的要求，這種事大概只在這一小群人當中發生吧。他們之中肯定沒人願意被孤立，萬一有一張七個人站在鏡頭一邊，另一個人孤零零站在另一邊的照片流出去，那可不太好看。那位領袖本國的新聞頭條一定會這麼狠批：**被撂在一邊涼快，自命清高，不肯跟人打成一片。**

因此他們一定會聚在一起，接著當他們認為各媒體已有足夠八卦可炒作，便會在階梯上排出隊伍，挺起胸膛，一動不動地站著。

沒有任何東西阻擋。

對街的黑色廂型車還在那裡。

我說：「妳的藥吃得如何了？」

她說：「還剩五顆。」

「所以妳狀況不錯？」

她點頭。「相當好。」

「是因為簡報順利，這次任務又有不錯的開始？」

「因為我漸漸看出這件事的端倪，我感覺情況越來越清楚了，科特和卡森會想要勘查那房子的後院，也許還有後草坪，這麼一來約有六成房屋可以不列入考慮。我們知道到哪去找他們，我是說，至少約略知道個範圍。」

對街的黑色廂型車還在。

我說：「假設我們順道去清除一下路障？」

她說：「什麼樣的路障？」

「意外出現的。妳沒問題嗎？」

「我想這得看情況。」

「怎麼說？」

她沉默好一陣子，像是非常認真地思考這問題。她說：「如果不會妨礙我們的行動，那就沒問題。」

「妳是說，萬一我們遇上問題，應該快速果決地把它解決掉？」

「是的，」她說：「既然是路障，我們就該把它排除然後繼續往前走。我們不能被雜事絆住，我好不容易找到一條通路，不希望它又關閉了。」

黑色廂型車還在那裡。

「好，」我說：「咱們回旅館吧。」

27

我們朝那輛廂型車的車尾走過去。它大約是小休旅車的大小，形狀也差不多，只是車子後部全用金屬板封死了，只露出前擋風玻璃還有駕駛座和副駕駛座車窗。黑色烤漆，沒看見任何文字，而且非常乾淨，打蠟拋光得像面鏡子，就像西雅圖那名海豹部隊隊員的車子，光這點就夠令人玩味的了。誰會用大型黑色車輛而且維護得纖塵不染？只有兩個答案：禮車公司，還有執法機關。而禮車公司不會使用廂型貨車，小巴士還有可能，但乘客喜歡有車窗。

不過這裡是倫敦，誰說得準？也許某種文化革命正在進行，突然興起一股對汽車保養的熱愛，也許半年以後便會像披頭四風潮那樣襲向美國，儘管我所看見的其他車子都髒兮兮的。

奈斯說：「是警察？」

我說：「不管怎樣，相信他們會表明身分的。」

我們越過街道，繼續往前，一路朝那輛車走過去。兩道前車門敞開，在我們走近時，同時迅速、流暢地解鎖，接著在我們走得更近時一起打開來。兩名男子下了車，在人行道上的那個緩緩轉身，他的伙伴匆匆繞過車頭。同樣的曲線，不同的速度，一種無疑經過長久練習而臻於完美的同步行動。

兩名男子都穿著深色套裝外加黑色雨衣，兩個都是白皮膚，或者說得精準些，粉紅皮膚。嚴重乾裂，就好像剛過了一個嚴酷漫長的寒冬。兩個都比我矮，可是不比我輕。兩個都有一雙關節粗大的手掌，頸子筋肉隆起。

他們擋住我們的去路。

「有事嗎？」我說，態度像科特的阿肯色鄰居。

原地小轉身的男子說：「現在我要把手慢慢伸進口袋，拿出政府認可的證件來給你過目，了解嗎？」

這很可能是個小花招，誘使我們盯著那人的手，緩緩跟著它移往他的口袋，停在那裡，再慢慢回來，在這同時另外那傢伙便可以趁機搞鬼，就算他從工具箱拿出零件來組合出一支全新的黑克勒—科赫衝鋒槍來也不奇怪。

可是話說回來，要是他們想要動槍，大可下車時就帶著。

我說：「了解。」

那人瞄了下奈斯。「小姐？」

她說：「請便。」

於是他慢慢伸手，掏出一只證件皮夾。黑色，看來很舊了。他用食指和大拇指把它翻開，裡頭有兩個透明窗，左右開合，有點發黃。其中一個裝著一枚倫敦警察廳警章形式的徽章，浮雕造型，亮閃閃的。綴在他們的尖警帽上看來十分神氣，印在紙上就不怎麼樣了。另一個透明窗裡放的是一張身分證。

那人舉起皮夾。

他的拇指遮住了照片。

我說：「你的大拇指擋住照片了。」

「抱歉。」他說。

他把拇指從照片移開。

照片裡的人是他。

他的頭頂印著**倫敦警察廳**幾個字。

他說：「我們想問你幾個問題。」

我說：「什麼問題？」

「我們想請你上車再說。」

「你會坐哪裡？」

那人愣了一下，回答說：「我們想請你坐在後座。」

我說：「我不喜歡黑漆漆的。」

「後座裝了金屬網格，光線很充足。」

「好吧。」我說。

他似乎有點意外，又愣了一下，然後點點頭，走向前，他的同伙跟著過來。我們後退，微微轉身，從路邊走向路面，然後讓開，禮貌地等他們其中一個來開門。

剛才倉卒繞過車頭的那傢伙開了車門，轉動門把，拉開右手邊車門的門板，用門擋撐住，接著拉開左手邊的車門板，同樣用門擋撐住，兩道車門張開超過九十度，因此形成一條狹長的彎道。裡頭的載貨區是空的，而且完全沒有標誌，全部漆成黑色，全部上蠟拋光得晶亮。它的內壁經過沖壓以便增加強度，地板是肋形金屬板。果然，乘客座後面焊接了一整片和後車門等高等寬的厚金屬網格。

車門的內側沒有把手。

那人從左手邊的車門繞回來，上前一小步。趁著他彎下身來操作門擋，我腳一蹬，縱身躍出，扭轉腰部，用手肘劈向他的鼻梁，結棍的一擊，微微朝下。他膝蓋發軟，腦袋往後甩，在尖銳的金屬碰撞聲中從車門彈開。可是我沒看見他接著怎麼了，因為這時我已經以逆時針方向扭轉身體，將奈斯推開，接著用同一隻手肘掃向頭一個傢伙。這人十分魁梧，但顯然不擅長打鬥。也許他一向過得太舒坦了，光靠著外表和名聲混日子，說不定已經很多年不曾跟人面對面硬幹。對付突如其來的手肘攻擊，唯一的方法就是一個扭轉然後伸手向前，用胳膊的多肉部位抵擋，這非常痛，甚至會有麻木感，但基本上你會穩住腳步。可是那傢伙正好相反，用錯了方法。他把頭向上、向後仰，下巴高抬，試圖閃避攻擊，想也知道這絕對行不通。我的手肘正中他的喉嚨，水平地削過去，如同一支以將近三十哩時速橫衝的鐵棍。關鍵在速度，和投手擲球或撞開門板的道理相同。而人的咽喉布滿各種脆弱的軟骨和小骨頭，我感覺我的手肘撞碎了一堆。接著我回頭準備對付另一個傢伙，可是他已不需要我追加拳頭了。只見他坐在地上，身體靠著敞開的車門，血從鼻孔滲出，差不多出局了。於是我又轉身，看見被我擊中咽喉的傢伙平躺在排水溝裡，咻咻呼呼地哮喘，猛抓著氣管。

我在他身邊蹲下，拍遍他全身，沒有槍枝，沒有刀。我回頭去查看坐在地上的傢伙，同樣沒刀沒槍。大白天的不宜動手吧，我想，畢竟是倫敦。

奈斯搖搖晃晃出現在我眼前，臉色蒼白。她說：「你這是做什麼？」

我說：「等等，這裡是公共場所，先把他們弄進車子再說。」

水溝裡的傢伙呼吸很微弱，我用雙手抓住他的雨衣前襟，把他抬高並且倒轉過來，讓他的頭和肩膀先進入車子的載貨空間，再把他整個人推進去。接著我用同樣方式處理另一個傢伙，但是改從他的後衣領和腰帶後面將他提起來，因為他的身體前部流滿了血，我不想弄得一身濕黏。我踢掉兩支門擋，也沒拿下，直接關上車門，然後查看把手。

很穩當。

奈斯說：「你為什麼那麼做？」

我說：「妳說我們不能被雜事絆住。」

「老天，他們是警察耶。」

「到前座去，我們得把這東西處置掉。」

「你瘋了。」

我看看周遭，看見一些車輛和人群，不過他們似乎只顧繼續忙自己的。沒有大堆人聚集，沒有人吃驚捂著張開的嘴巴，或者倉皇掏手機報警。沒人理我們，幾乎是有意識地。全世界都一樣，人人把頭轉開。

我說：「妳說過，萬一我們遇上麻煩，應該快速果斷地把它解決掉。」

我退到人行道上，繞回駕駛座車門。我上車，將椅背盡可能放低，但由於金屬網格的關係，放低的程度很有限，我勢必得用兩腿高高屈起、把腦袋夾在中間的姿勢開車，靠左行駛，加上手動變速桿和柴油引擎，沒有一樣合我胃口。

奈斯在我旁邊入座，臉色依然蒼白。鑰匙還插在點火器裡。我啟動引擎，踩下離合器踏板然後扳動排檔桿。變速箱裡似乎有一大堆齒輪組，包括倒車至少有七種。我仔細想了一下，將排檔桿往左再往上推，然後尋找方向燈操縱桿。

奈斯說：「我是說除了警察以外的麻煩。」

我說：「警察和其他人一樣麻煩，老實說，更麻煩。他們可以讓我們戴著手銬回機場去，別人沒辦法。」

「這下他們肯定會了，他們會窮盡一切力量直到把我們追捕到手。這下我們得開始亡命天涯了，因為你讓事情變得棘手千百倍、千萬倍，你讓事情變得無可轉圜了。」

我打開方向燈，檢查了後照鏡然後上路，因為左腳踩得太重而暴衝了一下。

我說：「問題是，他們不是警察。」

我換檔一次，兩次，三次，沿途感覺越來越順手，於是我直起身子，讓車子沿著左線道中央前進。

她說：「我們看見他的警徽了。」

「我打賭那是用家用電腦印出來的。」

「你**打賭**？這是什麼鬼話？你打算攻擊一千個警察，以防萬一碰上個真的？」

我再換檔，然後稍微加速，以便融入車流。

我說：「全世界沒有一個條子會把他的警徽叫做政府認可的證件，他們不會這麼想。他們會為自己的單位服務，為彼此服務，為全世界的警察兄弟們服務，或許也為自己的城市吧，充其量只是這樣，但絕不會為政府，他們痛恨政府，政府徹頭徹尾是他們的頭號敵人。全國上下沒有一個人了解警察，所有人只會針對他們提出大堆有的沒的批判，讓他們苦不堪言，真正的條子絕不會用這字眼。」

「這裡是英國。」

「全世界的警察都一樣，我知道，因為我幹過警察，而且遇過不少警察。包括這裡的。說到警察，那是沒有國界的。」

「說不定這裡的警察都這麼稱呼他們的證件。」

「我想他們習慣稱作police warrant card（警察委任證）。」

「可見他知道我們會無法了解，所以用別的稱呼。」

「他應該會說，我是警察，現在我要把手慢慢伸進口袋，向你出示證件，或者我的證件，或者身分證明，或者憑證，之類的。可是**警察**兩個字一定少不了，這點可以確定，而**政府**這字眼肯定不會出現，這也同樣可以確定。」

她沉默了會兒，然後拉開安全帶，扭轉身體，撐起膝蓋透過網格探看。

「李奇，有一個已經斷氣了。」她說。

28

我回頭看，但由於必須一邊盯著前方道路，因此無法確定，也許他只是呼吸非常緩慢。

奈斯說：「李奇，你得想想辦法。」

我說：「我又不是醫生。」

「我們得找家醫院。」

「醫院會馬上報警。」

「我們可以把車子丟在門口然後落跑。」

我繼續開車，究竟要去哪心裡也沒個底，只在每個交叉路口任意轉彎，隨著車流，沿著一條條彷彿沒有盡頭而又總是彎彎曲曲的道路前進。我推測我們大體上是遠離泰晤士河朝北行進，而羅姆佛大致在我們右邊。我們經過五花八門的商店，包括一些販賣速食、烤肉串、炸機、披薩、漢堡的無名小餐廳，還有各類保險辦事處、手機和地毯專賣店，沒有醫院。要是那傢伙已經停止呼吸，那也早就沒救了。

我把車子開進一塊被兩排單格車庫包夾的凹凸不平的長方形柏油空地。這空間內除了一輛破舊鏽蝕的腳踏車之外沒有任何車輛，沒有半個人影，沒有一點動靜。我停車，把變速桿撥到空檔，然後轉過身。

打量著。

等著。

那人已經斷了氣。

另外那傢伙盯著我看，臉的下半部染成血紅，上半部慘白。這下確定他是白人了。他的鼻梁嚴重斷裂，眼睛睜得大大地。我對他說：「現在我要過去開車門，別給我妄動，否則跟他一個下場。」

他沒回應。

我說：「了解？」

他說：「了解。」

說著嘴角冒出鮮紅的泡沫。

我打開車門，下車走過去。奈斯也從另一側下了車。我轉動後車門把，開了車門。還在呼吸的傢伙在左邊，已經斷氣的傢伙在右邊，我試探地將手臂伸過去，沒反應。於是我找到他的右手腕，檢查脈搏。

靜悄悄。

我湊過去，撐著膝蓋，觸探他的頸子，這傢伙還有體溫。我把他的領口拉下一點，用手指伸進他下頷關節的後面，久久停在那裡作確認。我這裡那裡查看，一邊等著。這人有一邊耳朵打了兩個洞，頸子上有一枚小刺青，從領口探出頭來，看來像一片在風中捲曲的葉子。

他死了。

我說：「我們應該搜一下他的口袋，兩個都要。」

我向旁邊跨一步，開始搜索還活著的傢伙。

她說：「我做不到。」

「什麼做不到？」我說。

「給死人搜身。」

「為什麼？」

「太恐怖了。」

「需要消毒嗎？」

「可以兩個都你來嗎？」

「當然。」我說，於是我開始動手。活著那傢伙口袋裡的東西少得可疑，而僅有的一點東西也很可疑。等到搜完他的長褲口袋，我已經可以確定他不是警察。首先，他身上有太多現金，數百甚至數千英鎊，紮成一大捲。警察是公僕，公僕不等於窮鬼，但他們經常得為收支平衡和信用卡帳單傷腦筋。加上這傢伙沒帶通訊工具，什麼都沒有，到處找遍了，沒有手機，沒有無線電，這對一個執勤中的警察來說是難以想像的。

我收起現金，把證件夾遞給奈斯。「看清楚。」

接著我開始搜死掉的那個，得到同樣的結果，現鈔和證件夾。我留下現金，把皮夾交給奈斯。她已經把第一張證件撕成碎片。她說：「你說得沒錯，這是假造的，塑膠視窗故意刮破，而且發黃的部分是用螢光筆畫的。證件本身是Word文件列印的，警徽則是是從網路下載的低解析度照片。」

我回頭查看死掉那人的刺青。也許那不是一片捲曲的葉子，因為一個壯漢怎麼會選擇捲曲葉子，或者任何形態的葉子紋身？除非他是環保人士，而他顯然不是。

也許是別的東西。

我說：「瞧瞧這個。」

我彎身解開那人的領帶，把它從領子底下抽出來，然後扯掉他襯衫的前四顆鈕釦，讓他的領口像以前的迪斯可舞男那樣翻敞開來。

那枚刺青不是樹葉，而是一枚花體圖案，一小片花邊裝飾在一個字母的左上方，一個大寫字母，是兩個字的開頭，這兩個字可能是名字或商標，用彎卷的字形寫在他胸口上方，女人戴項鍊的位置。

Romford Boys（羅姆佛小子幫）。

「萬一被抓去坐牢，」我說：「其他牢友看了不敢惹他們。」

我再關上車門，檢查了下把手。

很穩當。

奈斯沒說話。

「怎麼？」我問。

「這麼做風險太大了，萬一你錯了？只不過區區兩個字。」

「大家裝作沒看見，因為他們懂得明哲保身，也許他們早就習慣了，也許這種黑色廂型車在他們社區是不祥物，也許有很多人就這樣消失，從此不見蹤影。」

她沒說話。

「況且只有他們兩個。如果我們是以外國秘密特工的身分遭到追緝，他們應該會把任務交給政治部，因為這個單位有龐大預算要消化，加上他們也喜歡刺激，因此他們應該會帶著五、六個霹靂小組成員扛著催淚瓦斯槍趕來，而我們會陷入寡不敵眾的困境，場面肯定十分慘烈。現在已經不像電影裡的情節，倫敦警察不會穿著風衣走來走去。」

「你是什麼時候知道的？」

「他們應該會開小轎車，而且會說他們是軍情五處派來的，妳知道這些人老是廢話一堆。」

我們回到廂型車前座，我彎身檢查置物盒。裡頭有兩支手機，都裝了計時型的預付門號卡，也都還包著藥妝店包裝，如果是用現金購買的當然無法追蹤，我相信他們也一定是這麼做，非常周密的安全考量。顯然羅姆佛小子幫的組織紀律十分嚴謹，任何一次行動都可能成為易受攻擊的弱點，就算只是在平價旅館前接送兩個不疑有他的陌生人也一樣。任何狀況都可能發生，我們可能會抗拒，某個沒被收買的警察無巧不巧就在這節骨眼經過。因此沒刀沒槍，沒有用過的手機，少一些被起訴的理由，少一些案底。

我撥動排檔，向左向上，將車子駛離柏油空地，回到路上。

車子往南走了一哩，接著往東駛向羅姆佛。我跟任何男人一樣愛吹噓自己的厲害，因此我打算找個最佳地點發表一下。我希望這輛車子在他們擔憂一整天之後才被找到，我要知道是誰發現的，而且要從一個隱密穩當的位置監看一切經過。於是我們根據這三個必要條件到處勘查，直到發現一個符合所有要求的地點。那是一家小超市後面的一座布滿裂縫的水泥停車場，而停車場的後方面對著一棟民宿的後門。民宿是由兩棟舊連排別墅改建成的，有很多窗戶。奈斯用手機調出地圖，查看這一帶的狀況。相當令人滿意。這棟民宿位在一條南北向幹道上，附近有好幾條往東和往西的岔道。

她說：「可是這裡一定有他們的眼線，顯然那家微型租車公司就有。也許用來交換保護費的折扣，也許是大折扣。載我們到瓦勒斯莊園那傢伙一定很快就向他們通報了。」

「因為瓦勒斯莊園屬於他們的地盤，」我說：「這裡不是。況且現在他們一定以為已經逮到我們了，在發現這輛車之前他們不會再度派人來搜索，我們暫時可以安心。」

我們又繞了個圈子，在距離停車場入口約一百碼的地方停車，我告訴奈斯我會在轉角和她會合。她說：「停車場內可能有監視器。」

我說：「我會把頭放低。」

「效果不大，你太顯眼了。」

「等到他們調出帶子來看那天，我們早就離開英國了。」

她沒說話，只默默下車然後走開，我完全清楚我們碰過哪些東西，用死掉那傢伙的領帶逐一擦乾淨，後車門把手，門內把手，方向盤，變速桿，轉向柱手柄，座椅調整桿，安全帶鎖釦，置物盒鎖栓。我把領帶丟進水溝，將外套脫到肩膀下，將袖子拉長到蓋住雙手，然後就這麼開車通過最後一段路，把車隨意停在超市卸貨門附近的一個位置。我關閉引擎，抽出鑰匙，下車並且把車遙控上鎖，然後走開，一邊彎下脖子，低頭看著腳下的水泥地。

奈斯在轉角等著，我們又往前走了一個街區，接著再度轉彎，來到一條無比寬闊又無比繁忙、奔馳著巴士和卡車、車輛川流不息的四線道路。我們找到那家民宿的大門，果不其然在我們原先料想的位置。我們走進去，看見一間三十年前或許很潔淨清爽，但如今已變了樣的大廳。我們要求一間靠後面的房間，說我們擔心前方道路的噪音，說航空公司弄丟了我們的行李，不久會替我們送過來。我用死掉那傢伙的現鈔付了帳，拿到一把很大的銅鑰匙，然後到了樓上。

房間很冷，有點潮濕，可是窗戶相當大，窗景絕佳。停車場就在外面，窗底下約四十五度的位置。那輛廂型車也清楚可見，背對著我們。奈斯坐在床上，我選了遠離窗口的化妝台椅子坐下。我不希望有人抬頭看見兩團蒼白的橢圓形貼著窗玻璃。總是退居暗處比較好，就像科特在巴黎時趴在餐廳桌上那樣。

我們等著，一如我以前的許多次經驗。等待是執法工作的重要環節，通常也是軍旅生涯的重要環節。**漫長、悠緩的大段空白，間或爆發零星的突發狀況**。我對這很在行，結果奈斯證明她也同樣在行。她一直保持清醒，這是關鍵所在。她保持放鬆狀態，不刻意盯著看，但始終注視著可能會有動靜的地方。當中她一度去了洗手間，我不禁想起她的藥，可是什麼都沒說。

接著她無可避免地提起那個問題。她說：「你會不會為那個人的事難過？」

我說：「哪個人？」

「死掉的那個。」

「妳是說被我無情殺死的那個人？」

「算是吧。」

「相當強悍的傢伙。」

「你會難過嗎？」

「不會。」我說。

「真的？」

「妳呢？」

「有一點。」

「妳又沒對他做什麼。」

「還是一樣。」

「他原本可以選擇的，」我說：「他可以扶老太太過街，可以在圖書館當義工，這裡總該有圖書館吧；他可以替非洲或者這陣子需要救助的任何國家募款。他可以做一籮筐好事，可是他沒有，他選擇到處敲詐勒索，傷人性命。到最後他開錯了門，發生在他身上的事得怪他自己，不能怪我。加上他是個廢物，只會浪費糧食，太蠢了不配活著。」

「蠢又不犯法，再說這個國家也沒有死刑。」

「現在有了。」

她沒回應，於是我們再度陷入一片沉寂。午後的天光逐漸消褪，窗底下的停車場亮起昏黃的蒸汽燈。它懸掛在一根高柱子頂端，幾乎把那輛黑色廂型貨車照得通亮。許多車子進來、停車然後離去，每個車主都會往那輛車瞄上幾眼，然後別開目光。起初我以為那是因為他們都認得那是誰的車子，因此感到不安。可是後來我發現另有原因。

我說：「活著的那傢伙一定在拚命敲打叫喊。」

這是我的失誤。我應該要他別那麼做，或者設法讓他沒辦法那麼做。這會打亂我的時間表，看來我沒辦法讓他們擔憂一整天再行動了，頂多幾小時吧。儘管一開始羅姆佛的多數居民對於扮演大善人似乎沒什麼興趣，沒人對那傢伙伸出援手，只是別開眼睛，盡速離開停車場。我想這再度證明，暴政之下，人人自危。

奈斯說：「我餓了。」

我說：「附近應該有不少吃的，烤肉串、炸雞、披薩、漢堡，要什麼有什麼。這裡似乎是全球速食中心。」

「要不要去買點什麼？」

「能吃就盡量吃，這是金科玉律。」

「你餓不餓？」

「有一點。」

「你想吃什麼？」
「披薩，」我說：「只加起司，吃到老鼠或鴿子肉的機率少一點。或者貓肉狗肉。」
「飲料？」
「只要工廠製造、用密封罐包裝的都行。」
「我不會有事吧？」
「這得要看妳點什麼？」
「我是說，在這附近走動沒事吧。」
「妳擔心被搶？」
「我擔心被羅姆佛那幫人發現。」
「他們不會來找我們，他們以為我們已經被擒了。」
「積極找我們和無意中發現我們，兩者是有區別的。」
「如果要妳用七個字形容自己，妳會怎麼說？」
「你是指外表還是心理？」
「我是說，假設妳是那個租車司機，要告發咱們。」
「我也不知道。」
「女性，普通身高，綁馬尾，穿棕色皮夾克，他會這麼說。妳改變不了自己的身高、性別，但妳可以放下馬尾，脫掉外套，這麼一來妳就只是個穿牛仔褲和T恤的二十來歲女孩，這樣的人在這一帶起碼有成千上萬個，安全得很。」
於是她伸手到腦後，拉掉橡皮筋之類的東西，甩了甩頭，讓頭髮鬆垂下來。接著她讓外套滑落一邊肩膀，然後另一邊肩膀，接著拉掉袖管，把外套放在床上，轉過身來對著我。

她的樣子像不像多明妮可・柯爾？像但又不像，不完全像，因為她具有斯堪地那維亞人的特徵，而柯爾比較接近地中海族群。柯爾的皮膚較黑，髮色較黑，眼睛較黑。我們共處的那幾週天氣異常酷熱，即使對華盛頓特區的夏天來說也一樣，而隨著日子一天天過去，她的皮膚也逐漸曬得黑黑褐褐的。她大半時候都穿短褲，搭配T恤。而讓她和奈斯產生連結的正是T恤。柯爾的T恤是橄欖綠色，奈斯的是白色，可是在輕薄的衣服底下同樣都是處於顛峰狀態的青春健康的女性軀體，結實而柔軟，出奇地矯健、優美而柔韌，出奇地相似，至少表面上是如此。內在可就不同了。相較於奈斯的羞怯，柯爾顯得果敢許多，對自己的能耐有十足把握，極度自信，隨時準備迎戰。

結果卻沒有好下場。

我說：「保重。」

奈斯說：「十分鐘回來。」

她說著離開，我聽見她的腳步聲消失在走廊裡。我迅速俯身避開窗口，把手探入她的外套口袋，拿出那只橘色塑膠藥瓶。

她剩下三顆藥。

29

我獨自坐在那裡，望著小超市的停車場，看見同樣的事情一次又一次重演。駕駛人停下車子，下車，瞄一眼那輛黑色廂型車，突然面露驚愕、不安，然後他們會移開目光，匆匆進入超市。幾分鐘後他們走出來，倉皇開車離去。

十分鐘過去，奈斯沒回來。

燈柱後面的天空已變暗，薄薄的夜霧降下，黑色廂型車——不時搖晃、震動幾下——結了層水露。裡頭還活著的那傢伙肯定絕望透了，他說不定尿急得不得了。

十五分鐘過去，奈斯沒回來。

終於，有個駕駛人停下車子，下了車，看了眼黑色廂型車，沒有走開。一個年輕人，大約二十歲，留著一頭用髮油往下抹得滑膩的布丁碗髮型。他謹慎地朝廂型車走近一步，歪著頭聆聽。他又跨近一步，從駕駛座和側面的車窗往內探看，接著伸長脖子，透過前方的擋風玻璃看著車內。

他從口袋掏出手機。大概是契約工吧，急著證明自己的價值。他又仔細聆聽，大概在聽著車內的人說話，記下一個號碼然後撥打手機。

在我後方，鑰匙打開門鎖，奈斯走進房間，一隻攤平的手掌上疊著兩只披薩紙盒，另一手拎著一只裝了兩罐冰飲料的薄塑膠袋。

「還好吧？」我問。

她說：「還算順利。」

我朝窗口點了下頭。「有個小子打電話通報。」

她把餐盒放化妝台上，走過去看。那個年輕人正在講電話，彎腰唸出廂型車的牌照號碼，接著把手機從嘴巴拿開，對著駕駛座車門和車柱之間的封條喊了一個問題，然後把耳朵湊近那條接縫，聆聽著回答。大概是活著那傢伙的名字吧，年輕人把它回報給電話那頭。

奈斯問。「他為什麼不打破車窗或者撬開車門？」

我說：「妳認為他知道怎麼做？」

「他應該知道啊，我是說，看他那樣子，雖說我不該以貌取人。」

「我猜和他通電話的人要他別那麼做。世道險惡，那兩人可不是征戰有功的英雄，他們把事情弄擰了，為了他們弄壞一輛車太划不來了。有人會帶備用鑰匙過來。」

「多久？」

「五分鐘，」我說：「或者十分鐘，總之很快。他們不在乎手下的死活，可是他們會很想聽聽事情經過。」

我離開椅子，打開一只披薩盒。只放起司，白麵團，烤得有點鼓脹、焦酥，比美國的巨無霸披薩小一點。我說：「謝謝妳為我帶回晚餐。」遵照小時候母親給的叮嚀。

她說：「不客氣。」說著也拿起她的份，兩人各吃了一片。飲料是可樂，冰冰涼涼的。窗口底下的停車場中，年輕人已經講完電話，拖著腳步繞來繞去，等候著。無疑是等著邀功。肯定是契約工，得到不少紅利點數。

奈斯的手機響起，小鈴鐺的聲音。

「有簡訊。」她說，查看了一下。「歐戴上將傳來的，他想知道為什麼我們沒有動靜。」

我說：「告訴他我們在休息。」

「他知道我們不在旅館，因為有衛星定位。」

「告訴他我們在電影院，或歌劇院，或博物館，告訴他我們正在促進文化交流，或者做指甲美容，告訴他我們正在做spa。」

「他知道我們沒有，他一定會查Google地圖，也許會用街景服務，他知道我們在哪裡。」

「那幹嘛問？」

「他想知道我們為何沒動作。」

「叫他放輕鬆。在三千哩外進行微觀管理，實在莫名其妙。」

「沒辦法，他要了解我們的最新狀況，我得向他報告才行，事情非這麼運作不可。」

我低頭看著窗下的景象。依然沒變，廂型車靜悄悄，那小子還在等候。我說：「好吧，對他說我們正照著許梅克的提議行動，對他說我們正試圖和對方的外圍警戒線接觸。」

「我們恐怕得告訴他怎麼回事，因此不能用虛假的業務提議來搪塞。」

「沒關係，他不會介意的。」

「他會的，他們很擔心你。」

「史嘉蘭傑洛會擔心，許梅克或許也會，可是歐戴一點都不會放在心上。」

「你確定？」

「試試看，」我說：「把事情一五一十告訴他。」

於是她用兩隻大拇指在手機螢幕上又敲又點，我回頭查看窗外的動靜。變化不大。燈光，霧氣，廂型車，那小子。我再回頭，看見她傳完簡訊，將手機放床上，然後拿起第二片披薩。我嚼著起司，啜著可樂，一邊等待。窗底下的年輕人留意著道路，每隔幾分鐘就跑回廂型車旁，一手放在上頭，透過車門封條大喊，可能意在安撫吧。**對，我打過電話了，他們說會趕過來，馬上就到了。**

奈斯的電話又響起。歐戴回覆了。她反覆看了兩次，告訴我說：「他傳來誠摯的祝賀，要我們堅持下去。」

我點頭。「人命對他不算什麼，他只在乎結果。」

奈斯沒答腔。

我說：「請他向軍情五處要關於羅姆佛小子幫的情報。照片，經歷，警局檔案，他們手上有的一切，我們得充分了解對手是什麼樣的人物。」

她又開始傳簡訊。窗外的年輕人又在對著車門封條說話，他的肢體語言帶著安撫的意味。只見他扭動身體，手揮舞著，期待地朝道路張望。**他們快來了，我保證。**

他們果真來了。

兩輛車子駛入停車場，都是黑色，都是暗色車窗，第一輛是四門捷豹轎車，第二輛是車身修長、低平又豪華的大型雙門跑車，賓利吧，我想。兩輛車迅速開進來，猛地煞住，停在場子的正中央。捷豹的四道門大大敞開，四個人下車，都是白人，都穿著深色套裝。他們圍成一圈，身體朝外，仰著頭，兩手鬆垂在身側。有一頭油膩頭髮的小子已經退到一邊。賓利車的駕駛人下了車，和前面四個一樣，也是個穿套裝的。他環顧一圈，前看後看，左看右看，然後繞了大半圈走向副駕駛座那側，替主人打開車門。

一個巨人走下車。

一開始是低頭、彎背，腰部彎折，膝蓋彎折，接著分階段直起身體，像一具複雜機械，像小孩的玩具，原本是矮胖的傾卸大卡車玩具，接著突然展開來，一個接一個組件，變成一具活動人偶，一個彪形大漢，他的手臂比大多數人的腿還要長，他的雙手比鏟子更大，他的軀幹和汽油桶一樣粗大，緊裹在一件普通人穿肯定長達腳踝的圓筒狀三釦套裝外套裡。他的腳掌有駁船那麼大，他的頸子有一呎寬，他的肩膀有一碼寬，他的頭比籃球還要大。他有一雙大大的招風耳，突出的眉骨，高聳的顴骨，一對深陷的小眼睛，退縮的猿猴般的下巴。他看來就像自然歷史博物館裡的尼安德塔人蠟像，差別只在他是白皮膚、淺棕色頭髮，不是深色髮膚，而且他的體格比任何人猿都要大上至少一倍。他應該有七呎高，三百磅重，或許還不只。他走動時帶著一種四肢鬆散、手長腳長的笨拙感，他的一大步足足有四、五呎遠，寬闊的肩膀搖晃著，巨大的手掌甩來甩去。

奈斯說：「耶穌基督。」

「應該不是，」我說：「這人沒留鬍子，也沒穿涼鞋。」

那人兩大步——普通男子可能得要四步——走向廂型車的車尾，朝它手一揮，有如一隻巨大白天鵝展翅起飛的動作；他的司機立刻從口袋掏出一把鑰匙。巨漢後退一步，足足四呎遠，司機把鑰匙插入鎖孔然後轉動，打開車門，先是右邊，再來左邊。捷豹四人組變換位置，將圓周縮小，轉身對著內側，排成半圓形，像街上圍觀鬥毆的人群那樣把空間密密圍住。

所有人等候著。

活著的那傢伙爬下車，臉朝下滑出來，緩慢、僵硬又痛苦地先伸出兩腳。他靠在載貨平台邊緣穩住腳步，然後直起身子，轉過頭來面對眾人。在蒸汽燈下，從他臉部流下的血一片黑漆，皮膚泛黃。巨漢再度向前跨步，越過他查看陰暗的車內。我看不見他此時的表情，不過他似乎簡短問了一句：**到底出了什麼事？**

那人沒開口回答，只搖了搖頭，嘆口氣，雙手朝身體兩側攤開，掌心向上，類似無奈聳肩的姿勢。問題再重複一次，這回活著那傢伙回答了，咕噥幾聲，染血的嘴巴幾乎沒動，頂多只有三、四個音節。也許是**他突襲**，或者**他們突襲**，或者**人逃走了**，或者**沒逮到人**。

巨漢咀嚼著這訊息，巨大的頭顱微微下垂，接著又抬起，彷彿真的把壞消息吞進了喉嚨。他靜默了會兒，接著再度開口說話，他的肢體語言親切得過了頭，這表示他肯定在嘲弄那傢伙，因為除此之外沒有更恰當的解釋了。**你們有兩個人，對嗎？他們也有兩個？其中一個還是女人？是她打了你？**等等，極盡嘲諷羞辱。從我的角度可以看見活著那傢伙的臉，只見他的表情越來越悲慘，還有覺悟，還有恐懼，彷彿知道自己大限已到。

果真到了。

巨漢以異乎他體型的驚人速度出手。他的右手捏成滾球大的拳頭，腰和肩膀一扭，直勾勾往活著那傢伙傷重的臉部中央猛烈一擊，那人的頭往後撞上左側車門，又彈回來，然後臉朝下墜落在水泥地上。

「有意思，」我說：「不是他們在西點軍校教的那種領導統御術。」

地上的傢伙僵直躺著，油頭小子盯著他，嘴巴張得大大的。奈斯也盯著看，也張著嘴巴。這時她的手機又響起。又有簡訊。她把目光移離窗口。她說：「歐戴上將發了一通軍情五處所提供資料的電郵，應該很快會進來。」她調出另一個視窗，等著。

窗底下的巨漢靜立了會兒，然後將他的碩大腦袋朝賓利車一點，他的司機急忙跑回去，替他拉著車門。巨漢大步走過去，準備上車，開始重新把自己摺疊成車門大小，活動人偶再度變回傾卸大卡車。他彎曲膝蓋，折腰，收起兩隻手肘，弓著肩膀，低下頭，由臀部優先倒著坐回座椅。司機替他關上車門，繞過車頭走向他的座位。車子倒車，轉了個彎然後離去。

兩個傢伙上了捷豹車，跟著賓利車離開，另外兩個把活著的那傢伙翻轉過來，從胳肢窩和膝蓋將他抬離水泥地，然後把他丟進後車廂。他們再度把他關在車內，鎖住把手，然後抽出鑰匙。其中一個掏出一張粉紅色大鈔——五十元英鎊紙鈔吧，我猜——把它給了那小子。接著兩人一起上了廂型車前座，倒車，轉彎然後尾隨捷豹車離去，留下那小子單獨站在路燈底下，握著錢，看來似乎想得到多一點，也許點個頭，拍拍肩膀，或者承諾將來讓他加入。他一副失望的樣子，彷彿一下子陷入了低潮，彷彿在想：**五十塊誰稀罕，搶老太太錢包就有了。**

奈斯的手機發出不一樣的鈴聲，微弱的鏗一聲。她說：「歐戴上將的電郵。」

它沒有內容，只附了一個附件的連結。她點了一下，一份密密麻麻的文件橫著跳出來。我們並肩坐在床上，她將手機舉在我們之間，兩人讀著文件。頁眉是幾行介紹埃塞克斯郡羅姆佛鎮內和周邊組織性犯罪活動的枯燥無味又空泛的文字，用一種我猜可能反映了英國秘密特務機關內部風格的文體書寫，非常有劍橋大學風，有點像耶魯但又不太像，但沒有絲毫西點軍校的味道，也沒有絲毫現實世界的味道。

第一段開頭先是一段否認聲明，接著再三保證，強調從沒有任何罪證，也從沒有任何有罪判決，可是文內提到的所有訊息都是確鑿可靠的。文章繼續說，之所以沒有罪證也沒有判決是因為證人疑似遭到恐嚇，以及其他不確定因素，我想意思也就是指當地執法單位的收受賄賂。

第二段一開始就是赤裸裸的陳述，說埃塞克斯郡羅姆佛鎮的組織性犯罪活動完全是由一支當地居民所組成、素有羅姆佛小子幫稱號的結構性聯盟所把持。語氣帶著些微歉意，就好像劍橋大學文體對於必須提到一個純粹屬於街頭而非教室的名稱感到尷尬。這段文章接著敘述了小子幫的活動概況，也是歐戴告訴過我們的，含括各種非法麻藥、非法槍械的進口和買賣，還有涉及人口販運的色情經營、據信涵蓋大部分當地商務企業的保護費勒索，以及利率高到嚇人的高利貸放款，這些活動的年獲利粗估高達數千萬英鎊。

人物介紹從第三段開始。

頭子名叫查爾斯・艾伯特・懷特，人稱查理。現年七十七歲，出生在當地街坊，接受公費教育到十五歲。他沒有第三方雇用紀錄，擁有一棟沒有抵押貸款或他種貸款負擔的房子，已婚並育有四名成年子女，全都居住在倫敦其他地區，據知也都未曾涉入他們父親的事業。

文件附帶的一張秘密監控照片顯示查理・懷特是個有一頭稀疏灰髮和蒜頭鼻、體型碩大、肩膀渾圓的老人。

查理底下，依位階大小排列的是類似執行委員會的三人組，首先是湯瑪斯・米勒，人稱湯米，六十五歲，接著是威廉・湯普森，綽號比利，六十四歲，最後是比他們年輕一大截，現年三十八歲的喬瑟夫・葛林，人稱小喬伊。

毫無疑問，小喬伊就是巨漢。他的照片修剪得比其他人的足足長了一吋。根據紀錄，他身高六呎十一吋，體重二十二英石，根據我對外國度量衡的了解，相當於三〇八磅。他是他們的執行人，軍情五處再度謹慎地提到罪證和定罪的付之闕如，不過小喬伊能迅速躍升到和一群老得足以當他父親的人平起平坐的地位，也只能解釋成是績效傑出的緣故。根據軍情五處的紀錄，他犯有十一樁確定無誤的殺人罪，和數不清的毆打罪。法律用語是**嚴重身體傷害罪**，似乎形容得比較恰當。

奈斯說：「他們為什麼說他小？」

「因為他們是英國人，」我說：「愛說反話，要是他們叫他大喬伊，那他肯定是個侏儒。」

她往前滑動，可是文件已經結束。小喬伊是最後一個項目。我說：「我們需要多一點情報，我們得了解那些跑龍套的，還有位置、地址等等的。妳最好回信給歐戴。」

「現在？」

「越快越好，情報太重要了，要他把他手上關於西區塞爾維亞人的資料傳來。」

「為什麼？」

「我們需要槍枝，獵象槍，見識過小喬伊的身手之後，最好是。但是我懷疑小子幫會樂意賣槍給我們，因此我們得尋求別的管道。」

「我們沒時間張羅那些了。這家民宿也在付保護費，這點幾乎可以確定了，而且我們也可以確定，這會兒羅姆佛小子幫已經開始到處打探消息了。」

我點頭。「好吧，等妳把披薩吃完，我們就走人。」

「我沒胃口了，我們得馬上動身。」

她關閉文件，讓手機回到首頁畫面，像在強調她的說法。

我說：「妳想去哪裡？」

她說：「我們不能回旅館，他們已經去過一次，一定會從那裡開始找人。」

「妳的東西還在那裡。」

她沒回答。

我說：「我們可以冒險五分鐘，快速進出，拿了就走。」

「不行。」她說。

「妳沒有行李可以嗎？」

「你就沒有。」

「我已經習慣了。」

「也許我也可以習慣，街友版的福爾摩斯辦案法。我是說，那會很難嗎？我們可以找家商店去買牙刷。」

我說：「早上永遠沒有乾淨衣服穿，這大概是最糟的一點。」

「還是比被逮到好一點。」

「而且沒睡衣穿。」

「這我可以接受。」

「好吧，」我說：「咱們就進城去，到倫敦鬧區，住麗池，或薩伏依飯店。託他們的福，我們有大量現鈔，那種地方不會有他們的眼線。」

「要怎麼去呢？我們不能叫計程車。」

「搭巴士，」我說：「總不會連倫敦運輸系統都得付他們保護費吧。」

於是我們兩手空空離開房間，把鑰匙丟櫃台，投入夜色之中。

30

外面路上就有紅色大巴士來來往往奔馳，我們決定往南，在下一個大型十字路口轉車，往西進入市中心。我們的錢都是大額鈔票，在巴士上肯定不受歡迎，因此我們跑進一家便利超商，買了以蚌殼類生物為名的旅遊卡，接著我們找到最近的巴士站，隱身在暗處，直到我們要的巴士慢吞吞穿越車流朝我們而來。這時剛過晚上七點，我累了，奈斯更是一副疲憊不堪的樣子，她已經一天半沒睡了。

倫敦周邊的腹地相當遼闊，巴士走得又慢，因此我們取巧了一下，下車返回巴金，因為這裡有地鐵可搭，速度會快一些。我們查看了車站的地圖，決定搭區域線，這條路線會在一個叫聖詹姆斯公園——聽來像是有不少時髦商店——的地方停車。果然，我們走入夜色，看見一邊有通往西敏寺的路牌，另一邊則是通往白金漢宮。對街就有一家飯店，五星級的，不是麗池，也不是薩伏依，不過是一家看來各方面都差強人意的漂亮國際級連鎖飯店。

我們走了進去，櫃台那傢伙有點趁我們疲倦佔便宜的味道，聲稱當晚只剩頂級價位的空房，住房費相當於在教皇機場外圍租一棟游泳池豪宅的月租金。可是付錢的是羅姆佛小子幫，說真的我們也不痛不癢。我從大捲鈔票數出大筆數額，換來鑰匙卡還有關於飯店客房服務、餐廳、酒吧樓層、商務中心、無線網路密碼等各種訊息。奈斯在大廳商店買了支牙刷，然後我們搭電梯上樓。我送她到房門口，等房門關妥上鎖了，然後前往我的房間，發現它的頂級價位仗的不是它特別寬敞，而是幾乎埋在大堆印花棉布枕頭底下的床鋪。我把它們全部掃到地上，接著把衣服脫了丟在上面，鑽進被窩裡，立馬睡著。

我在十一個鐘頭後被奈斯打的內線電話吵醒。她的聲音相當愉快開朗，至於究竟是因為十一個小時的補眠，或者化學藥劑的作用，就不得而知了。她說：「想不想去吃早餐？」

我頭頂的時鐘顯示這時是早上剛過八點，窗口天光燦亮。我說：「當然，妳準備好就來敲我的門。」

她來了，在我淋浴完、穿上衣服後大約十分鐘，顯然穿著和昨晚一樣的衣服，不過她並沒有因此顯得特別煩躁不安。我們搭電梯下樓到了餐廳，被帶到偏遠角落的一張雙人桌位。這裡頭坐滿了討論著工作進展和進行交易的衣履光鮮人士，有些面對面談話，有些講手機。我點了英式餐點，高脂高糖，但附的是咖啡而不是茶。奈斯點了較清淡的食物，然後為了方便讀取，將手機放在餐巾旁邊。

她說：「根據歐戴上將的說法，直到今天早上以前，無論軍情五處或當地警局都還沒發現羅姆佛小子幫有人傷亡，看來查理・懷特口風守得很緊。」

我點頭。意料中的事，標準程序。大約在我睡著的同時，死掉那傢伙已經被推進後巷的車輛壓碎機或者埃塞克斯當地農場的豬槽了。

她說：「歐戴上將還說，到目前為止八個國家當中有六個曾經試圖暗中和那幫人的外圍警戒線展開接觸，但都沒成功。」

我又點頭。傻瓜也曉得，小子幫肯定會格外謹慎行事，他們會寧可冒著錯失一樁真實交易的風險，以求保護他們的秘密任務。

她說：「今天晚一點我們會拿到完整的名單，還有地點，不過這份資料不容易取得，因為可能的地點太多了，包括偏遠的鄉下地方，加上我們推測，目前他們已開始挖卡雷爾・里柏的牆角，這麼一來他們的地點選擇就更多了。」

我第三次點頭。要找科特和卡森就如同大海撈針，而且這情況暫時還不會改變。

她說：「接近塞爾維亞幫的最佳方式是透過一家位在伊林這個地區的當舖，伊林是倫敦的遠郊，位在西邊，在前往機場半途不到的地方，我查過地圖。」

「妳很忙嘛，有好好睡吧？」

「有，」她說：「我精神很好。」

我沒問她藥丸的事。

她說：「你早就知道那家租車公司被收買了，對吧？打從一開始就知道了。」

我說：「合理的推測。」

「你故意利用他們來吸引注意，像是讓他們到旅館接我們，然後帶我們到瓦勒斯莊園，這是你在飛機上就擬定的計畫，你打算讓警戒線的成員來找我們。」

她把我說得太厲害了，主要是因為**計畫**這字眼。我說：「其實我也拿不準事情會如何，沒人拿得準，只能靠臨場反應。」

她頓了一下。「你是說你根本沒有計畫？」

「我只有整體性的戰略目標。」

「什麼目標？」

「趕在他們查看監視錄影帶之前離開這裡。」

她說：「咱們到伊林去吧。」

我們回到聖詹姆斯公園地鐵站，車站地圖顯示我們來時搭乘的區域線會繼續往西行駛，直達一個叫做伊林百老匯的車站，奈斯的手機顯示那正是我們要去的地方，我們心想實在太便利了。於是我們在車站等候，這裡果真是管狀的，就像當地人對地鐵的稱呼，Tube。我們上了車，坐穩了準備迎接漫長的旅程。我說：「說說話吧。」

她說：「你要我說什麼？」

「說說妳在哪裡出生，在哪裡長大，妳的小馬的名字。」

「我沒有小馬。」

「有狗嗎？」

「經常都有，有時候還不只一隻。」

「有名字嗎？」

「你知道這做什麼？」

「我想聽妳說。」

她說：「我出生在伊利諾州南部，在伊利諾州南部長大，在農場裡，我家的狗通常是跟著民主黨總統取名字。」

我說：「我在哪裡出生？」

「西柏林，你對阿肯色那傢伙說過。」

「我在哪裡長大？」

「根據你的檔案，遍及世界各地。」

「從我的口音聽得出來嗎？」

「聽不出你有任何特殊的地方口音。」

「所以到了當鋪由妳負責說話，妳的口音比我的好。那些塞爾維亞人可能會擔心落入圈套，因此任何地方的英國口音都會讓他們心生警戒，怕對方是臥底的警察。外國人會好一點，而妳說話的口音完全就是美國人，假定塞爾維亞人聽得出來的話。」

「好吧。」她說，相當雀躍。不管有沒有吃藥，到目前為止她表現得很不錯。

我們咔嗒咔嗒前進，隨著車體的律動微微搖晃，接著列車從地底鑽出，沿著地面行駛，在明亮的天光下，和當地的許多設施一樣，緩慢而莊重。我們在伊林百老匯站——看來就像一般的鐵路設施——下車，走入市街。伊林和我們在同樣偏遠的東區見過的一些城鎮很相似，原本是鄉村聚落，後來被吞沒，而且總覺有那麼點彆扭。這裡有一條狹長的商業區和幾棟大型公共建築，還有一些夫妻經營的小商店街，其中一家櫥窗刷成粉白，掛著**伊林微型租車招牌**，它隔壁的商店顯然是由丈夫或妻子或夫妻兩人共同經營著以小而貴重的抵押品做為擔保的借貸生意，因為它的櫥窗裝了鐵柵，招牌上寫著**伊林現金貸款**。我原本以為會看見托架上掛著三個金球的店招，據我了解這是英國傳統的當舖標誌，不過高掛在櫥窗裡的小型霓虹燈替代品也勉強可以湊合吧。除此之外裡頭擺滿了被遺棄的典當品，有的很小，有的很貴重，有的兩者皆是，有的兩者皆非。

「準備好了？」我問。

「隨時奉陪。」她回答。

我開門讓她先進去，我跟著她走進一個迥異於電影裡的當鋪的地方。一個單調的長方形空間，主要是髒污的白色，到處是薄板，天花板上是螢光燈管。以操作面來看，它的陳設是馬蹄形，沿著三面牆擺著腰部高的櫃台，台面是玻璃板，內部展示著更多毫無藝術價值的被捨棄的抵押品。

在十一點鐘方向的櫃台後方有個傢伙，一個年約四、五十歲的中等身材男子，皮膚黝黑，沒刮鬍子，穿著八成是用粗大的木棒針織成的鏽紅色毛衣。他正彎腰，手指捏著塊布，擦拭著某種小巧的東西，也許是手鍊。他像游自由式那樣側歪腦袋，看著我們，沒有敵意但也沒什麼興趣的樣子。過了足足一分鐘，我們才了解這一瞥就是我們所能得到的最熱情招呼了。於是我站著不動，奈斯向前一步，說：「我可以參觀一下嗎？」

這讓那人的注意力集中在她身上，因為她用的是單數人稱，**我**，而不是**我們**。我不會到處瀏覽，我不是個咖，她的司機吧，大概。櫃台後方的男子沒說話，但點了下頭，頭輕輕往上甩，由於姿勢的關係這動作也是偏斜的，在這屋頂低矮的空間裡似乎也不算失禮，而且帶有幾分鼓勵意味，好像是說，**請便**，但同時又有幾分令人卻步，好像是說，**能看的就只有這些了**。

我站在原地，奈斯到處走動，低頭細看，偶爾將指尖放在玻璃台面，彷彿特別針對某樣東西仔細斟酌，接著繼續往前，好像不甚滿意。她從左邊走到右邊，再一路走回去，最後直起身子來說：「我沒看見我要的東西。」

穿毛衣的傢伙沒答腔。

她說：「我一個芝加哥的朋友說，她是到你們店裡買的。」

穿毛衣的傢伙說：「買什麼？」

他不是英國人，這點可以確定。也不是法國人或荷蘭人或德國人，或俄國人或烏克蘭人或波蘭人，塞爾維亞人倒比較可能。

奈斯說：「當時我朋友很擔心自己的人身安全，你知道，第一次來到異鄉的城市，又缺少在國內可以合法擁有的防身配備。」

穿毛衣的傢伙說：「妳是從美國來的？」

「對，芝加哥。」

「這裡不是健身房，小姐，我們這兒沒教人防身術。」

「我朋友說你們有一些商品可以買。」

「妳要金錶？挑個兩、三支吧，可以用來贖妳的小命。」

「我朋友買的不是錶。」

「她買了什麼？」

她的手——低垂著，稍微隱在背後——從身側伸出，然後彈了下手指。該我上場，我猜。司機，或小弟，或車手。我走向前，掏出死掉那傢伙的大捲現鈔，拿它末端朝下輕敲著玻璃台面，讓它立在那裡，帶著濃厚的紙鈔腐味，足足有威士忌酒瓶那麼粗大的一個圓筒。那傢伙久久打量著，然後掃了我一眼，轉頭對著奈斯。

「他是誰？」他問。

「我的保鑣，」她說：「可是他的槍沒通過海關的X光掃描。」

「咱們這兒是有法律的。」

「到處都有法律，可是該發生的事還是會發生。」

那人回頭看著那些錢。

他說：「到隔壁的租車店去等著，有人會載妳去。」

「載我去哪？」

「那些東西我們不放店裡，太多警察了，隨時都會來搜查，這裡是有法律的。」

「那麼你都放哪？」

那人沒回答。他拿出手機，撥了號碼。他用快速的外語低聲說了句簡短的什麼，不是法語或荷蘭語或德語，或俄羅斯語或烏克蘭語或波蘭語，還是塞爾維亞語可能性最大。那傢伙關掉手機，揮手驅趕我們。「走吧，有人會載你們去。」

31

我們照做了，果然有人來載我們。我們走進租車店時，有個人正繞到櫃台後方，活脫是隔壁當舖那傢伙的翻版，年輕一點，挺一點，壯一點，但同樣是深色髮膚，留了鬍子。也許是堂兄弟，或者只是在老家住同村子的。他帶我們走向路邊的一輛斯柯達（Skoda），一輛計程車。我們上了後座，那人進了前座，駕駛座。他發動車子，踩油門，於是我們出發，在車子到達某個預設速度時聽見車門喀啦鎖上。

沒必要問我們要去哪裡，不可能得到答案的。這是一個安靜無聲的司機演出的獨角戲。這也無所謂，反正我們已經大致知道了，雖說不是太明確，我們顯然正往北行。我們不需要知道位在那個方向的下下一個被侵佔的莊園究竟叫什麼名字，只要我們能想像它的樣子，或者想像它的局部，重要的部分。也許是一間小倉庫，位在城市破敗地區的陰鬱邊界的一個蒼涼廢棄的商業區；或者某個雜亂街區附近空地上的一棟類似穀倉的建物，也說不定是一座真正的穀倉，位在城市以北一個多小時車程的偏遠鄉下。也許這一趟有得熬了，從聲音聽起來，這輛斯柯達用的是柴油引擎，很省錢。我湊向前看了下油量表，是加滿的。

車窗外的車流十分緩慢，有很長一段時間都是郊外景觀，接著我看見一座大型室內足球場的拱門，這表示我們到了一個叫做溫布利的地方。繼續往北走，我們出城後走了好長一段路都沒停車。我們很快就轉彎，稍稍兜了個圈子，幾乎繞回原路，接著我看見一個前往苦艾灌木區的指標。那是一座著名倫敦監獄的名字，我想，心裡對於我們即將前往的地區多少有了底。

可是我們並沒有一路直驅監獄，車子經過的街道變得灰暗、陰鬱了點，可是我們在快要進入最糟地帶之前離開了主街。車子急遽左轉，再左轉，通過一道磚牆的柵門入口，然後直接進入一棟大型磚造建築物，這裡也許是一百年前的電車補給站，或者早在人們在城市裡製造商品，而非製造噪音和金錢的時代中的一座工廠。目前這裡成了汽車維修廠，從外觀看來，是專為微型租車行業做快速、吃力的修理作業。裡頭一堆堆的破損輪胎，全都髒兮兮、灰撲撲的，每一輛車都和我們搭乘的斯柯達非常相似。到處是破舊的轎車，其中一輛被吊起，有些被切去凹陷的鈑金，所有車子大概都會被修復為符合現行法規的電話叫車車輛。**我們可能會被吊銷執照**，巴金租車公司的人這麼說過，我猜讓他們被吊銷執照的理由應該不只違規接受預約這一項。

我們的車子進入廠房的一個壁凹車格，像在等著更換機油或者做輪距校準，我們的引擎聲在牆壁間轟轟迴響。有個傢伙從我們後方的暗處冒出，走上前去敲下一個綠色大按鈕，一道鐵鏈驅動的防盜門從我們剛才通過的入口咔嗒咔嗒降下。天光越來越微弱，直到完全消失，我們周遭一片空蕩蕩，只有從我們頭頂高處的屋樑垂下的幾盞燈泡泛著昏暗的光暈。

載我們來的那人關掉引擎，下了車，替奈斯打開車門，也不知道是基於某種古老的東歐禮儀，或者只是出於不耐。奈斯下了車，我也從另一邊下車，越過大堆工具和空氣軟管走到車尾的空地。剛才關閉電動門的傢伙走了過來，另外有兩個人從一個密閉房間出來，結果我們以二對四的劣勢被一小群雜牌軍團團圍住。他們全都長得一個樣，不年輕也不老，都是深色頭髮、留鬍子，個頭都不小，全都沉默而且充滿警覺。廠房裡沒有技工在幹活，沒有人拿著扳手，穿著沾滿油污的工作服。被暫時支開了，我猜，以便秘密交易的進行。

從密閉房間出來的兩人當中的一個似乎是領頭的，他上下打量著我們，然後說：「我們得了解一下你們是什麼人。」

奈斯說：「我們是美國人，帶了錢，想向你們買樣東西。」

「你們帶了多少錢？」

「非常足夠。」

「你們就這麼相信我們？」那人說：「我是說，大老遠到這兒來，我們大可拿了錢就跑。」

「你可以試試看。」

「妳身上藏了竊聽器？」

「沒有。」

「妳能證明？」

「你要我把上衣脫掉？這是絕不可能的事。」

那人沒回答這問題，可是他的嘴唇微微濕潤而且動了動，似乎覺得要她脫去上衣未嘗不是個好主意。我說：「你可以看看我們的護照，然後你可以想想英國當局雇用外國國民來擔任臥底密探的可能性有多少，然後你可以看看那些錢，然後我們看一下商品，事情應該要這麼進行。」

「是嗎？」那人說。

「差不多。」我說。

他盯著我看，狠狠地，我也不客氣地看回去。算是這天的第一場盯人比賽吧，可是他注定要輸的。盯人不是難事，我可以盯一整天，高興的話眼皮眨都不用眨，有時候很痛苦，但非常管用。訣竅是不要正眼注視對方，而是把焦距放在他後方十碼的空白地帶，這會讓你的眼神產生一種迷茫效果，讓對方擔憂，尤其摸不透你那雙空洞眼睛後面的腦袋到底在打什麼主意。

那人說：「好吧，把護照拿出來。」

我先掏出我的，裝在僵硬的藍色皮套裡，非常新，但百分百是真的。那人前前後後翻看，觸摸紙張，檢查照片，顯然也看了文字資料，因為他抬起頭來看我，然後說：「你不是在美國出生的。」

我說：「名義上算是，服役軍人的子女在法律和憲法的意義上都算是在美國出生的公民。」

「服役軍人？」

「相信你還有印象，我們到科索沃去，把你們打得落花流水。」

那人頓了一下，然後說：「現在你成了保鑣？」

我點頭。

「如假包換。」我說。

他把護照還給我。他沒檢查奈斯的護照，一個也就夠了。他說：「進房間，我們聊聊。」

這是一個十五乘十五呎寬的半密閉空間，早在幾十年前從廠房任意隔出來的，也許和輸配電線有關。它的壁面看來像單層磚牆，用灰泥抹得平滑，並且用市售油漆塗成豌豆濃湯的暗綠色。裡頭有一扇裝有鐵框的窗戶，底下擺著一張辦公桌，三張辦公椅。沒有槍櫃，沒有櫥櫃，只是一個談生意的地方，就像停滿十年中古車的停車場後方的業務員辦公室。

那人說：「請坐。」看我們不動，他先坐下，也許想帶頭示範，也許是安撫。

我們坐下。

那人說：「你們在找什麼？」

我說：「你們有什麼？」

「手槍？」

「兩支。我們兩個都得配一支，讓人出其不意。」

「你想要哪一種槍？」

「能開火的都行，還有你們能提供的彈藥。」

「我們的子彈主要都是九毫米口徑，在歐洲很容易取得。」

「我可以接受。」

「葛拉克可以嗎？」

「你們有？」

「我們的槍主要都是葛拉克，葛拉克十七型，全新的，如果你們要兩支同款的。」

「各配一百發子彈。」

那人頓了一下，然後點頭，說：「我去替你估個價。」

他說著離開椅子，走出房間。

他順手把門關上。

而且鎖上。

32

第一秒我覺得門鎖的咔嗒聲很正常，總之和我們這一路看見的，從當舖櫃台後面那矮子開始演出的故弄玄虛、小題大作的戲碼相當一致。在進行交易的倉庫上演誇大的門鎖鑰匙提防措施，可能會讓一些買家信以為真，或許也很刺激，也暗示會有其他門鎖和鑰匙通往堆滿盒子的儲藏室，每只盒子都裝滿剛上潤滑油的槍械。

可是第二秒我排除了這個想法，因為這道鎖太唐突了。到目前為止我們都還是對等的談判兩造，雙方都保持最佳風度，適度地警戒和懷疑，這是當然，就像買二手車，但至少相當客氣。

沒人會把客戶鎖在房間裡，時機還太早。

因此，到了第三秒，我明白事情出了大差錯，一股熟悉的寒意刺痛我的臉、我的頸子、我的胸口，然後我回頭看奈斯，這一看更不得了，因為她也正轉頭盯著我看，接著我在腦子裡列出我們必須面對的幾個要素，完全在我大腦後方的自動駕駛艙內進行：**幾道牆壁，一扇門，一扇窗戶，外面的四個人**。接著，到了第四時間，**誰和為什麼**這兩個問題浮現，讓情況變得更加棘手。

因為，對這些塞爾維亞人來說，我們不過就只是客戶。他們頂多只會想到可能是某項奇怪的交換學生計畫，讓美國來的調查局探員可以在倫敦兼差，或許也有倫敦的警察在紐約、洛杉磯或芝加哥做同樣的事。但也許不會，因此我們只是顧客，和毒蟲找毒販買毒，或者嫖客挑選應召女沒兩樣。而顧客應該得到服務，而不是被鎖在門內，不然企業會很快丟掉生意。

所以到底為什麼？只有兩種可能：第一種是我在第五秒推敲出來的，也許羅姆佛小子幫大張旗鼓，發出了全面性通告，頒發獵取我們人頭的賞金之類的，而我們的外貌特徵已在網路上廣泛流傳。也許查理．懷特辦公桌上有一具紅色電話，就像白宮橢圓形辦公室裡的，讓大國頭子之間可以直接喬事情。也許在這件事情上，就算是對手提供的援助他都願意接受。

或者，在第六秒，我想到第二種可能，就藏在歐戴親口說過的一段話裡頭，那是他在打斷我們的烤肉餐之後的會議中說的。**倫敦西區的一個塞爾維亞人集團，還有一個東區的英國舊黑幫。根據英國軍情五處的說法，無論是哪一邊，都把卡雷爾．里柏視為眼中釘。**

兩幫人態度一致，這有可能讓這事變成合作生產，聯合投資，在短期內成為盟友。暫時休兵，目標一致，利益共享，義務共同承擔，資訊互通。柯爾和卡森絕對安全，整個倫敦嚴密布哨，就像區域線從東到西全部涵蓋。這得要多少代價？牢靠的人手、牢靠的眼線加上五〇口徑子彈，這是少不了的，但或許也很花錢，大筆的錢。不過，歐戴也說過，**那些人正在到處撒錢，他們考慮的不是代價高低，他們只想把問題迅速解決，而他們有充裕的預算可以辦到這點。**

但不管是哪一種情況，受雇人手或結盟伙伴，他們為了某種目的把我們鎖起來了，而這個目的就是將我們監禁起來，等待某種即將到來、事先約定好的事情發生，而這幾乎可以確定就是第三方的到來。中索人，既得利益者，負責押解囚犯的，小喬伊，肯定是，成群結黨，背後跟了一大群嘍囉。他會搭著他的賓利車駕到，還有幾輛車子伴隨，也許又是捷豹，而且至少有一輛是黑色廂型貨車。

準備裝我們的屍體。

不妙。

奈斯說：「我們落入陷阱了，對吧？」

我說：「我們還有一點時間。」

「多少時間？」

「難說。不過倫敦很大，交通又擁擠，這裡又遠在城市的另一端。他們得先集合人馬，這就花去十分鐘了，就算人員隨時待命也一樣。接著他們得往北繞一大圈過來，或者直接穿過市中心，經過東區，西敏寺，派丁頓。我們可能有一小時空檔，甚至更多，我們可能有將近九十分鐘時間去做。」

「做什麼？」

「該做什麼就做什麼。」

「你能把門踢開嗎？」

那道門是結實的木門，隨著歲月變得更堅硬，和門框非常密合。

「從外面可以，」我說：「也許可以，但是從裡面不行。」

「可以把窗戶打破嗎？」

那扇窗戶不是維多利亞時代的，是一九三〇年代的式樣，我想，更換過的，拜科學之賜更加強固。低度保養，因為是鋁或某種鍍鋅金屬製成的，顯然堅固得足以支撐大片玻璃板，而且經曬。它的玻璃窗格大得足夠讓一個普通身材的人通過，玻璃看來非常普通。我說：「是的，我想我們可能得把它打破。」

「窗子通向哪裡呢？」她自問自答，探看著外面，湊過去，將鼻子貼著玻璃，左右觀望。窗外除了一堵磚牆之外什麼都沒有。她說：「是一條巷子，又長又窄，我想兩頭都堵死了。」到了外面也是被困住，除非我們能找到其他建築物的後窗，然後從他們的前門逃出去。

我說：「現在先別擔心這個。」

「那我什麼時候才得要擔心？」

「先等一等，五分鐘。也許我們錯了，也許是我們想太多，也許他們會帶著估價單回來。」

我們等了五分鐘，那傢伙沒帶著估價單回來。門外的廠房靜悄悄的，沒有汽車維修工作在進行，這點我完全曲解了。我以為他們將那些維修工遣走是為了維護槍械交易的隱密性，但其實他們要維護的是我們被擄這件事的隱密性。

錯誤的線索，錯誤的連結，失敗的冒險。

我的失敗。

多明妮可・柯爾。

我說：「我們需要這個房間的細目表。」

奈斯說：「我們要找什麼？」

「什麼都好，等我們知道我們有什麼，就可以決定該如何加以利用。」

我們有的不多。在顯而易見的大型物品方面，我們有三張扶手椅、一張辦公桌和一張辦公椅。扶手椅是三十年前的公司會客室常見的那種款式，丹麥或瑞典製，堅固的木腳，簡單的軟墊式樣，漂亮的布面已被磨平而且被坐得油膩膩。桌子又更古老了，是橡木桌，傳統的形式和風格，桌面下有一個抽屜，兩側分別有三個，底部的兩個大得足夠容納檔案夾。辦公椅的式樣像餐椅，或廚房椅。沒有滾輪，沒有扶手，沒有仰躺調整功能，沒有護腰墊，沒有人體工學設計。只有四支粗壯的椅腳，刻有淺淺臀形凹槽的堅硬椅面，和筆直的椅背。沒有電線，沒有電話，沒有桌燈，牆上空蕩蕩的，沒有倉卒的工作午餐之後留下的刀叉。沒有電線，沒有手機充電器，沒有拆信刀，沒有紙鎮。桌子的主抽屜裡有三只早已失去光澤的被遺忘的迴紋針，還有一長條鉛筆削下來的木屑，還有堆積在死角的塵埃和砂粒，就這樣。另外六只抽屜中的五只也同樣貧乏，可是左邊的大抽屜內有一件毛衣，發出惡臭的舊衣服，也許是在某個大熱天被丟進抽屜裡然後忘了拿走的。米白色羊毛衫，肩膀和肘部有細丹寧布補釘，中等尺寸，製造廠商是我從沒聽過的名字。

我們往後站。

奈斯說：「你希望找到什麼呢？」

我說：「一支防彈部隊是最理想的，沒有的話，一支黑克勒－科赫衝鋒槍加上十來個彈匣也會十分有利，再不然一盒火柴也會相當受用。」

「可是我們什麼都沒有。」

「那只好將就著用了。」

「我們該怎麼做呢？」

於是我將計畫告訴了她，然後我們謹慎地一次又一次演練，然後開始執行。

33

我拿起一張扶手椅，用手指和拇指用力挖破柔軟的布墊，然後把它舉到臉的前方，成四十五度角上下顛倒扛著椅子，四支粗壯的木椅腳豎在頭頂，我邁開兩大步，將椅子往窗戶摔過去，椅腳在一陣刺耳的碎裂聲中把窗玻璃打破，椅身從窗框的中心柱彈回來，往後落在桌子上，最後掉在它旁邊的地上。乒乒砰砰一陣噪音。

奈斯走到窗口前，我拿起那把辦公椅，走到門口等著。

我們不可能從窗子逃出去，之前我對她說，**外面是一條死巷，我們得讓那四人回到這房間。**

他們果然來了，人性。突來的一陣巨響，顯然是窗玻璃破了，他們還能怎麼做呢？他們肯定會衝進來，環顧房內，急忙跑向破碎的窗子，把頭伸出窗外，左右探看。

門鎖喀啦一聲，門嘩地打開，第一個人探身進來。是帶頭的那傢伙，全程負責談判的那個。我的右手往他的頸背落下，以猛烈的反手式順勢把他往前一推，讓他一股腦朝窗邊的奈斯滑過去。**我可以對付二號、三號和四號**，之前我對她說，**但是第一號歸妳。挑一片最尖銳的碎玻璃，用那件舊毛衣裹著緊握在手裡，然後刺向他的眼睛。**

我真心希望她會這麼做，可是我沒看見，因為這時我正忙著拿辦公椅砸向第二個傢伙的腦袋，不是砸過去，是狠狠砸下。不像老西部電影裡的酒吧摔椅子群架，而比較像馬戲團裡的訓獅師，因為戳刺比較好，就像打洞器，你的移動中身體的重量全集中在一吋見方的椅腳末端。質量和速度，就像棒球，就像所有一切東西。我的目標定在最低頭骨破裂，最高瞬間腦死。我希望能鑿穿一吋見方的頭骨碎片，直搗底下的軟組織。或許穿透了，只是一時看不出來。這在驗屍時會是個疑點。但無論是哪一種，被殺或者受到驚嚇，只見那傢伙像只沙袋那樣落地，他就是開斯柯達載我們來的那個人。我把椅子一丟，越過他跑去對付下面兩個。

二對一向來不是問題，之前我說，不必擔心我，專心對付第一個傢伙就是了。萬一碎玻璃片不管用，就用辦公桌抽屜砸他，用銳角，用力砸他的鼻梁，一直砸到他沒知覺為止。

眼睜睜看著前兩個伙伴的命運在面前上演，第三人明顯放緩了腳步，以致第四人從他背後撞上，可是鬧劇就此結束，驚訝也已消失，這些人可不是傻子。他們馬上調轉方向，退下並且依例重整隊形。他們手上都沒拿槍，這是意外得來的優勢。倫敦和美國不同，拿槍不是常態，得在特殊狀況才會使用。我比較擔心刀子，因為我向來不怎麼喜歡刀，而倫敦人顯然很喜歡，可是他們也沒人亮刀，總之還沒看見，難說他們口袋裡還藏有什麼傢伙。

廠房的地板是比籃球場還要大的凌亂空間，散置著各種工具和水管，到處有汽車和起重機擋住去路，依然只有昏暗的電燈照明，那道防盜門也仍然緊閉著。在我前方的兩個傢伙呈扇形散開二十呎遠，接著停住，轉身然後到處搜索。第三人迅速往左蹲下，拿起一支拆輪胎棒，第四人衝向右邊，從長凳上抓起一支扳手。第三人是之前從密閉房間走出來的那兩人當中的一個，第四人是從暗處走出來，把防盜柵門關閉的那人。他們動作一致朝我走近一步，姿態輕鬆穩健，踮著腳尖，雙臂伸出，眼睛緊盯著我，眼神空白而堅定。不是我見過最兇狠的，生活艱苦，根深蒂固的衝突基因，也許服過役，也許參與過游擊隊行動，當然還得具備和查理・懷特和卡雷爾・里柏這類人拉上關係、在異鄉首都過著見不得光生活的膽量，他們絕不會在我大喊一聲「呸！」的時候倒下來裝死。

我可以想像小喬伊的賓利車正緩緩鑽過車流，但我推測我的時間還很充裕，沒有理由倉卒行動。最好是讓他們自己來找你，讓他們蠻幹，讓他們在你面前活動，暴露他們的弱點。

我們對立了一分鐘，感覺過了好長一段時間，緊密組成一個安靜、不變的三角形，三人都很緊繃，都微微晃動著，都保持鎮定，保持敏捷柔軟，兩人的目光落在我身上，我的目光落在兩人之間，只用餘光看他們，一邊觀察周遭環境，研究各種角度，勘測路徑。載我們來的那輛斯柯達在我左手邊，再過去是一輛架在坡道上的車子，它的底部又髒又黑，接著是一個空的壁凹，接著是一輛輪胎軟塌、缺了前擋泥板的停在角落的髒轎車。空間的另一邊是擺著許多髒污零件盒的工具架，還有輪胎，有些是新的，貼有商標，有些沒有，還有一台車輪校正機，還有油漏斗，還有塞滿舊抹布的汽油桶，還有一堆暗淡的等著被處置掉的腐蝕消音器。在我後方是更多同樣的東西，加上那間突然蹦出一聲微弱哀號的封閉小房間。聽不出是男是女，我也沒回頭。

第四個傢伙動了。他的扳手是相當可觀的大傢伙，沉重的鐵器，大約有一呎半的長度，兩端各有兩吋寬的鉤爪。我猜大概是用於某種重型的大零件，也許是避震套筒，不管那是什麼東西。我對車子完全外行，只知道一些名稱，但不知道是什麼意思。總之那傢伙像拿鐵鎚那樣握著扳手，把它高舉著，向前一步。這時另外那人應該趁著我分神向我衝過來，可是他沒那麼做。也許團隊合作不在他們的考慮之內，各幹各的，正合我的意。二對一向來就不是問題，可是誰不想盡量少用點力呢。

那人又向前一步，仍然像拿鐵鎚那樣高舉著扳手。我也向前一步，因為我要我的潛意識清楚知道我後方是什麼，也就是我剛離開的一小片空間，也因為向前移動永遠比向後移動來得好，會讓對方稍微感到不安：他有扳手，把它像鐵鎚那樣握在手中，而且不斷逼近，既然這樣我為什麼不後退？

放馬過來你就懂了，兄弟，我心想。

他繼續往前，臉上帶著一絲不安，在他後方，他的伙伴也動了，只跨出一步，好戲開始。我注視著拿扳手的傢伙，看著他的臀部和腰，等待著動作爆發前的第一個細微徵兆，而我果然看見了，他兩腿叉開，手肘抬高一吋，他的意圖再清楚不過了。他就要高舉著扳手朝我衝過來，把它像戰斧那樣劈下，最理想是命中我的頭頂，萬一失手也無所謂，因為他還是有大約一碼寬的目標可以瞄準，我的左肩膀、我的腦袋和我的右肩膀。到了這節骨眼，對他來說碎裂的鎖骨也算是成功。

於是我搶先一步，迅速、跳躍地跨出長遠的一大步，就像拳擊準備收拾不中用的對手，而在這千鈞一髮的瞬間，他之前的篤定整個消失，從進攻模式一下子落到防守模式，微微弓著背，手肘抬得更高，像是覺得這下必須採取更猛烈的襲擊才行。這就是他的弱點所在。鈍器工具需要後甩的預備姿勢，這完全是多餘的動作。在這重要關頭，他的武器完全是逆向移動的。

我用左手掌的外沿切向他的手肘底部，用力一推，利用他本身的動能，迫使他的後甩動作推得比他預期的更遠，讓他的上手臂超過垂直線，讓沉重的扳手往下揮過他的背部，直到就要擊中他的臀部，這時我伸長右手到他背後，抓住扳手，一個扭轉，把它從他手中奪過來。這可不是多餘的動作，把扳手搶走這個動作等於是我的後甩，接著我立刻往回劈下，正中他的下巴側面，就在頰骨下方的位置，這肯定敲碎了他的上顎後臼齒，假設他還有的話；還有下顎關節，而這肯定也讓他頭骨裡的腦漿像玻璃鐘罩裡的水母那樣激烈攪動了一番。

他往側面倒下，像一棵樹，倒向右肩膀，我聽見氣息呼一聲逸出他的身體，聽見他的右太陽穴撞上地板。這時我已快步跑向他的同伙，相當有把握他不會做唯一可以拯救他同伴的那件事。他果然沒有。

他沒有把那支拆輪胎棒朝我丟過來。他緊握著它，和他同伴一樣突然驚慌地擺出防衛姿勢，弓著背往後退下。

勝負已定。一對一，我和他單挑。我讓扳手滑過手掌，直到它的末端緊握在掌心，然後把它當劍那樣朝他戳過去。這時我的手臂足足有五呎長，你可以到全世界的雨林去搜索最瘦長的狒狒或猩猩，牠的手臂肯定沒有我長。那人可以拿著他的拆輪胎棒盡情地亂揮亂舞，但他絕對近不了我的身。

我說：「科特和卡森在哪裡？」

他沒回答。

我用扳手戳他的胸口，迅速地一進一出。它的鉤爪顯然十分銳利，只見他尖叫一聲，後退了一碼遠。我說：「他們在哪？」

他顯然不知道我在說什麼。他的眼神是真的茫然，沒有逃避的味道，也許那兩幫人是有限度地合作，重要情報還是劃分開來的。

我說：「槍放在哪裡？」

他沒回答，可是眼裡有了閃躲，還有決心。他知道，但他不打算告訴我。

我背後再度傳來細弱的嗚咽。奈斯大喊。「李奇，快點。」

於是我加緊行動。我再用扳手戳那傢伙，他揮舞拆輪胎棒來抵擋，發出刺耳的鏗一聲。我再戳他，他又閃開，這時他的全副注意力都集中在我們各自的上半身活動上，正符合我的期待，因為這表示我可以上前踢他的卵蛋，沒有半點阻礙。

很夠力的一踢。質量和速度，就像棒球，就像一切事情。那人把拆輪胎棒一丟，腰一彎向前撲倒，膝蓋砰地落地，不停喘氣、乾嘔，低垂著頭，就那麼跪倒在我面前。這讓我有充足時間挑選我的攻擊點。我用扳手猛敲他頭的外側，用力但不至於致命，就像網球手的熱身。他一個翻滾側躺著，動也不動。

我匆匆回到密閉房間去查看奈斯進行得如何。

34

第一人大致是仰躺在地板上，眼睛插著一片一呎長的碎玻璃。不用說，死了。從他身體毫無生氣、不成形的樣子就可以看出來。錯不了，才斷氣不久，血流得不多，只緩緩滴了一陣子，現在已經止住了，有如一條肥滿的紅蟲掛在他臉頰上。加上一攤濃稠、透明的液體，可能是他眼球裡的東西。

發出哀號的是第二個傢伙，被我用椅子砸中的那個。只見他躺在門口的地板上，頭髮沾滿血污，頭部底下還有一大攤。他的眼睛緊閉，我不認為他還有力氣站起來，給我們添麻煩，總之暫時不會。

奈斯靠著桌子站在那裡，神情介於戰慄和堅毅之間，我曾經問許梅克，**她可曾在海外出任務？她可曾在任何地方出任務？**

現在她有經驗了。

我說：「妳還好嗎？」

她說：「應該還好。」

「妳做得很好。」

她沒回應。

我說：「我們得搜索一下這裡。」

她說：「我們得叫救護車。」

「會的，等我們搜索完再說。我們需要槍枝，那是我們到這兒來的目的。」

「槍不會放在這裡，它不過是個圈套。」

「他們能有多少秘密據點？我認為槍就在這裡。我問過那傢伙，他驚慌得不得了。」

「我們沒時間了。」

我想起小喬伊，正乘著他的賓利車，慢吞吞穿過車陣，通過紅燈和交通大堵塞。也可能沒有堵塞。我說：「咱們盡快。」

她說：「最好是。」

我們從帶頭的傢伙開始搜索。我想如果他身上有鑰匙，我們或許就可以知道該找哪一種鎖，進而知道該往哪裡去找。保險櫃鑰匙的外觀和普通門鎖不同，而門鎖又長得和寄物櫃鎖不一樣，等等。可是他身上只有車鑰匙，一把髒舊的鑰匙，裝在印有**伊林計程車**字樣和斑駁金葉裝飾的抓綹皮袋裡，也許店裡那些破舊轎車當中的一輛是他的。他也帶有現金，戰利品，我把它加入我們的小金庫。還有一支手機，我把它塞進口袋，可是除此就沒什麼有用的東西了。

搜索完密閉房間，我們移往廠房主空間。這裡的較遠角落有一間盥洗室，裡頭除了基本設備和億萬個細菌之外什麼都沒有，就像一只巨大的三度空間培養皿，可是除了傳染病之外它沒藏有任何東西，沒有活動暗板，牆上沒有開關部件，地板上也沒有活蓋。

廠房的其他部分就只是一個開放的大空間，如同我們之前看過的，充滿車輛和雜物，看過去一片混亂。幾道牆上沒有任何門，沒有櫥櫃，沒有方形大箱子，沒有上鎖的小隔間，一落落堆疊輪胎的中空部位沒塞進任何東西。

「這裡沒有槍，」奈斯說：「這裡只是汽車維修廠，藏不了任何東西。」

我沒說話。

她說：「我們得走了。」

我想著小喬伊，乘著他的賓利，這時大概已通過市中心，進入郊區，沿著寬敞的公路朝西疾馳。

「我們得走了。」她又說。

乘著他的賓利。

「等等。」我說。

「做什麼？」

沒有方形大箱子，沒有上鎖的小隔間。

才怪。

我說：「帶頭那傢伙應該不會開出租汽車。怎麼會呢？卡雷爾・里柏的車是荒原路華休旅車，羅姆佛小子幫用的都是高級貨，難道塞爾維亞人就不是？他們絕對也希望自己看來體面些。」

「所以？」

「那為何那傢伙帶著一把破車鑰匙？」

「因為這裡是維修破車的，這是他們的工作，或者他們的掩護。」

「保管鑰匙不會是那位大哥的工作。」我回到密閉房間，在那人口袋裡重新找出鑰匙來。它有著金屬銷，塑膠頭，但不是時髦車子的那種大大的圓形鑰匙，沒有電池，沒有發射器，沒有防盜裝置，就只是一把鑰匙。

我環顧四周，從那輛輪胎塌陷、缺了前擋泥板的停在角落的髒轎車開始。一輛車怎麼會在維修廠一直放到輪胎沒氣了呢？這可不是有利的商業做法。一輛租車必須在路上跑，載客掙錢。要是已經修不好了，就該拖走然後壓扁。因為維修廠也得掙錢，每個平方呎的空間都得有利潤才行。

我查看這輛車的後行李箱。它既是方形大箱子，也是上鎖的小隔間。準沒錯，近在眼前。

我試了下鑰匙。

打不開。

奈斯說：「李奇，我們得走了。」

我試了下一輛，再下一輛，鑰匙不合。我試了我們來時坐的那輛斯柯達，儘管我知道它的可能性更小。果然。我一輛輛試開，沒有一輛與那把鑰匙相合。

奈斯說：「沒時間了。」

我環顧周遭，決定放棄。

「好吧。」我說。

我走回封閉房間門口，在仰躺著的那傢伙身邊蹲下。他已經停止呻吟，可是還活著。他的頭骨肯定像水泥那麼堅硬。我在他口袋裡找到斯柯達車的鑰匙，把它丟給奈斯，說：「妳去發動車子，我去開電捲門。」

那道電捲門有一個設在開關盒上的巴掌大的按鈕，這盒子以一條彎曲的長金屬導管和它的繞線機構連接。我用力按下電鈕，馬達開始運轉，鏈條拉緊了，門震動一下然後開始升起。天光一點點回來，淹過地板，緩緩爬上廠房另一端的牆面。我看見奈斯坐在斯柯達車的駕駛座，看見她低頭看著控制系統，我看見引擎啟動時冒出一股黑煙。

我看見另一個開關盒上的巴掌大按鈕，然後又一個，又一個，在那些汽車升降機上，以液壓原理控制起降的。那些升降機都是空的，只有一個除外，上頭吊著一輛車子，車子的底部又黑又髒，它的後行李箱懸在那裡，比人的頭部還要高。眼不見，心不驚，我還幹過警察呢。

我匆匆跑回去，做手勢要奈斯等一等。我按下電鈕，嘎嘎的噪音響起，那具升降機開始下降，越來越低，低過我的視平線，繼續往下降。那是一輛布滿灰塵的方方正正的舊車，輪胎是扁的。升降機慢下來然後停住，車子晃了一下，然後靜止，粗嘎的噪音也停了。在這同時，入口的電捲門也升到頂了，它的噪音也已停止，只剩下斯柯達車的柴油引擎空轉的低沉轟轟聲。鑰匙合了。

行李箱蓋在刺耳的彈簧噪音中打開來。

這車是一輛相當大的轎車，它的後行李箱也十分深長、寬敞，足夠容納好幾只手提箱，或者兩、三只高爾夫球袋，無論任何需要載運的東西都放得下，裡頭滿滿的。

可是放的不是手提箱或高爾夫球袋。

裡頭滿滿的都是手槍，還有一盒盒的彈藥。

乍看下，那些手槍全都是葛拉克，都是全新的，都包在塑膠袋裡，整齊疊放著，大都是十七型，原廠經典，有些是十七L型，槍管比較長，有些是十九型，槍管比較短。全部都是九毫米口徑，和堆在一旁的每盒一百發裝的帕拉貝魯姆子彈口徑一致。

奈斯下了斯柯達車。她看了看，說：「太神了。」

我說：「十九型比較適合妳的手掌大小，短槍管OK吧？」

她頓了一下，說：「當然。」

於是我打開一支十九型的包裝，又替自己拿了支十七型的，然後分別給它們填上一盒彈藥，再多拿了兩盒還沒拆封的，然後走人，任由升降機停在底下，車子的後行李箱蓋敞開。我們上了斯柯達，奈斯負責開車。我們後退，轉彎然後朝出口駛去。

「等等。」我說。

她煞住，車子停了下來，車蓋浸在從門口灑下的一束天光中，我說：「這是哪裡？」

她說：「苦艾灌木區。」

「比較起來，這裡很像什麼地方？」

「紐約的南布隆克斯區吧。」

「不過是英國版的，這裡的人不常聽見槍聲。」

「大概吧。」

「事實上，他們一聽見槍聲就會馬上報警，然後警方就會帶著霹靂小組、防彈車和上百名警探趕過來。」

「可能喔。」

「而且，任何槍枝我都得確定真的能用才會放心。」

「什麼？」

「我們得試射一下這兩支葛拉克。」

「在哪裡試射？」

「這個嘛，要是我們在這裡試射，警方一定會趕來，而且會替那幾個受傷的傢伙叫救護車，然後收集足夠的重要物證，強力介入塞爾維亞人廠房發生的這些事，最後這事很可能會被認定為公共服務。」

「你瘋了嗎？」

「射那些車子，我一直很想這麼做，妳我各開兩槍，然後就走人。」

我們就這麼做了。我們搖下車窗，把肩膀探出去，對著我們後方間歇地發射四槍，乒乒砰砰射穿了四輛車的擋風玻璃，然後在最後一波回聲從磚牆彈回來之前開始前進，緩慢而鎮靜，沒事似地，就像一輛合法接受電話預約的本地微型租車。

我們找到通往城西的幹道，朝市中心前進。在進城前一哩不到的地方，我們和逆向駛來的一支護航車隊擦身而過，帶頭的是一輛大型黑色賓利雙門轎跑車，後面跟著四輛黑色捷豹轎車，一輛黑色廂型小貨車尾隨在後。

35

我們把車停在派丁頓火車站附近一條小巷裡的禁止停車區，打算把車上鎖然後走人。這裡是非常繁忙的地帶，交通運輸四通八達。有巴士，有黑色計程車，附近有兩個地鐵站，還有普通火車，步行的話可以往南走到海德公園，或者往北經過麥達維爾區到聖約翰伍德區。當然，我們會被監視器錄拍到，而且無疑地會被拍到很多次，可是他們得花好幾百小時耐心觀看，才能弄清楚我們是誰，我們從哪裡來，我們去過哪裡以及原因。

我查看了下自己的外表，確認我是否適合出現在公共場合。我的外套是薄而有彈性的布料做成的，無疑很適合在高爾夫球場上盡情從事各種活動，可是口袋裡放什麼東西，它的形狀都被看得一清二楚。放高爾夫球或許還ＯＫ，可是放葛拉克手槍就不ＯＫ了。我把它放在右邊口袋，可是不太放得下，主要是因為裡頭已經放了別的東西。

是帶頭那傢伙的手機。藥局買的預付型手機，和我們在羅姆佛小子幫車子的置物盒裡發現的手機差不多。我把它交給奈斯，說：「看能不能調出通話紀錄。」

她點選了一堆箭頭和選單，上下滑動，然後說：「他打了一通三十秒的電話到一個看來像本地號碼的收話對象，三分鐘後這個號碼回電給他，打了一分鐘，這也是最後的通話紀錄。」

我點頭。「也許針對我們的APB（全面通緝令）在半夜發出，第二天一早全倫敦的壞蛋都得到消息，因此塞爾維亞人向羅姆佛小子通報，說，喂，你們要找那兩人是吧？我把他們鎖在一個小房間裡了。不過，也可能當時他只是打給一名副手，副手說我們會再跟你聯絡，之後把這消息向查理・懷特報告，查理・懷特親自回電給他，作了一些安排。」

「一分鐘夠嗎？」

「其實他們只要知道地址。我相信賓利車應該有衛星導航系統，就連我們在阿肯色搭的小貨車都有衛星導航。」

「好吧。」

「儘管當時我沒聽見電話鈴聲。」

她又調出手機的選單，點著箭頭。

她說：「設定成靜音了。」

我再點頭。「所以就是這麼一回事了。」

「我應該把小子幫的這個號碼告訴歐戴上將，你認為呢？軍情五處可以追蹤一下。」

「追蹤到博茲藥劑師的現金付費紀錄？幫助不大。」

「什麼是博茲藥劑師？」

「連鎖藥局的名字，就像CVS藥妝店，是由約翰・博茲在十九世紀中期創立的，他長得大概就跟搭建瓦勒斯莊園圍牆的傢伙差不多。一開始只是一家藥草店，店址就在這裡的北邊，一個叫諾丁罕的地方。」

「軍情五處可以憑著通話紀錄追蹤到實際地點。」

「必須在開機狀態才辦得到，這應該也不會太久。他們一接獲從苦艾灌木區傳回去的消息，就會立刻把它刪了，他們也都知道他們的號碼已經被鎖定。」

「他們也許已經收到了。」

我把手機從她手上拿回來。

我說：「咱們就來瞧瞧。」

我查看手機按鍵，找到重撥鍵，用拇指甲按下，看著那個號碼滑過螢幕，按了綠色撥號鍵，然後等著。鈴響了三聲，四聲，五聲，六聲。

接著有人接聽，這人花了六次鈴響的空檔查看手機螢幕，仔細辨識來電號碼，因為他劈頭就問，低沉的倫敦腔。「到底怎麼回事？已經起碼有一百個小六經過我們這裡了。」

小六就是警察，倫敦俚語。我說：「在哪裡？」

那聲音說：「我們停在三條街外。」

我說：「你是小喬伊？」

「你是誰？」他說。

「我是幹掉你手下的人，昨晚，在廂型貨車裡，我看見你發了頓小脾氣。」

「你在哪？」

「就在你後面。」

我聽見他轉身。

「開開玩笑。」我說。

「你是誰？」

「你不妨說我是來踢館的，不過，我一向很自謙。」

「你死定了。」

「還早呢。誰叫你的手下跑來攪局，或者該說塞爾維亞人。不過，我敢說現在他們都進了急診室。」

「他們告訴我說你們被關起來了。」

「世事多變。」

「你到底想怎樣？」

「約翰・科特，」我說：「還有威廉・卡森。我遲早會逮到他們的，你最好別礙事，不然我讓你吃不了兜著走。」

「你搞不清楚。」

「搞不清楚啥？」

「你搞不清楚自己惹了什麼麻煩。」

「真的？老實說我感覺相當不錯，因為失去左右手的人並不是我，喬伊，是你。所以這時候最好多用點常識和理性判斷，不是嗎？斷了和科特、卡森的關係，我就放了你。他們已經替你做掉里柏了，我猜你大概也已經拿到錢了，現在你還要圖什麼呢？」

「沒人敢招惹我。」

「照事實看來，這並不全然是真的，不是嗎？我已經招惹你了，而且我還要繼續招惹下去，直到你和科特、卡森斷了關係。就看你了，兄弟。」

「你死定了。」

「你說過了，光想是不會成真的。」

沒有回應。通話結束，手機安靜下來。我想像小喬伊那端的活動，一個奴才被火速差遣。手機電池被丟進垃圾桶，機身被丟進另一個桶子，SIM卡被拇指甲壓成四小片，丟進第三個桶子。預付手機，就這麼被滅跡。

至於我這一端，我用襯衫擦拭手機，然後往後車座一丟。奈斯說：「他會聽嗎？他會跟他們斷絕往來？」

我說：「我很懷疑，顯然他獨斷獨行慣了，要他讓步簡直要他的命。」

我把我的葛拉克塞進口袋，少了競爭者，大小剛好。奈斯看著我，也跟著做。小一點的口袋，小一點的槍，我聽見槍管喀啦一聲撞上藥瓶。

我說：「把藥瓶放別的口袋，免得礙手礙腳。」

她頓了一下。她不想把藥瓶拿出來，不想讓我看見。

我說：「還剩幾顆？」

「妳早上吃了一顆？」

她點頭，沒說話。

「妳現在想再吃一顆？」

她又點頭，還是沒說話。

「別吃。」我說。

「為什麼？」

「妳吃錯藥了，妳根本沒有理由焦慮，妳表現得非常好，妳是天生好手。這一上午妳真是出色極了，從當鋪一路下來，一直到玻璃碎片的事。」

這話或許說得過火了些，我看見她的手動了一下，似乎是不由自主，像是輕輕環住墊著髒毛衣的尖銳玻璃碎片。她正在重溫那段經驗，而且並不喜歡。她眼睛緊閉，胸口逐漸起伏，終於迸出淚水。壓力、震驚、恐懼，一股腦兒回來了。她渾身發抖，痛哭起來，她睜開淚流不止的眼睛，上看看、下看看、左看看、右看看。我轉過身，她倒在我身上，我緊摟著她，兩人仍然各自坐在椅子上，從腰部以上傾身，以一種奇特的無邪姿勢擁抱著。她把頭埋在我肩膀的衣服縐摺裡，淚水浸濕我的外套，剛好就在沾過耶夫基尼．肯欽腦漿的位置。

最後她的呼吸緩和下來。「對不起。」蒙在外套裡悶悶說了聲。

我說：「別這麼說。」

「我殺了一個人。」

「不盡然，」我說；「妳救了自己一命，還有我，要這麼想。」

「他還是一條人命啊。」

「不盡然，」我又說：「我祖父曾經告訴我一個故事，當時他住在巴黎，以製作木頭義肢為生，但是到南法去度假，坐在一處靠近葡萄園的山腰，在那裡野餐，拿出摺疊刀來撬開一顆核桃，忽然看見一條蛇向他爬過來，非常快速，於是他用摺疊刀刺那條蛇，正中牠的頭部中央，把牠釘死在草地上，距離他的腳踝大約六吋遠。妳做的正是同樣的事，那傢伙是條蛇，也許比蛇更壞。蛇不知道自己是蛇，牠不由自主，可是那傢伙知道他在走歹路，就像昨天死掉那傢伙，不肯扶老太太過馬路，或者到圖書館當志工，或者捐款給非洲。」

她的頭在我臂膀裡來回摩擦，也許是點頭表示贊同，也可能不是，也許只是在擦眼淚。她說：「我沒有被安慰到。」

「許梅克告訴我說，妳很清楚自己服役的目的。」

「理論上是這樣，實際上去做又是另一回事。」

「凡事總有第一次。」

「你的意思是說，我會越殺越順手？」

我沒回答。我說：「別吃藥，妳根本不需要，就算妳真的需要，留著以後吃吧。這還只是開始，以後會更加棘手。」

「這樣說讓人很難安心耶。」

「妳不需要擔心，妳做得很好，我們都做得很好，我們會成功的。」

她沒回應，在我懷裡繼續待了會兒，然後輕輕移開，我們退回自己的位子，端正坐著。她稀哩呼嚕吸著鼻子，用皮外套袖子擦臉，然後說：「我們能不能回旅館一下？我想洗個澡。」

我說：「我們得另外找家旅館。」

「為什麼？」

「守則第一條，每天更換住處。」

「我的新牙刷還在那裡。」

「守則第二條，隨時把牙刷放口袋。」

「我又得買一支了。」

「也許我也該買支新的。」

「我還想買幾件新衣服。」

「這個沒問題。」

「我沒有旅行袋可以用了。」

「沒什麼大不了，我從來就沒有旅行袋，這是我經驗的一部分，妳可以在店裡換衣服。」

「不，我的意思是說，另外那幾盒彈藥要放在哪裡。」

「放在其他口袋。」

「太大了。」

她說得沒錯，我試過了。盒子只能塞進一半，一半露在外面，而我的衣服口袋還比她的大呢。我說：「這裡是倫敦，誰會認得出來那是什麼東西？」

她說：「大概一百個才有一個吧，可是萬一那一個偏偏是警察，就像瓦勒斯莊園那個，穿著防彈背心，扛著衝鋒槍？我們不能身上帶著彈藥，大搖大擺地到處晃。」

我點頭，說：「好吧，咱們就買個袋子應急。」我環顧了下周遭，搜索著街道的前後和兩側。「不過我沒看見有販賣袋子的商店。」

她指著左前方。「前面街角有一家便利商店，有點像小型超市，可能是連鎖商店之類的。你去買點東西，口香糖、糖果什麼的。」

「他們的袋子是薄薄的塑膠袋，我看過，昨晚妳用來裝可樂罐，幾乎是透明的，跟我們的口袋一樣不管用。」

「他們也有比較厚實的大袋子。」

「他們不會拿厚實的大袋子讓我裝口香糖或糖果。」

「無論哪一種袋子他們都不會白白送你，這裡必須花錢買，也就是說隨便你要哪一種都可以。」

「妳得花錢買商品，還有用來裝商品的袋子？」

「我從雜誌看來的。」

「這是哪門子國家？」

「環保。你必須買耐用的袋子，然後一直重複使用。」

我沒說話，直接下了車，走向街角。這家商店是大型超市的簡約版，生活用品，各類餐點，半打裝啤酒，無酒精飲料，還有袋子，果然被奈斯料中。收銀櫃台附近有一大堆，我挑了一個，棕色的，看起來環保到不行，像是由瓜地馬拉的獨眼少女用再生大麻纖維編織成的。上頭印著這家超商的店名網屏，顏色很淡，也許是用各種植物染劑印的。主要是紅蘿蔔吧，我猜。感覺好像雨一淋那些字就會全部消失，可是用來裝東西還算可以。它有繩子提把，裡頭是方形的空間。

我並不真的想買口香糖或糖果，因此我問收銀櫃台的女人可不可以只買袋子。她沒直接回答，只當我是白癡那樣看看我，然後把袋子的條碼在掃描器前嗶一聲刷過，然後說：「兩鎊。」

我覺得還算合理，在美國西岸的精品店大概要五十塊錢一個。反正是小子幫付的錢，我把他們的零錢放回口袋，走回停在路邊的斯柯達車。

車子不見了。

36

我把手放在口袋裡的葛拉克手槍上，我的後腦袋告訴前腦袋，彈匣裡的十七發，加槍膛裡的一發，減掉在塞爾維亞人車庫裡發射的兩發，等於還剩十六發。然後它要我退到一家房地產經紀公司的櫥窗前，讓自己的可受攻擊角度從三六〇減少到一八〇，但基本上它在向我吶喊：多明妮可・柯爾。

我深吸了口氣，左右探看，沒發現有交通警察。如果有，那就說得過去了，因為要是奈斯發現交通警察，一定會馬上開車離開。監視系統裡的數位資料只要按一下電鈕就被清除掉，可是在同一時間，一個人腦裡關於奈斯的臉和斯柯達牌照的記憶可就沒那麼容易消除了。再偉大的設計也不會比人腦厲害。可是街區裡確實沒有警察，沒有穿制服的人拿著筆記沿著街道閒晃。

而且也沒有成群的路人嘴巴大張，盯著空蕩蕩的柏油道路瞧，就像街上發生騷動之後常見的那樣。而奈斯也不是那麼容易就屈服的，不管是對羅姆佛小子幫，對塞爾維亞人，或者對任何人都一樣。況且她有上鎖的車門保護，口袋裡還有一把裝有彈藥的葛拉克手槍。和我一樣，還剩十六發子彈。街道談不上寂靜，但有的也只是尋常都會活動的嗡嗡聲響，沒有發生過重大意外事件的跡象，這點似乎可以確定。

我沿著房地產公司的櫥窗滑動，往後退到一個門口，讓自己的暴露角度減到九十，就好像我前方只有一座棒球壘區。街上的車流是單向的，從我的右邊到左邊。車流相當穩定，小型掀背汽車，黑色計程車，偶爾有一輛大型轎車，還有貨車。沒有駕駛人左顧右盼，沒有後座乘客探出頭來找人，沒人在找我。我踏出一步，查看了下街角，沒人在那裡等著。

她很清楚自己從軍的目的，而且她可不像外表那麼柔弱。

她被擄獲、肢解而後殺害，我應該親自出馬的。

我會謹慎小心，不會歷史重演的。

我離開門口，和車流逆向而行。兩側的人行道上都有人，分別朝兩個方向匆匆前進，穿著平價套裝和薄雨衣，像一般英國人那樣帶著捲起的小傘，以防萬一，還有公事包、購物袋和背包。所有人都只顧著倉卒趕路，沒有多餘的動作，沒有黑色廂型車停在路邊怠速空轉，沒有壯漢在那裡東張西望，也沒有警車。

我拿出史嘉蘭傑洛給我的手機，在清單裡找到奈斯的號碼，然後撥打給她。一陣長長的停頓，只有安靜的沙沙聲，也許在等加密協議認證，接著我聽見一個和弦鈴聲，出現在倫敦市中心的悠緩、柔軟的美式曲調，接著又一個，又一個，總共六段。

沒人接聽。

我掛斷。

凡事作最好的期待，作最壞的打算。也許她正在開車，不方便接電話。也許她被什麼嚇得逃離路邊，這會兒正在附近兜圈子。某種天真無邪的理由，讓她離開、再離開、又離開了無數次，只等著我在便利商店購物完畢。最後她總會看見我站在人行道上，繞過來接我上車的。

我望著前方的街角。

沒看見她過來。

或者，最壞的情況，她的手機落入其他人手中，那人看著螢幕，發現我的名字，充滿計謀的眼睛一亮。也許他們會過來，當場試圖誘我上鉤，買一送一的特別優惠，一個臨時起意的計謀。類似陷阱的東西，把奈斯當誘餌，進行突襲之類的行動。

我看著我的手機螢幕。

沒人回電給我。

最壞狀況的對策。清單中剩下唯一的號碼是歐戴的。**我們的手機裝有GPS，因此他們會密切注意我們的每一步行動。**事實上他可以引導我找到她，一步步地，至少在他們丟了她的手機之前，應該沒問題。於是我撥了電話，又聽見沙沙的靜音。

我關掉手機，因為在我前方，斯柯達車正繞過街角。

開車的是奈斯，但她並非一個人。在她背後的後車座有個人形，在暗影中若隱若現，有點傾斜，似乎正越過她肩頭觀望。當車子越來越近，我認出了那人。約在四十、四十五歲之間，皮膚曬得有點黑，小平頭，呆鈍的正方臉，身穿毛衣和帆布短外套。無疑搭配了藍色牛仔褲，棕色麂皮短靴，也許是英國陸軍的沙漠靴。

班尼特，姓氏很難發音的那個威爾斯。最後見他是在巴黎，之後便消失無蹤。隸屬軍情六處，或者軍情五處，或者類似單位，或者完全不同的單位。**目前情況還不定**，他曾經用他那歌唱般的嗓音這麼說過。

斯柯達急轉向路邊，猛地煞車停在我面前。奈斯和班尼特抬頭看我，在擋風玻璃框底下伸長脖子，微微睜大眼睛，似乎帶著哀求意味。奈斯比班尼特更明顯，像是在說，**拜託合作一下**。

我上了車。我打開副駕駛座車門，一屁股坐下，收起雙腿，帶上車門，在腿上抓著環保袋。奈斯踩油門，轉動方向盤，重新上路。她說：「這位是班尼特先生。」

「我記得。」我說。

「我們見過。」班尼特說，對她，不是對我。「在巴黎，一股強風救了他的小命。」

我說：「你終於承認你也在場了？」

「非正式承認。」

「你為什麼劫走我的車？害我擔心了一下子。」

「兩條街外有個交通稽查員，現在他們都開照片罰單，你還是別惹這類麻煩比較好。」

「你想怎樣？」

「停車，」他說：「隨便哪裡都好，萬一有人來了我們再開走。」

奈斯放慢車速，想在路邊找個空位，結果半進半出地壓在一個巴士站的格線上，基本上是違法的，毫無疑問，可是班尼特不怎麼在乎的樣子。我又問他：「你想怎樣？」

他說：「我想搭個一、兩天便車。」

「跟我們？」

「顯然是。」

「為什麼？」

「目前我有一個移動任務，據我理解應該是要我留意其他分散在倫敦各處的三十六個臥底情報人員，並且緊跟著一馬當先的那個。」

「我們並沒有領先。」

「很遺憾，其他人也沒有，但至少你們玩得挺樂的。」

「目前並沒有。」

「不過你們算是有些進展。」

「是嗎？」

「別那麼謙虛。」

「你裝了竊聽器？」

「要不要搜身？」

「我會搜，」奈斯轉過頭來說：「必要的話，得照規矩來才行。」

「瞧我們這位秘密情報員說的，剛剛才在小巷子裡執行任務，她這輩子初試身手的頭兩樁殺人案。」

我說：「你可以把那兩條人命算我頭上。」

「很難讓人信服，」班尼特說：「你要如何解釋苦艾灌木區的事？你做掉一個，她做掉三個？我想不是。你們應該把屍體移動一下，作案特徵太明顯了。我認為玻璃扎眼是奈斯小姐一個人幹的，不過昨天的鎖喉功是你的成績，所以我不能不被這種精采好戲給吸引。用你們的說法，緣分吧。」

「你想怎樣？」我第三次問。

「別擔心，」他說：「非關人命的案子我們不會竊聽。」

奈斯說：「什麼意思？」

「塞爾維亞人不是人，我們興趣缺缺，但他們興趣可大呢，這是問題所在。這也是對你不利的地方，目前有兩幫人在追殺你。」

「怎樣算是興趣缺缺？」

「在我們方面是吧？我們會紀錄下來，但不會實際採取行動。」

「書面紀錄？」

「這恐怕是難免的。」

「在紀錄中我們不會在場。」

他說：「不會在哪？」

我說：「任何地方。」

「在技術上又是另一回事了。要知道，你們到哪裡我們都緊盯著，GPS這東西實在厲害，不然我如何能找到你們，就像現在，你們的車停在距離犯案現場那麼遠的地方，一輛和贓車差不多的車子，而且通告也才剛發布？」

我說：「我們的手機都有加密。」

他笑笑，說：「拜託。」

「拜託什麼？」

「想想你們的人為何容忍我們，例如，為什麼是我們而不是德國人？我們能給你們什麼好處？」

「GCHQ（英國政府通訊總部）。」我說。

他點頭。「就像你們的NSA（美國國家安全局），我們的監聽總站，可是不好意思，比NSA厲害多了。你們需要我們，所以你們願意容忍我們。」

「你們在竊聽。」

「不，我們只是從旁協助，」他說：「我們廣泛蒐集資訊，然後把它傳遞下去，偶爾我們也得測試一下通訊的清晰度，純粹是在技術層次上。」

「中情局的傳輸網是牢不可破的。」

「那是中情局自己的想法。」

「你破解了他們的密碼？」

「他們的密碼是我們賣給他們的，當然，是用間接的方式，我相信那必定是相當巧妙的圈套。」

「我相信你們不該這麼做。」

「我相信那是很久以前的事了。」

「所以我們算不算是公共服務？對塞爾維亞人做的那些？」

「你們傷害了他們，但並沒有致他們於死，就像切掉章魚的一隻手臂。倒也不是說我們不知感恩，七條腿打鬥起來比八條腿更方便，只要不是太激烈的。」

「你想要更多。」

「那兩幫人都在找你，也許這意謂著更多機會。在我看來，多幾個幫派分子被送進急診室也不算壞事。」

「就你一個搭便車？」

「純粹只是從旁觀察，那些人當中也有英國國民，而就像奈斯小姐說的，有些事還是得照規矩來。」

「你會不會幫我們？」

「你們需要我幫什麼忙？」

「我們需要一份地點清單。」

班尼特點頭。「我們看過這則通話。」

「我們沒得到答覆。」

「地點很難取得，尤其現在更難，因為我們必須把卡雷爾．里柏的情況一併考慮進去，還有塞爾維亞人的。因為，要是塞爾維亞人真的和小子幫合作，那麼依照常理，他們可能會把科特藏在一個地點，卡森藏在另一個，彼此相隔非常遙遠，這樣比較安全。而且依照常理，他們也會使用十分偏僻的地址，而倫敦周邊的地勢非常平坦，頂多有點起伏，不是那種容易發現一些疑似藏有全世界四個頂尖狙擊手當中的一、兩個的偏遠農舍的地區。」

我說：「我還是想要這份清單。」

「好吧，我們今天就會發出，歐戴一收到就會傳給你。」

「不過你認為應該是藏在偏遠農舍？彼此距離遙遠的？」

「也不盡然，有很多可能。」

「他們有很多藏身地點，也有不少房子出租，因此許多房客會樂得到外地去度假一、兩週。而且欠他們錢的人不少，這些人也會樂得少還一點，只要每天提供一個陌生人三餐，夜裡給他們一張床，並且守口如瓶就好了。」

「例如？」

「可是你認為對他們來說，避人耳目比較保險？」

「乍看之下確實好得多，但你終究還是得權衡利弊得失，不是嗎？他們必然會假定我們計畫關閉通往市中心的通道，就像九一一事件的後續措施，相信所有大都會都是如此。他們絕不會希望在路障外面被逮到，尤其他們還得靠外圍警戒線傳送笨重的步槍給他們。因此總的來說，我認為他們會盡速往市中心移動，說不定此刻已經在這裡了。」

「我們估計，能夠遠眺瓦勒斯莊園的有利位置不下數百個。」

「那些我們正在仔細搜索，不過，要是他們藏在其他我們發現不到的有利位置？」

「你們**有沒有**關閉倫敦市中心的計畫？」

「當然有。」

「那為什麼不施行呢？」

「因為我們仍然抱持樂觀。」

「政客的說法。」

「目標是盡快讓這事圓滿落幕。」

「還是很像政客的說法。」

「我們的薪水支票是那些政客簽發的。」

「你們究竟能提供我們什麼協助？」

「我們會告訴你們小喬伊住的地方，他是這整件事的核心，你們可以觀察在那裡進進出出的人，看看能有什麼發現。」

「你是說你沒辦法？」

「到目前為止我們觀察到的所有活動不太兜得起來。」

「既然這樣，也許小喬伊不是關鍵人物。」

「查理・懷特太老又太大咖，不適合到處奔走，而湯米・米勒和比利・湯普森也只比他年輕十歲，況且如今他們也跟官僚差不多了。最近的幫派也就是這麼回事，節稅策略、合法投資之類的。小喬伊・葛林是唯一還能做事的，這點你可以相信我，如果他們要輪流進出站崗，或者送食物、女人，一定都是經由小喬伊的車道進行的。」

「只是你還沒發現。」

「還沒有。」

「在那場政客大會串之前，我們還有多少時間？」

「不多。」

「他們有沒有B計畫？」

「別扯那麼遠，算是幫我的忙。」

「這下變成我們幫你了？」

「我們互相幫忙，事情本來就該這樣，不是嗎？」

「你們有沒有竊聽唐寧街和白宮橢圓形辦公室之間的熱線？」

「你知道這做什麼？」

「個人興趣。」

「傳統上我們不會去碰這一塊。」

「幸好。」

他說：「咱們去替你們找家新旅館吧，你們應該休息一下。等我們準備好出發到小喬伊那裡去的時候，我會傳簡訊給你。」

我說：「你有我們的手機號碼？」

他沒回答。

「傻問題。」我說。

班尼特和奈斯調換座位，開車載我們往南到海德公園的北界，貝斯沃特路，接著往東到了大理石拱門，然後再度往南沿著公園路進入富裕得足以成為中立地區的梅菲爾。這裡沒有幫派，至少沒有我所知道的任何形式的幫派。車子經過格羅夫納飯店和多切斯特飯店，最後停在希爾頓飯店前面。班尼特說：「他們不會到這兒來找你們。以你們身上那一大筆錢，他們會以為你們住在更豪華的地方，更有名氣的酒店，像是布朗、克拉里奇，或者麗池、薩伏依這類飯店。」

我說：「你怎麼知道我們拿了錢？」

「奈斯小姐傳給歐戴的報告提到了。」

「而當時你剛好在測試通訊清晰度。」

「測試樣本是隨機篩選的，純粹是運氣，完全由機械決定，和平均無故障時間有關。」

「我們應該把手機丟了。」

奈斯說：「不可以。」

班尼特說：「我同意，你們不能這麼做。你們必須經常向歐戴回報，這是他和史嘉蘭傑洛的協議。要是你們貿然斷了音訊，這協議便失效，你們也會成為無主遊魂，這麼一來你們最好在一小時內離開英國，否則你們將會像普通亡命之徒那樣遭到追殺。」

「連史嘉蘭傑洛的事你都知道？」

「記得吧，所有最後到達馬里蘭州的東西都得先經過格洛斯特郡，反過來也一樣。」

「你一定是全世界都竊聽了。」

「差不多。」

「到底是誰在資助這檔子事？你想出來沒？」

「還沒想透。」

「但你們是菁英小組，對吧？智力一等一？比米德堡那些土包子強得太多？」

「平常我們相當優秀的。」

「顯然這次失常了，現在你們想把責任全部丟給我們，你要我們和歐戴保持聯繫，讓你能夠在我們出生入死的時候在旁邊竊聽。」

「我們統治全世界靠的可不是做好人。」

「世界歸你們威爾斯人統治？」

「歸英國人統治，而威爾斯人是英國人，就像蘇格蘭人一樣，甚至也和英格蘭人一樣。」

我沒回答。奈斯把兩盒彈藥交給我，我把它們放進環保購物袋，我們下了車，走進飯店大廳。

37

住希爾頓對我們來說太享受了點，這裡名氣普通，可是他們極盡所能提升它的品味，以符合公園路這個精華地點，還有價格，還有勢利眼。一開始他們對我們沒帶行李這件事有點懷疑，我們全身上下就只有一袋彈藥，而且對於收受現金也有點不高興，可是當他們看見我們帶了好幾大捲現鈔，立刻在腦袋裡把我們從寒酸遊客提升為怪胎土豪。可能不是俄羅斯人，因為我們的口音，也許是德州佬，但無論是哪一種他們突然客氣得不得了。服務生尤其失望我們沒有行李可拿，他們嗅到五十鎊小費的氣味。

我們的住房在不同樓層，但是我們先前往奈斯的房間，做一下安全檢查，同時也因為我覺得她有必要隨身帶一盒彈藥。在飯店房間裡展開最後殊死戰的可能性微乎其微，可是世事難料，在這情形下，一百六十發子彈會比寥寥十六發來得有意思得多。

她的房間很空，沒有危險性，它的基本構造和我見過的千百個飯店房間沒兩樣，可是它被美化到一個超高水平，而它實際上也很高，位在擁有能夠俯瞰公園的第二十層樓。我把她的一盒彈藥放在床頭桌上，又環顧了一圈，然後回頭朝房門口走去。

她說：「我還剩下兩顆，現在心情還不錯。」

我說：「告訴我班尼特是什麼時候搭上車的。」

「他的確就是這樣，大剌剌地就搭上車了。我看見他站在對面人行道上，在撥手機，然後拿到耳邊聽，就像一般人一樣，這時候他還只是個路人，可是接著我的手機響了，我接聽，是他。他越過街道走過來，上了後車座。他說歐戴把我的號碼給了他，而且許梅克上將也確認過了，說我們應該把車開離路邊，在街區兜圈子，因為我們的車停在禁停區，而且後面有一名交警。」

「所以妳就開走了？」

「他感覺很有正當性，我覺得能夠知道兩位上將的名字，表示他跟我們是同一邊的。」

「現在妳覺得呢？」

「正當性少了點，但仍然和我們是同一邊。」

我點頭。「我也是這麼認為，妳相信他說的那些嗎？」

「我覺得有部分誇大，除非他真的坦率到不要命，竟然把某種顯然還屬於極度機密的計畫說出來。當然，我指的是英國方面，要是他們的極高機密被拿來公開談論，他們肯定會有所反應的。」

「有些人就是坦率到不要命，這種人天生不愛講廢話。他們沒有反應是因為，這根本無關緊要。這種人不構成安全威脅，因為什麼都說出來等於什麼都沒說。英國人駭入我們的通話，英國人沒有駭入我們的通話，這兩件事都清清楚楚攤在那裡，可是根本無助於我們了解到底哪個是事實。」

「所以他們到底有沒有駭入我們的通話？」

「想想他沒誇大的那些事。」

「哪些？」

「他劈頭就說，他們在小喬伊住處的監視行動沒有任何進展，也追蹤不到究竟誰是幕後大金主。」

「所以？」

「爛演技。」

「沒有人是十全十美的。」

「可是英國人最會演戲了，大部分的戲劇都是他們發明的。我不相信他說的，他們比美國國家安全局領先一大截，可是至少是旗鼓相當，這點我們得承認。也許他們還稍微強一點。他們內心很敏感，在好的方面，通常是很不錯的牌友，必要時也夠強悍，該做的他們最後都會做，但不會有結果。」

「這案子很棘手。」

「棘手到美國國安局和英國政府通訊總部都插不上手？」

「大概吧。」

「既然這樣，一個菜鳥分析員和一個退休軍警又如何能有重大突破？我們又能看見什麼他們沒看見的？」

「也許真有什麼。」

「什麼都沒有，因為班尼特目前的想法和歐戴是一樣的，只是晚了幾天。當時班尼特也在巴黎，他知道科特是衝著我來的，現在他知道科特正在倫敦，他以為把我們推到前面，推到亮處，當活標靶，就能誘敵出洞。這叫死馬當活馬醫，全都是為了他自己，他才不在乎我們死活。他在等著看槍口的閃光，就是這麼回事，在政客大會集之前。」

「我相信你早就準備好站到最前面。」

「但不是當活靶子。」

「別人怎麼稱呼你重要嗎？」

「的確，無論如何我們都得去做，沒得選擇。手機的事也一樣，我們必須隨時回報給歐戴，班尼特則從中獲取他要的，左右逢源。」

「但是我們也得到我們要的，事實上還搶先一步呢。所以其實也無所謂。」

「目前有兩個政府把我們看成誘餌，而一個已經太多了。我們在很多方向都得仰賴他們，他們會提供我們什麼資訊取決於他們當我們是什麼，我是說下意識。他們的訊息可能會有偏差，我們得小心辨識才行。」

「然後怎麼做呢？」

「我們得全力為自己著想，可能有些命令我們必須加以忽略。」

她別過頭，沒說話，可是最後她點了點頭，那樣子像在深思，又像無奈地下定決心，或者在兩者之間，很難說得準。

我說：「心情仍然不錯？」

她說：「反正我們無論如何都得去做。」

「答非所問。」

「我的心情不能變差？」

「總之，不需要覺得焦慮，不需要擔心哪個探員會背叛妳，哪個不會，因為到頭來他們統統會，只是遲早的問題。」

「這說法還真令人安心啊。」

「我不是在安慰妳，我是在努力讓我們取得共識，因為這是絕對必要的。」

「沒人會背叛我們的。」

「妳願意拿妳的生命賭他們不會？」

「願意，我認識的一些人。」

「但不是全部。」

「不是。」

「一樣的意思。」

她說：「這讓你很心煩。」

我說：「妳更心煩。」

「我不該煩嗎？」

「妳知道妳犯的最大錯誤是什麼嗎？」

「相信你會告訴我。」

「妳應該加入軍隊，而不是中情局。」

「為什麼？」

「因為妳承受了那麼大的壓力，原因就出在妳認為國家安全是放在妳一個人肩上，這是不合理的包袱，可是妳卻這麼認為，因為妳不信任妳的同事，不是每個都信任。妳不相信他們，這讓妳變得孤立，一切全得靠妳。可是軍隊就不同了，無論外面如何風風雨雨，妳可以信任妳的弟兄們，可以相信他們，就這麼簡單，在那裡妳應該會開心得多。」

她沉默了會兒，然後說：「我唸的是耶魯。」

「妳可以現在就請調，我可以帶妳到徵兵單位去。」

「現在我們在倫敦，等班尼特先生的簡訊。」

「我們回國以後，妳應該好好考慮。」

她說：「也許吧。」

兩小時後班尼特的簡訊來了，我單獨在房間裡，這個房間和奈斯的格局相同，可是高一個樓層，方位相反。我的窗外是梅菲爾繁榮的屋頂景觀，灰色石板、紅磚和華麗的煙囪。美國大使館就在附近，北邊的某處，只是我看不見。我在床上，手機放在床頭桌上充電，它震動了一下，螢幕亮起：**十分鐘後大廳見。**我用內部電話打給奈斯，她說她也收到同樣的訊息。於是我繼續躺了五分鐘，然後把重新上膛的葛拉克放進外套口袋，離開房間去搭電梯。

奈斯已經在大廳，而班尼特已經在門口車子裡等著。那是一輛本地的通用汽車產品，叫佛賀（Vauxhall），黑藍色，又新又乾淨，完全缺乏特色，因此無疑地是一輛執法車。我猜那輛斯柯達大概已經被抹消、棄置或者燒毀了。這時是傍晚，太陽在公園上方緩緩移動。

我上了後座，奈斯在班尼特旁邊入座。班尼特踩下油門，驅車上路。我問他。「我們要去哪？」

他久久沒回答，因為他必須把車往南駛離公園路，再往北回到公園路，這條路由於架構的關係，駕駛人必須以高速繞過海德公園角一整圈，而這裡是和巴士底廣場同樣擁擠的交通中樞。接著他說：「齊格威爾。」

「在哪裡？」

「羅姆佛的西北邊，有點閒錢的人常去的地方。有些地區非常郊外，大房子，之間是廣大的空地，還有圍牆、鐵柵門之類的東西，有樹林和綠地。」

「小喬伊住在那裡？」

「住在他自己設計的房子裡。」

我們在見到喬伊的房子之前看了不少房子和設計裝潢。路況很糟，行進速度很緩慢，因為基本上我們正和另外數以百萬趕著回家的人一起擠在離城的路上。每個路燈、每個街角都塞車，可是班尼特似乎不怎麼擔心時間，我猜他大概很樂於慢慢等待太陽下山。

車子經過許多古老行政區，接著進入較偏遠的地帶，持續朝偏東北的方向前進。我們在高速公路上走了一小段，通過坡道轉入另一條公路，就到了齊格威爾，不久便看見足以讓鐵石心腸融化、被金色夕照烘托的街景，用鮮亮紅磚建造的堅實房屋，有些圍著鐵柵圍籬，或者磚牆和柵門入口，就像迷你版的瓦勒斯莊園，但多數都圍著樹叢和灌木，所有住宅的車道上都停著昂貴的新型汽車，它們的鍍鉻飾件在太陽依然照射的地方閃閃發亮。

我說：「我們要直接開到他家門口？」

班尼特說：「不，情況比這複雜多了。」

果然，至少地理上是如此。我們的車停在一家酒吧後面的碎石停車場裡，但我們並未進入店內，只是從它旁邊通過。也許事先和店主約好了，不多說，不多問，不提意見，但始終保持十足的默契。**別叫拖車，什麼都別問**。接著我們沿著綠蔭濃密的街道左轉再右轉，無疑地被許多藏在蕾絲窗簾後面的眼睛緊盯著，不過英國人相當謹慎，我們算是受惠於他們儘管懷疑卻並未採取行動的保守態度，街上只偶爾看見三個閒晃的路人。我們望著太陽落下，天色轉黑，然後通過一道長長的木板圍籬，就在進入另一道圍籬之前有個一碼寬的缺口，從這裡進入一條又長又直又狹窄的公共步道，腳下是被踩扁的雜草和薄薄一層黑色砂礫，兩側是高聳的木板圍籬，一路始終維持一碼的間距。我們成單行縱隊前進，班尼特帶頭，接著奈斯，我殿後，走了一百五十步，最後來到一片碎石空地，當中有一間綠色園藝棚屋，最近才粉刷，門上用白漆寫著：**滾球俱樂部**。棚屋後方是一大片方形的漂亮草坪。

「另一種保齡球。」奈斯說。

「非常熱門的運動。」班尼特說。

「所以場地很大，」我說：「不過我想這也難怪，他們必須容納那麼多人，還有火爆的打群架。」

「還有很多別的俱樂部，」班尼特說：「都比這更大。」

他彎身，從一塊石頭底下拿出一把鑰匙。鑰匙是剛打的，他把它插入門鎖，有點卡，但還是把門打開了。門往內甩開來，我看見裡頭一片昏暗，同時聞到一股木頭、羊毛、棉布和皮革在潮濕環境中擱置太久的霉味。他張開手掌擋著門板，用另一隻手示意我們進入。

我說：「這是什麼地方？」

他說：「四處看看吧。」

裡頭有一大堆滾球俱樂部的東西，但全部被堆在一側，沿著窗邊空出一條通道，窗外便是那片純淨無瑕的草坪。通道上整齊排列著三張廚房高腳凳，每張椅子前面立著一具巨大的夜視雙筒望遠鏡，全都安裝在一個穩固的三腳支架上。

班尼特說：「去年冬天這裡颳了好幾次暴風，不算太嚴重，不過有人的籬笆缺了一塊木板，有人失去二十呎的針葉樹林，恰巧開了個缺口，讓這間棚屋可以直接眺望小喬伊的房子。算我們運氣好，因為我們沒辦法更接近那裡了，我們推測他的左鄰右舍若非替他辦事，就是對他忠心，或者怕他的。」

「所以這間小棚屋是監視小喬伊的總部？」

「勉強湊合著用。」

「你就這樣背對門口，在那裡乾坐幾小時？」

「你去向那位死了五十年的木匠抱怨吧。」

「鑰匙藏石頭下面？」

「預算有限，這種事他們很會計較，與其打十支，為什麼不共用一支？讓他們可以買一台新電腦。」

「沒有錄影？」

「這類東西他們倒是挺捨得花錢的。從雙筒望遠鏡直接用無線網路上傳影像，全天候，高畫質，不過是黑白的。」

「滾球俱樂部知道你在這裡嗎？」

「不怎麼知道。」

「很好。」我說。我猜要一個好管閒事的俱樂部主委閉嘴大概就跟抽掉一則報紙廣告那麼容易。

奈斯說：「要是有人過來打滾球呢？」

班尼特說：「我們把門鎖換過了，現在那副鎖是我們的，不是他們的。他們會以為是他們的鑰匙出了問題，他們會召開會議，他們會投票表決要不要花俱樂部基金的錢請鎖匠，他們會就正反面意見發表演說，到那時我們可能已經不需要這裡，再不然我們可以把鎖換回去，開開心心走人。」

我說：「從這裡可以看得多清楚？」

他說：「看一下吧。」

於是我走過去，往中間的高腳凳一坐，開始看望遠鏡。

38

這種雙筒望遠鏡顯然採用了某種奇異的高科技，因為它的影像實在令人讚嘆，和我看慣了的那種灰綠粗糙的畫質完全不同，而是無比鮮明、亮澤且犀利。我以四十五度角望著一棟約莫四百碼外的房子，可以看見它的正門，還有完整的一側外牆，透過一道鐵柵圍籬的格距，看到相當大的部分，這道圍牆是建在支撐牆上，以許多磚柱隔成許多小段。整體而言十分宏偉，而且我相信它的建造費用會比瓦勒斯莊園的瘋狂計畫合理許多。

房子本身是一棟堅固的磚造大房子，建造成喬治亞、文藝復興帕拉第奧風格，或目前正流行的某一種對稱建築風格。型式非常正規，有屋頂、窗戶和門，數目正確，也全都在正確的位置。感覺像是有人給了一個孩子鉛筆和畫紙，要他畫一棟房子。**很好，再多加幾個房間**。它有一條環形車道，從一道電動門進入，從另一道門離開。車道是用看來像銀色的石材鋪成的，不過也可能原本是紅磚色。大門附近蹲著一輛黑色小跑車，停車的角度看來像是匆匆抵達的樣子。

我坐回椅子。

我說：「那是小喬伊的房子？」

班尼特說：「沒錯。」

「視野真不錯。」

「我們運氣好。」

「是他自己設計的？」

「他的諸多才華之一。」

「看起來和其他房子沒兩樣。」

班尼特說：「看仔細點。」

我傾身向前，再看一次。屋瓦，紅磚，窗戶，門，屋頂排水槽，全都在一棟幾乎佔滿整片土地的方正房子中依序排列。我說：「我該看什麼呢？」

班尼特說：「就從那輛賓利開始吧。」

「我沒看見。」

「就在門邊。」

「不對，那不是賓利，它比賓利小多了。」

「不，是房子大很多的緣故。」

「比車子大？」

「比普通房子大。小喬伊有六呎十一吋高，八呎高的天花板對他不適用，一般的房門會讓他彎腰駝背。那棟房子很普通，只不過設計藍圖上的所有尺寸放大了百分之五十，嚴格依照比例。就好像整體地脹大了，娃娃屋的相反，精確的複製品，不過是變大，不是縮小。所有房門起碼都有九呎高，天花板就更高聳了。」

我又看，專注於那輛車子，強迫自己把它想成正常尺寸，果然，完全就像班尼特說的，房子整個膨脹了，依照比例放大。精確的複製品，只是更大。

不是娃娃屋，是巨人屋。

我坐回椅子。

我說：「普通人進出那房子時是什麼樣子？」

班尼特說：「就像娃娃。」

奈斯擠到我後面，坐上高腳凳，也開始觀察。

我說：「說說看截至目前為止你看到了什麼。」

班尼特說：「首先要記得我們所在的位置，這裡就在北上東英格利亞的高速公路旁邊，而且緊鄰M25號公路，可以往東或往西，或者走另一邊，十分鐘後便可進入繁雜的倫敦東區。這是從事活動的絕佳據點，所以他們全都聚集在這裡，不只因為喬伊是個控制狂，他很關照他們，我相信這正是他在這裡建造房子的原因，他認為一個好主子必須能掌握所有細節。」

「你看過誰在那裡出入？」

「很多人，可是都有合理的解釋。」

「說來聽聽。」

「我們知道有事情要發生了，因為喬伊突然把私人保鑣的人數增加一倍。當時我們還不清楚原因，可是現在我們推測應該是在科特和卡森第一次找上他的時候，就在巴黎事件發生前。如今他們依約定來到這裡，他們需要自己的保鑣，還有食物，還有樂子，所有這些都得經由這裡轉給他們。」

「就算他們藏在遠方？」

「對喬伊．葛林來說，M25號公路的另一邊就是遠方。我指的可不是蘇格蘭高地，距離這裡三十分鐘車程的地方就是喬伊知道的最遠方。」

「可是你沒有任何發現？」

班尼特搖頭。沒有。他說：「我們原本希望能在他們的正常活動以外發現某種固定模式，不尋常的東西，但就是找不到。偶爾出現幾輛車子，我們也都盡可能追蹤到最遠，甚至根據他們走的方向做了電腦模擬，可是他們從沒去過什麼特別的地方。」

在我旁邊的奈斯說：「也許科特和卡森回法國去了，在那裡等候。在那裡被逮到的機會小得多，你們不覺得？因為我們在這裡到處找他們。也許這是最後關頭遊戲，也許他們打算在最後一分鐘回來。這可以解釋你所看到的，或者沒看到的，目前不在這裡的人當然不需要食物了。」

班尼特說：「他們為什麼要冒場地被封鎖的風險？這太不專業了。」

我說：「卡森很專業，對吧？」

「科特呢？」

「科特會仔細查看封鎖情況，就像他檢查所有一切事情那樣。距離、風向、高度，蒐集所有數據。他絕不會冒險，因為那很難預測，道路封鎖這種事屬於情感，而非理性，我認為科特已經在這裡好幾天了。」

「我們也是，可是沒發現任何異樣，只有一般性的進進出出。」

我說：「喬伊目前在家嗎？」

「當然，他的車在外面。」

我又湊向前，看著。巨大的門讓車子變小了，還有足足有撞球桌那麼大的連排別墅型窗戶。我說：「也許科特和卡森正躲在某個不需要喬伊手下給他們送食物的地方，也許他們可以打電話叫外賣，披薩、炸雞、乳酪漢堡，或烤肉串，這一帶選擇似乎相當多。也可能他們兩個都在節食，而且也都不想找應召女。」

「科特在牢裡待了十五年，有很多東西需要彌補的。」

「也許冥想把他矯正過來了，讓他變得清心寡慾。」

「不管怎麼說，他們總需要保鑣吧，部分原因是因為他們需要休息睡覺，但也因為喬伊喜歡排場。一次最少四個人，一天十二個，他們會在這裡換班，不可能有別的方式。進行簡報、聽取簡報，喬伊最愛聽簡報了，知道得越多，他就越安心。這是資訊掛帥的時代，他會想要知道他們所有的秘密，將來或許用得著。卡雷爾・里柏的事將會開啟流行，大家都會找個狙擊手來保護自己。」

我說：「喬伊如何解決他的三餐？」

「和平常一樣有人送來。」

「他吃得多嗎？」

「我的兩倍，他的體型也比我大一倍。一輛廂型貨車從屋後開到廚房，有時候一天兩次。上帝禁止幫派分子親自上超市購物。」

「他會不會試用他的應召女？」

「他是出了名的喜歡把新鮮貨操到沒力，但不常發生。他偏愛粗暴的方式，但要是他的新寵們在頭幾個星期就掛彩，那可不太好看，所以他多半玩個兩下，用完就丟。」

「最近次數有沒有增加？」

「總是有高低起伏。」

我身旁的奈斯說：「為什麼你們還不逮捕他呢？」

「最後一次有人出庭作不利於羅姆佛小子幫的舉證是在妳出生前的事。」

我眼睛盯著雙筒望遠鏡，沒有任何動靜，景象是靜止的。我說：「你的看法究竟如何？」

「我們有些人認為，他們和塞爾維亞人的合作可能一個月前就開始了，也許科特和卡森最初的行動是一種聯合手段，果真如此，讓塞爾維亞人掩護他們也是合理的，那樣比較安全。

我們的人全部跑到倫敦東區找人，理由很明顯，可是他們卻藏匿在西區，典型的誤導。」

「這樣的話喬伊就無法聽取簡報了。」

「這個看法的最大漏洞就在這裡。我們認為他可以忍受不知道他們的秘密，因為本來就沒有的東西也就無所謂失去，可是他無法忍受他們落入塞爾維亞人手中。哪一種情感佔上風？我們的行為心理學小組委員會正在辯論這點。」

「什麼委員會？」

「行為心理學小組委員會。」

「還有呢？」

「我們內部的常規情報人員說他們知道對方有個秘密據點在某處，只要找到這個地點一切問題就都解決了。倫敦到處都有監視器和辨識系統，而且我們有大量的實時交通數據，我們的各項計畫都正積極推行，分析師也非常努力。」

「他們都是聰明人，對吧？」

「非常聰明。」

「所以你們比美國國安局強？」

「而且比較省錢。」

我坐直了。

我說：「我在想你為什麼帶我們到這兒來。你大可告訴我們就好，你可以說，喬伊有棟房子，那裡沒有任何狀況。」

「我們是情資共享。」

「你把情資想得太複雜了，要不然就是在耍詐。」

「怎麼說？」

「想引誘我說出我不得不相信你所說的一切。」

「你有什麼理由不信？」

「這是很簡單的邏輯推理，可是我得相信每一個環節才行。」

「你有什麼理由不信？」他又問。

「之前你告訴我們的那些，說你們遵循『非關人命』原則，對塞爾維亞人的案子會有特別的處置，說目前你們正以私人身分駭入我們的手機，而且經常駭入中情局的通訊，還說你們有能力竊聽橢圓形辦公室的熱線，但你們基於禮貌沒那麼做。如果這些全部屬實，那麼這可都是機密，談論機密是會被送到倫敦塔監獄的，是會被砍頭的，或者處以某種同等的現代刑罰，因為叛國罪遭到終生監禁。」

「我不會坐牢的。」

「因為？」

「我告訴你的一切不外乎是我從大樓內部聽來的。」

「什麼大樓？」

「任何大樓。」

「所以你說的那些究竟算什麼？」

「我們都了解這是怎麼回事，各種事件和傳言千千萬萬種，大部分都是鬼扯，但總是有三、四個是真的，可是這當中充滿矛盾。於是你運用努力養成的能力和內行人的判斷，決定該相信哪一個。」

「你為什麼相信其中任何一個？」

「因為其中有一個必然是真的。」

「駭入我們的手機既不是事件也不是傳言，是事實。」

「是微小的事實，而我們知道的各種微小事實或許便隱含著我們不知道的許多重大事實，全部都是推理過程的一部分。既然我們能攻擊低階的美國情資，為什麼我們不攻擊高階的美國情資？那都是在同一個電線網裡流通的電力。那既然我們攻擊高階的美國情資，又為什麼不竊聽橢圓形辦公室？」

「所以你告訴我們的那些都只是你自己的推論。」

「我不能證明它們是真的。」

「可是？」

「我知道它們是真的。」

「因為？」

「人性，」他說：「你也知道怎麼回事，無論基於什麼意圖，如果你有能力做某件事，那麼你遲早都會去做，因為誘惑會一直存在，你不可能永遠抗拒下去，別說你不這麼想。」

「你告訴我們的其他事情呢？」

「例如什麼事？」

「你認為科特和卡森一定在倫敦。」

「百分百確定。」

「基於你的能力和內行人的判斷？」

「根據我的了解他們已經來了。」

「而且正受到羅姆佛小子幫的保護、供養和娛樂招待。」

「事情就是如此，非常殷勤周到的招待。」

「百分百確定？」

他說：「不只。」

「而保鑣、糧食和娛樂都是由喬伊這裡傳送過去的？」

「毫無疑問，百分百。」

「可是並沒有人在喬伊的房子和任何地點之間來回奔波。」

「不是我相信，這是事實。」

我說：「之前奈斯小姐和我聊了一下，英國政府上上下下一事無成，既然這樣，又如何能期待一個菜鳥分析師和一個退休軍警能有重大突破？」

班尼特沒說話。

「但是我猜這正是你要的，你要我們當中的一個主動提起，好讓你可以裝出一臉驚訝，稍稍減輕一下你的良心不安。」

他沒說話。

「簡單的邏輯推理，」我又說：「科特和卡森人在倫敦，羅姆佛小子幫把他們藏了起來，然而並沒有車輛在小喬伊的車道上頻繁進出。」

班尼特說：「的確如此。」

「所以說科特和卡森就藏在小喬伊的房子裡。」

班尼特沒說話。

「喬伊不知為何把保鑣人數增加一倍，他在等待賓客。我是說，還有哪裡比那房子更安全？警察根本不敢靠近那裡，一般人更沒那膽子。而且如果喬伊著眼於未來需要，有意把他們留在身邊，那麼再也沒有比自己的家更穩當的地方了。他們愛藏多久就藏多久，等時機到了才離開。必要的話他們還可以從這裡走到瓦勒斯莊園。他們是搭你偶爾看見的那些車子抵達的，也許直接開到屋子後面。事後追蹤這車子也沒有用，因為它哪裡都不會去，它運送東西是只進不出。除了這些以外，你看見的完全不出你所料，兩組私人保鑣進出輪班，大量食物被送進去，足夠三個人食用。」

班尼特沒回應。

「現在你可以說，哇，你說得一定沒錯，我們竟然沒想到，真抱歉無意間把你們帶到這個距離全世界兩大狙擊高手守在窗口窺伺的房子僅僅四百碼的地方來。」

「對不起。」他說。

「可是還有一絲希望，對吧？總是有的。只要你看見那屋子裡有人開槍，你就可以召集霹靂小組之類的特警隊和防彈車過來，這麼就大功告成。只要你看見那裡頭有人開槍，這不是已知的事，不過如果他們有東西可以瞄準的話，就頗有可能發生了。」

「這不是我的點子。」他說。

「那是誰的？」

「我說過，他們統治世界靠的不是做好人。」

「他們？」

「我們，但不是我，不是任何個人。」

「不必道歉，」我說：「我巴不得能來到這裡。」

39

我在我巴不得能來的地方繼續待了三十分鐘，奈斯在我旁邊觀看她的雙筒望遠鏡，兩人盯著那個靜態的場景，思索著能從中得到什麼結論。班尼特坐在我們後面，細數著他們至今觀察到的活動，邊回答我們的幾個問題。

我問他。「在什麼情況下你們會攻入那房子？」

他說：「除了有人開槍之外？」

「希望事情不會演變到那地步。」

「他們任何一個清楚露臉的話或許可行。」

「可是你們還沒見過。」

「沒錯。」

幾扇窗子的燈光亮起，樓上樓下都有，從半透明的捲簾後方透出。可是窗簾上並沒有陰影，沒有人形，沒有動靜，也沒有電視機的藍光。也許這房子有人居住的活動區是在後方或者較遠的那端，兩者我們都看不到。那裡也許是廚房和休閒室，樓上備有客房的，或者一個配備齊全的套房，就像備用公寓，只是加大了一半。也許是為了目前的用途，或者為了二十年後給行動不便的巨人族夫妻養老而設計。

我問。「依你看，他們什麼時候會遷入那個可以俯瞰瓦勒斯莊園的地點？」

班尼特說：「這是關鍵的問題，對吧？」

「那關鍵的回答呢？」

「我們會在他們行動前一、兩天封閉道路，相信他們也曉得，而且我相信他們也知道所謂一、兩天有時其實是三、四天，所以我猜他們會在五天前行動。」

「這樣的話他們可有得等了。」

「狙擊手最愛躲躲藏藏那一套了，搞得神秘兮兮的。」

「你可以在半途逮他們嗎？」

「只要我們知道他們預計在哪一天的什麼時間出發就可以。我們可以製造交通阻塞，煞車燈故障之類的。問題是我們不知道，所以為了保險起見，我們恐怕得擋住他們派出的每一輛車子，進行個一週左右，到了第三、四次，老查理・懷特會開始打電話求助。我們認為他收買了一些當地政客，還有當地警察。光是為了它的娛樂效果，或許就值得了。到時會出現五、六個老實的市民，信誓旦旦地說，對啦，沒錯，老查理是皮條客、小偷和軍火走私犯，但他絕不是恐怖分子。」

我問。「我們是誰？你老是說，我們可以，我們必須，我們認為，我們會？」

班尼特說：「目前還有許多變數。」

「我們的目標是讓這次會議圓滿結束。」

「政客的說詞。」

「政客有給有拿，只要大筆一揮，他能清除許多障礙，他也能放寬許多法規。事實上他巴不得把所有法規全部撤銷，一路退回到《大憲章》時代。在英國領土發生這類攻擊事件不只是災難，也很丟臉。」

「為什麼他們不乾脆把它取消？」

「這樣的話會更加丟臉。」

我說：「依你估計，瓦勒斯莊園附近有多少可能的據點？」

「你在巴黎發生的那件事讓我們的想法有了點改變。它的射程有一千六百碼遠，要不是那陣怪風可說完全命中。所以，如果以莊園的後露台和後草坪為中心，拉出一千六百碼半徑，我們推算大約有六百個地點。」

奈斯說：「意思是你們必須每天搜索一百二十個地點，才能找到他們。你們辦得到嗎？」

班尼特說：「絕無可能，加上我們很擔心M25號公路。那將是終極的及時快遞，不是嗎？想像一下，一輛高欄板商用貨車停在路肩，內部裝有架高的射擊平台，側面有個不顯眼的小孔，步槍附有大型望遠鏡。它的射程肯定能涵蓋整個露台和草坪的範圍。」

我說：「不能關閉高速公路嗎？」

「M25？那會造成整個英格蘭東南部交通大癱瘓。我指的是關閉路肩和內側車道，假造道路施工，但即使如此問題依然很大，那條路的交通動態非常奇特，就像混沌理論，一隻蝴蝶在達特福輕拍翅膀，結果會造成四十哩外希斯洛機場的兩百個旅客錯過了班機。」

我坐回望遠鏡後方的椅子。「說了半天，你的意思是我們應該在他們離開喬伊的房子之前逮住他們。」

「我想這是理所當然的結論。」

「而根據你們內部的情報研判，那些人最遲在接下來幾天就會到達那裡。」

「這只是最樂觀的推測，打鐵要趁熱。」

我聽見身邊的奈斯深吸了口氣。

「不是今晚。」我說。

班尼特說：「太快了？」

「全力以赴，一舉成功。」

「那，什麼時候？」

「我會傳訊給你，我們有你的號碼。」

班尼特鎖上滾球俱樂部大門，把鑰匙放回石頭底下，我們循原路離開小片碎石空地，進入狹窄筆直的小徑，接著繼續通過寂靜的街道，回到酒吧，繞到屋後，找到在那裡耐心等待的佛賀車，還是我們離開時的樣子，旁邊也幾乎沒有其他車子。

「去哪？」班尼特問。

我說：「全天營業藥局。」

「幹嘛？」

「我們想買牙刷。」

「然後呢？」

「回旅館。」

「我以為美國人很敬業。」

「天一亮就過來，」我說：「在門口等我們，你得開車帶我們去。」

「去哪？」

「瓦勒斯莊園。」

「幹嘛？」

「我想站在後露台上感覺一下。」

班尼特說：「既然我們打算在他們出發前逮住他們，瓦勒斯莊園根本不是重點。」

「作最好的期待，作最壞的打算。很可能最終對決就在最後五分鐘，就在他們扣下扳機之前。我們得了解一下那地方的位置，我們必須給那六百個地點分級，我要前十個，至少也要前五十個。」

「那一帶到處都有小子幫成員。」

「正符合我的期待，我要他們看見我，還在這裡，還在到處刺探，我要這個消息盡速傳到約翰・科特耳裡。」

「低調點會不會比較好？可以冷不防嚇他們一跳。」

我點頭。「製造新奇不錯，但有時候還不如製造不安。」

「他們不是那種容易感到不安的人。」

「一千六百碼的射擊稍一不慎就會失手，例如心臟每分鐘多跳幾下。他痛恨我，因為我曾經害他入獄。他痛恨自己，因為他竟然屈服於我。無論哪個念頭都起碼會讓他心臟每分鐘多跳好幾下，兩個念頭一起，就是二加二得五。我要他知道我來了，因為唯有這樣我才能活到抵達那裡。」

他讓我們在希爾頓飯店的車道下車，我們進了飯店，他把車子開走，我們約好二十分鐘後在飯店著名的頂樓餐廳會合。遲來的晚餐，就我們兩個。我知道她想沖個澡，我也是，然後我們走向大約一碼外的帶位台。她氣色不錯，我想有部分是因為意志堅決，一部分是因為她才二十八歲，仍然充滿活力和彈性，甚至還有一定程度的樂觀。

我們被帶到一個靠窗的方桌，這裡擁有可以俯看璀璨城市——只有公園是黝暗的——絕佳高樓景觀，同時窗玻璃也反射得相當清楚，讓我們能看見背後餐廳的大部分。景致優美又安全，一舉兩得。我們點了飲料，她的瓶裝水，我的黑咖啡。燭光、水晶燈、鋼琴聲隱隱傳來。

她說：「氣氛真迷人，好像電影場景。」

我說：「大概吧。」

「你打算在這裡把我甩了，對吧？」

「我為何要那麼做呢？」

「因為現在情況變吃緊了。」

「這麼一來更需要維持戰力，而不是減損。」

「可是你會擔心我，你會看著我然後想起多明妮可・柯爾，這會讓你的心臟每分鐘多跳兩下。」

「要是我說我不會擔心妳？」

「那麼我會說你應該要擔心。想完成這次任務，非得先通過小喬伊這一關不可，而小喬伊這關不好過，這人喜歡和新來的妓女進行激烈性愛。要是你被抓，他們會給你一槍。要是我被抓，我會求他們給我一槍。」

「要是我們誰也不會被抓？這還比較可能。喬伊不見得難搞，他是大目標，很容易瞄準。」

「走到哪裡都跟著一名司機和四個坐捷豹的保鑣。」

「直到我們讓他們全部被解雇，然後他們就消失了，他們不會一直白白戰鬥下去。」

「你真的要我一起去？」

我沒回答。多明妮可・柯爾曾經問我，**你會把逮人任務交給我嗎？**真希望當時我給了不一樣的回答。一個服務生過來，招呼我們點餐。我點了肋眼牛排，奈斯點了鴨肉。等服務生離開，她又問。「你真的要我和你一起行動？」

「由不得我做主，」我說：「妳是老大，史嘉蘭傑洛特別交代過。」

「我覺得這個策略十分正確。」

「我也這麼覺得。」

「可是執行起來很困難。」

「我需要妳幫忙時絕不會客氣。」

她說：「假設當初你沒拿起那份報紙？現在你會在哪裡？」

「西雅圖吧，或者下一站。」

「而這一切的進行都將沒有你參與，你想過嗎？」

「不盡然，因為我拿起了報紙。」

「你為什麼打那通電話？好奇？」

「不盡然，」我又說：「因為我知道事情跟歐戴有關，而我對他主持的任務一點都不好奇。」

「那你為何要打電話？」

「我欠許梅克一份人情。」

「什麼樣的人情？」

「他在某件事情上閉嘴。」

「想告訴我嗎？」

我說：「就我個人而言，不想。」

「可是？」

「這麼說吧，那件意外和這次任務多少有點關聯，所以妳有權利知道這訊息。」

「什麼訊息?」

「長話短說，我射殺了一個企圖脫逃的傢伙。」

「這是壞事嗎?」

「企圖脫逃是編造來應付書面紀錄的。其實那是一次例行性行刑，國安問題十分複雜，一切都是為了公眾形象。因此懲罰行動有時公開，有時不公開。有些叛徒會被逮到，接受審判，有些則沒有，有的最後遭到不測，例如在城市危險地帶的街角遭到搶匪槍擊致死。」

「許梅克上將知道?」

「他是無意中目擊的。」

「他有沒有表示反對?」

「大體上沒有，他也能理解。畢竟他在軍事情報單位，妳去問問看，中情局也一樣，那段時期很注重時效。」

「既然這樣你為何會欠他人情?」

「我連那傢伙的朋友一起殺了。」

「為什麼?」

「我感覺苗頭不對，結果證明我是對的，因為他朋友口袋裡藏著槍，而他住的地方是個藏寶窟。原來他是那名叛徒的接應人，他們進行間諜活動，而且從中獲取利益，最後發現還不只如此。他們進行了全面性的逮捕行動，可是詢問小組要先確認當時我的確看見了槍枝，為了合法性的問題，可是事實上我沒有，而許梅克沒有揭發我。」

「所以你現在打算為他打這場仗，代價相當大，似乎不太成比例。」

「償還人情不就是這樣?就像幫派電影，有些傢伙會說，有一天我會有用得到你的地方，你沒得選擇。無論如何，也許一開始是許梅克的戰爭，但現在是我的了，因為歐戴說得沒錯，世界很大，但我不能永遠過著疑神疑鬼的生活，因此我要和科特再戰一回。」

「你要我和你一起行動嗎？」

「除非妳願意，在倫理層面上。這次他找我幫忙算是一種暗示，就像一種讓我可以遵循的劇本。歐戴要的是行刑人，他不要拘捕行動和審判。」

「不管在什麼層面，你要我和你一起行動嗎？」

我說：「妳想要什麼？」

「參與這次任務。」

「妳已經參與了。」

「進入一個和我的能力完全不相稱的階段。」

「妳的能力有什麼問題？」

「我的槍法普通，也沒有面對面格鬥的本錢。」

「無所謂，我們可以互補不足，因為體力是最不重要的部分。誰腦筋動得快，誰就是這場競賽的贏家，而這方面妳很行。最起碼，兩顆腦袋總強過一個吧。」

她沒說話。

我說：「明早七點出發，晚上就好好休息吧。」

我們一起搭電梯下樓，可是我單獨走出來，因為我的房間比她的高了幾個層樓。房務員來過了，我又把窗簾拉開，眺望著大片屋頂。我推測眼前見到的大部分房子都在大約一百碼外，在擁擠城市中算是相當舒適的中等距離，角度也相當平緩，不太容易對準焦距。我把視線稍微提高，試著推測兩倍距離，兩百碼，接著四倍，接著八倍，最後到達一千六百碼。

我凝視著遙遠的遠方，如果羅姆佛是梅菲爾，我們將得搜索一萬個地點。

柯爾曾經問我。「你會不會讓我負責逮捕行動？」

當時我說：「就交給妳吧。」其實是當作一種獎賞，或者感謝，或者敬意。就像戰利品，一種贏來的殊榮。她一手包辦所有行動，提供所有點子，突破所有難關。因此我給她獎賞，用軍隊的代碼語言說，是非常巨大的，因為我們的對手很夠分量。不是肉體上的，在我印象中不是，因為幾年後我曾經用鑿子刺他的腦袋，我記得他並不魁梧，可是他是位高權重的大人物。風險非常大，對一個女人來說尤其如此。這是原因之一。事情已經過去很久了，褒獎很重要，這是她應得的。她執行任務，提供點子，突破關卡，她可說是面面俱到，而且極其聰敏。

卻沒能保住性命。

我脫掉衣服，上了床，但是讓窗簾敞開。城市的燈光或許能撫慰我，黎明或許能把我喚醒。

次晨七點一分我們搭班尼特的車子出發前往瓦勒斯莊園，他的車已經不是那輛毫無特色的藍色佛賀，而是一輛毫無特色的銀色佛賀。除了顏色一模一樣，就像租車。我們走的路線大致相同，只是速度變快了，因為清晨的車流是反向的，進城，不是出城。尖峰時間，但是與我們無關。班尼特看來很疲倦，凱西・奈斯精神不錯。我們沒交談。無話可說。班尼特八成覺得我在浪費他的時間。是有這可能，甚至很有可能。可是這麼做總是多少能避免一些狀況，例如在事後說，**當時沒想到，現在知道了**。這話很多人用過，我母親就常掛在嘴上。她的情形是，她很誠懇，可是她說這話就像在朗誦練習，就像學習外語的人，她的確就是，注意力全集中在最後鏗鏘有力的三個字，至於句子的其他部分就呼攏帶過。**當子米想刀，信災知道瞭。知道了**，有如鼓聲，不祥，有點邪惡，就像一首陰鬱的交響樂一開頭敲響的定音鼓，蕭斯塔可維茲[2]的曲子吧，也許。

我終於知道了。

巡訪前二十分鐘我就知道了。

40

當我們逐漸接近，我開始認出我們在出租車——第二輛，正正當當用電話預約的——上看過的某些景觀。之前我看過這些街道，很郊外但又相當擁擠，說是郊區卻稍嫌忙亂了點，狹窄了點，倉卒了點。我還記得一些商店，地毯、手機、炸雞、起司漢堡、烤肉串。接著是突來的大片綠地，還有那棟優美的老宅，以及那道多年後依然把倫敦隔絕在外的誇張圍牆。

同一個矮壯強悍的傢伙站在莊園入口執勤，配備著防彈背心和衝鋒槍。班尼特朝他點頭，他轉身朝入口走去，突然瞥見我，於是走了回來，說：「你是那位帶了旅遊手冊的先生，想花六便士參觀莊園的。歡迎回來，先生。」他說著又往回走，打開鐵柵門。沒有無線電檢查，沒有書面作業，不必出示證章。只是點頭、眨眼。基本上那人穿戴著戰鬥裝，不過是藍色，而且全身上下到處有**倫敦警察廳**字樣，繡在織帶上還有絹印在防彈背心上，使用屬於低位階的黑色縫線和黑油墨，加上有如企業商標的單色頭盔式護罩，我毫不懷疑他是一名警員。可是同樣地我也毫不懷疑班尼特不是警員，然而班尼特朝他點頭眨眼，而那人也積極回應。

目前還有不少變數。

我們的車子通過車道，停在門口——這裡有另一名荷槍的警員看守——附近的碎石地上。這棟房子的局部有凹有凸，因為建成後附加了許多增建和擴建的部分，但基本上是長方形，寬度遠超過深度。倒不是說它的屋前屋後之間有多狹窄。剛好相反，我確信裡頭肯定十分寬敞，可是它那又長又廣闊的門面讓它看來完全不成比例，這點毫無疑問。這房子的外觀就像四只首尾相連的鞋盒，也許在伊莉莎白時代很難找到長度足夠當作房子縱向椽木的橡樹幹。女王的父親一手創建了海軍，造了很多橡木船，大片大片的森林被砍伐一空。

我們下車，班尼特向第二名警員點了下頭，對方也點頭回禮，接著班尼特不耐地催促我們進屋子，像是因為被人看見和我們一起而覺得尷尬。也可能他是擔心步槍瞄準鏡，也許他不想在光天化日下站在我旁邊。他在巴黎好不容易逃過一劫，不想在倫敦中槍。

那扇大門主要是大片木材，有將近五百年歷史，以鐵箍條補強，綴有高爾夫球大小的釘頭。到了屋內，我看見深色壁板，老舊得幾乎發黑，打蠟打得油亮，還有磨損的石板地，和一座石灰石壁爐。家具包括幾張橡木高靠背椅和布墊椅，以及裝在鐵製枝狀燭台上的電燈泡。牆上掛滿身著都鐸時期服裝、容貌莊嚴的人物的肖像畫。班尼特轉入一條右手邊的走廊，我們跟了過去，最後來到一個粉刷成白色、裝了隔音天花板的現代化房間，再過去是另一個房間，小一點，但很類似，它的側牆有一大扇門。

班尼特說：「那是側面入口，你們總統的帳篷就設在那裡，我們猜所有人應該都會使用。他們可以從那道門進入這裡頭，隨身跟著安全人員，每個房間都有自然採光，不過由於所有房間都非常大，座椅都設在中央，因此無論如何都不至於發生有人走近窗口而被外人窺見的

2. 俄國音樂家，以十五闕交響樂享譽全世界。

情況。」在草坪上隨意走動還有拍攝大合照是僅有的兩個弱點。

我們循原路往回走，但是在進入走廊之前右轉，沿著另一條長廊——有著吱嘎作響的寬木板條地板——來到一個從左到右橫在我們前方的狹長房間，它的對外牆只有一道完全不符合都鐸風格的落地門，從頂到底是大片玻璃，外面就是露台。

班尼特說：「這裡會做為休息室使用，他們會進來，排好隊伍，數人頭，確認沒有人被遺忘在洗手間，然後一起走出去。」

我在他們會站立的地方站了會兒，彷彿自己是他們的一分子，然後我透過玻璃門望著前方。以房子的對稱性來說，我們位在正中央，而外面的露台建造成和緩的圓弧形，這意謂著我們走出去的那一側剛好是整片露台最深長的部分。這樣也好，因為這會讓這群會議參與者看來帶點幾何學的真實感，而不是一群政治飢渴的人。這也意謂著通往草坪的淺平台階稍微近一點，這會讓矮個子由於距離拉近而更方便推擠高個子。攝影師大概會把鏡頭對著右方，亦即照片的背景會是房子側面，這會比像是嫌犯照片那樣對著大片磚牆好得多。

我將手放在門把上，心想自己會不會低估了他們，想像他們不自然地大笑，還有對於必須迅速調整反應裝出不知所措的樣子。也許這並非虛假。在帳篷裡，在側門，通過安全裝置，避免靠近窗口，這些人終其一生被大批安全人員簇擁著，也許到了就連走出一片開放的露台都真的足以令他們驚慌失措的地步。踏出去，緩慢移動，昂起頭，目光散漫地落在另一個同樣驚恐的人身上，接著筆直站立，面向前方，挺起胸膛，露出微笑，動也不動，頭頂著大片天空，誰知道遠方有什麼動靜。

多了個槍手找麻煩，一切都不同了。

我開了門，走出去，靜靜站著。

清晨的風涼涼的，有點潮濕。腳下的露台鋪著中灰色石板，歷經歲月的磨損，被雨水沖刷得光溜溜。我走到鋪石區的正中央，筆直站著，面對前方，接著我稍微左轉，凝視著那個方向，然後回頭轉向右邊，緩緩往前走到通往草坪的最底層台階，就像站在跳水板邊緣的潛水者，背著雙手站在那裡，挺高胸膛，昂著頭，就像準備拍照，或者面對一支行刑隊。

在我前方是一片草坪，接著是後園牆，接著是一片灌木叢生的公共用地，再過去是一道安全柵欄，然後是M25號高速公路，在那一帶很可能是八線道，遠遠地左右奔流。就在這時，我捨棄了班尼特關於公路的點子。不可能有及時快遞，地點不適合，車流太快太重了。所謂重指的是車子的流動和每分鐘的稠密度，同時也指實質上的笨重。那些卡車有的非常巨大，最大的都走內線道，而且速度很快，有如在風中飛馳的巨型大頭棒。遠在路肩以外的樹木被掃得東倒西歪，一輛停在路邊的貨車肯定會遭到氣旋的吹襲，高架在車內的平台將會受到影響而搖晃震動，一陣一陣地，三不五時來一下。射程大約零點七五哩，也就是說相當於一枚一角硬幣厚度的一次搖晃或一次震動將足以讓他們無法射中這房子。不是一個聰明的地點，不予考慮。

可是，會不會是車停在那裡，讓兩個人下車然後繼續往前移動？

沒必要。房子和公路之間沒有任何合適的射擊地點，一個也沒有，除非將扶梯靠在後園牆上，然後在牆頭瞄準。可是無疑地鐵定會有人上前阻止，或許就是穿著防彈背心的矮壯傢伙。

前方是絕對安全的。

在這方面，這個地點的披薩片形狀可說是意外受惠了。因為這表示安全帶不只是正前方，而是呈弧形擴及左右兩側，含括兩個方向，我的左方和我的右方，一大片空曠地帶，或許相當於鐘盤上十點一直到兩點的範圍。

披薩片形狀也意謂著我們兩側的兩條街道並非平行排列，而是從我們往前延伸，一條往左，一條往右，就像扇子的脊骨。乍看之下這是好事，表示房子距離越遠，它的視線就越是傾斜，照這樣看來我們或許可以把某些建築物一併排除在外。狙擊手很難把身體探在窗外，以幾乎和窗玻璃呈平行的姿勢射擊，就像側鞍騎馬那樣。

可是仔細一看，太好了，因為這種角度讓莊園側面露出的窗戶幾乎和正面一樣多。我查看視線所及的一切，從北邊開始，接著南邊，從大約八百碼一直到一千六百碼遠，涵蓋了千千萬萬個窗口，多數都正在朝陽中對著我眨眼，一排排粉紅色光點以不規則的線性順序緩緩挪移，彷彿這個社區是由古代天文學家為了頌讚太陽而建造的。

最後我推測南邊比北邊更為不利，因為這個方向的房屋較為稠密，也因此有較高的建築物。我隨機找了一棟，大約在一千五百碼外，將近一哩，只有拇指甲的大小的一棟高窄的樓房，漂亮的紅磚建築，有著陡峭的斜屋頂，看來像是有各式閣樓房間，或者有真正的閣樓。一塊移走的屋頂磚瓦有著和敞開的窗口同樣的功用。我想像約翰・科特趴在攤平的睡袋上，底下是鋪在頂樓灰泥天花板上方的椽木上的木板，在他前方亮著一小束光線，那是一塊瓦片被挪開的地方，從外面很難發現，太高了，而且缺了磚瓦的房子到處都是。**去年這裡起了好幾次暴風**，之前班尼特用他那唱歌般的嗓子說。

我想像科特的眼睛，在瞄準鏡後方眨也不眨地耐心等待，屋頂那一吋寬的裂縫最多能給他二十碼的橫向掃描範圍。我想像他放在扳機上的手指，放鬆但隨時準備壓緊，穿過扳機孔，停頓，接著又動起來，就像按下細小的機械開關，某個精密元件輕輕咔嗒一聲，後座力向後猛衝，子彈飛出，展開漫長的旅程。在空中停留至少整整三秒，**一千零一、一千零二、一千零三**，半吋寬，像人類的拇指，有如飛彈那樣飛行，只受恆常不變的重力作用、射角原理以及溫濕度、風向和地球曲度的支配。我凝視那棟遠方的房子，在腦中默數長長的三秒鐘，試著想像子彈的飛行。感覺好像我真的能看見它飛過來，像一個越來越大的小點，筆直衝向我而來。

子彈射出，**一千零一、一千零二、一千零三**，遊戲結束。

就在這時我明白了。

在空中停留至少整整三秒。

41

我回到休息室比我從這裡走出去的速度快了許多。班尼特盯著我看，我問他。「巴黎的防彈玻璃是新的，對吧？」

「是啊，」他說：「總之是最新型的。」

「你了解這種玻璃嗎？」

「不了解，」他說：「只知道它是玻璃，還有，呃，可以擋子彈。」

「我需要知道關於它的一切資訊，誰設計的，誰研發的，誰出資的，誰製造的，誰測試的，還有，是誰批准採購的。」

「這個我們也想過。」

「想過什麼？」

「向他們借那些防護盾，把它們從巴黎運過來，兩側各放一片。它們並不大，可是以街道的走向來看，它們每片應該可以減少大約百分之十射程。可是我們決定不這麼做。政客也是人，他們會龜縮在那些防護盾後面。也許是無意識的，但總是不太好看。況且他們不可能永遠待在那裡，這也給那些壞蛋百分之八十的機會盡情瞄準。總的來說，我們認為這麼做只是有弊無利。」

「我想的不是這個。我需要的只是資訊，如果可以的話，盡量低調。沒必要敲鑼打鼓，就當是你我之間的事。像是主流之外的一次私人冒險，像小嗜好，不過要快。」

「多快？」

「盡快。」

「防彈玻璃到底有什麼重要？我說過了，我們不打算用。」

「也許我打算自己用，也許我想問他們有沒有公開銷售。」

「你是說真的嗎？」

「這是小冒險，班尼特先生，只是個小冒險，無所謂重不重要。可是盡快，可以嗎？而且只能面對面討論，不要書面紀錄，不要呈報給上級，了解嗎？只是個小嗜好。」

他點頭，回頭看著走廊，從那裡應該可以通往其他走廊、樓梯間和房間。他說：「你還想看看別的嗎？」

「不，夠了，」我說：「我們可以走了，不必再回來。就像當年高速公路完成時，達比家族揮別這裡那樣，我們不必再勘查瓦勒斯莊園了。」

「為什麼？」

「因為事情不會發展到這地步。」

「你確定？」

「百分百。」

他沒回應。

「你說這件事會有圓滿結局，你說我們應該互相合作，你說事情就該這麼進行。」他說：「沒錯。」

「那就放輕鬆，相信我，笑一笑，事情不會發展到這地步。」

他沒笑。

我們開車回飯店，一路在車陣中糾結不清，這時是天亮後大約一小時，也許正好遇上清晨的尖峰時間，或者剛過尖峰時間，總之塞到不行。這個恣意蔓延的大城市依然接納了它們，但很勉強，而且非常緩慢。我們回到公園路，兩小時前我們離開這裡，四分之三時間花在車上，比洛杉磯更糟。

班尼特像一般人那樣把鑰匙交給服務員，然後我們三個搭電梯到頂樓餐廳，我們猜這裡應該還供應早餐。我們被帶到一個位在結構柱後方的包廂桌，景觀較差，但比較隱密。班尼特花了不少時間滑手機，他說他在替我們調資料，包括幾張官方的大比例地圖，以及區域規劃委員會留存的一張建築師藍圖，還有三組空照圖，一組是從太空衛星拍攝的，另一組是從一架說是意外其實是蓄意地脫離航線的觀光直升機上拍攝，第三組來源不明，他說這表示那肯定是美國空拍機拍的，只是根據官方說法英國沒有美國空拍機，所以才標示為來源不明。他說他的手下會把我們需要的資料上傳到一台加密平板電腦，然後替我們送來飯店。

接著他說：「我們擔不起額外損害，那裡不行。那條街的居民有些是無辜的，不多，但是有幾個，實在很可惜，不然我們老早以前就把問題解決了，我們可以埋設炸彈然後聲稱是瓦斯外洩。」

他說完離去，奈斯和我繼續待了一下，我喝咖啡，她小口嚼著吐司，然後她問。「你為什麼忽然間對防彈玻璃這麼感興趣？」

「只是假設。」我說。

「想告訴我嗎？」

「還不到時候，接下來該做的還是得照常進行。」

「班尼特會查出你要的資料嗎？」

「大概吧。」

「為什麼？變成他欠你人情了？我是不是在狀況外？」

「是軍中兄弟的情誼，妳也該體會一下，會比較開心。」

「他屬於英國陸軍？」

「想想他常說的事情有不少變數這句話，唯一的可能就是他們把許多特種單位湊在一起，菁英中的菁英，聚集各單位的幹員，就像全明星隊，這樣的隊伍會由誰來領導？」

「一定每個人都想。」

「沒錯，想得慌，要是辦不到他們會瘋掉的。可是誰最輸不起？誰會不惜用大砲打小鳥，以免瘋掉？」

「不知道。」

「SAS（英國特種空勤團）。他們不喜歡自己的官員，他們當然也絕不會替別人的官員工作。最好的方法就是讓他們獨當一面，他們顯然就是這麼做的。這招很不錯，因為他們確實也精於此道，況且他們在這局戲碼當中有個賭注，叛徒卡森。班尼特想逮他，就像我想逮科特一樣熱切。」

「班尼特是SAS成員？」

「毫無疑問。」

「接下來我們該怎麼做？」

「闖進喬伊的房子。」

「闖進去？」

「當然能讓他們出來最好了，可是很難。事實上這是一個始終沒能得到解答戰術問題，我們在課堂上研究，要確保他們永遠出不來非常容易，可是問題不在這裡。要如何讓他們自動自發走出來？沒人知道，沒有一個知道。記得小時候我爹做過類似的實驗，要我們幾個小蘿蔔頭動腦，結果我哥哥喬想到一個類似巨大重低音音箱的大機器，對著他們放送低聲波，超大音量的超低頻率，他說有些科學家認為現代人很受不了這種東西。」

「你想出了什麼點子？」

「別忘了我年紀比他小。」

「你怎麼說？」

「我說放火把房子燒了，因為我敢說現代人一定受不了**這個**，我猜他們遲早會衝出來。」

「我們會不會把喬伊的房子燒了？」

「這顯然是選項之一。」

「其他選項呢？」

「到時其他人會忙著把喬伊帶出來，單獨和他談判，提早一步，搶在我們行動之前。回到正題，這麼一來將會出現一段領導真空，我們正好利用。」

「例如，我們將會跟比較弱的對手廝殺。」

「沒錯。」

「但還是免不了一場廝殺。」

「不入虎穴，焉得虎子。」

「你說他們不會白白流血流汗，因為目前他們是受雇的，你說他們會消失不見。」

「作最好的期待，作最壞的打算。」

「到底會是哪一個？」

「和往常一樣的那一個。」

「哪一個？」

「不上不下，不好不壞。」

一小時後平板電腦來了，班尼特的手下送來的。電腦的外觀非常新穎，他的手下也和一般特勤人員沒兩樣，普通得很，但又不盡然。一男一女，兩個都早過了菜鳥階段，都很安靜、自制而且能力很強，也都沒有對這種跑腿小弟的差事露出不愉快的樣子。不用說，是非常優秀的隊友，菁英中的菁英。他們說，以這類資訊的敏感性，通常他們都會要求簽收，不過這次班尼特先生交代說可以省略。他們說這部電腦需要兩組密碼，是奈斯小姐母親的社會保險卡編號，還有那名企圖脫逃時被李奇先生槍殺的人犯的名字。密碼必須區分大小寫，只能輸入一次，英國軟體沒有登入錯誤三次就被鎖住這套。

他們說完就走了。

我們把電腦拿到奈斯房間。它就像筆記型電腦的一半，沒有鍵盤，只有螢幕，空白螢幕。奈斯說：「你記得他的名字吧？」

「兩個人的名字我都記得。」我說。

「可是我想密碼應該是用第一個人的，重點人物。」

「行刑目標。」

「沒錯，就是他。還是說另外一個也曾經企圖逃跑？」

「事實上，他是唯一曾經企圖逃跑的。當時目標已經倒下，第二個人沒看見我靠近。」

「你是為了哪一個遭到調查的？」

「技術上來說，第二個。」

「當時可曾引起討論？」

「不想活了才會討論，畢竟這是關於一個美國公民在美國領土上遭到刺殺的事。」

「可是假設大家曾經討論這件事，會怎麼稱呼它呢？我是說，這整件事，例如張三李四的案子之類的。」

「肯定是第一個。」

「也就是行刑目標。班尼特先生是英國人，很愛嘲諷，意思是說我們可以假設他提起脫逃事件只是在挖苦，因此這又讓焦點回到主要人物，也就是第一個傢伙身上，我們該採用這人的名字。」

「名或姓？」

「肯定是姓。咱們美國陸軍的習慣，不是嗎？」

「還是代號？」

「他有代號？」

「有兩個，一個是我們給的，一個伊拉克給的。」

她說：「你會不會半夜被嚇醒？」

「被什麼嚇醒？」

「那次行刑。」

「不太會。」我說。

「但要是你會，你會怎麼稱呼他？例如，我不該對某某做那件壞事。」

「妳認為那是壞事？」

「畢竟不是扶老太太過馬路走到非洲的圖書館。」

「妳和史嘉蘭傑洛一樣壞。我們得盡早讓妳離開這單位然後進陸軍，免得太遲了。」

「他姓什麼？」

我說：「說說妳母親的事。」

「她怎麼了？」

「妳知道她的社會保險卡編號？」

「我替她辦過手續，當時她生病住院。」

「很遺憾。」

「她長了腦瘤，治不好，腦筋糊塗了。我替她辦理保險、失能給付之類的手續，她的基本資料，我說不定記得比自己的還要清楚。」

「很遺憾，」我又說：「當時她想必還很年輕。」

「還不到糊塗的年紀。」

「妳有兄弟姊妹嗎？」

「沒有。」她說：「我是獨生女。」

我說：「一般人會知道自己母親的社會保險卡號碼嗎？」

「不知道，你知道你母親的嗎？」

「不知道。妳常去探望她嗎？」

「有空就過去。」

「在伊利諾州南部？那得常常搭機往返。」

「這樣我才有事做。」

「而且妳不能去的時候也會擔心，就像現在。」

「這也沒辦法。」

「是什麼時候診斷出來的？」

「兩年前。」

「很遺憾。」我第三次說。

她說：「事情都已經發生了。」

「月亮東尼是什麼時候開始去看醫生的？」

「跟那個無關。」

「妳真的確定？」

「我母親又不在這裡。」

「可是妳掛念著她。」

「有一點。」

「所以有點擔心。」

「不是擔心她。是不相干的事。」

我沒說話。

她說：「我的藥還剩一顆。」

「妳吃了一顆？」

「昨晚，不然睡不著。」

我說：「妳上司知道妳母親的事嗎？」

她點頭。「這是規定，家庭狀況必須報告。這方面他們非常幫忙，總是盡可能在週末讓我休假。」

「所以，在位於蘭利的中情局總部的某處有一份人力資源檔案，紀錄著妳母親生病而妳替她張羅一切的事實。這應該是機密，因為有關中情局的一切都是機密。而在五角大廈的某處有另一份檔案，紀錄著二十年前被我轟掉腦袋的一個人的名字，我非常確定這也是機密。可是不知怎地，倫敦的軍情五處卻能取得兩份檔案，並且拿來做為我們的安全密碼。它們就像DNA，或指紋。」

她又點頭。「班尼特先生的駭客理論或許是真的，這麼說來他是在炫耀。」

「除非這兩份檔案是歐戴提供給他的。」

「他為何要那麼做？」

「這個我們得問問班尼特。」

「你那位仁兄叫什麼名字？」

「阿基博爾德。」我說。

「相當罕見的名字。」

「低地蘇格蘭語，」我說：「受到古法語和古日耳曼語的影響。第三代道格拉斯伯爵人稱冷酷的阿基博爾德（Archibald the Grim）。可是我認識的這傢伙沒這種傳奇，他是人渣敗類阿基博爾德。」

她壓下一個按鈕，螢幕亮起同時出現一個對話方塊。她用指尖在上面點了一下，游標開始在行間閃爍，底下跳出一個螢幕鍵盤。她輸入Archibald，九個字母，大寫A開頭，其餘小寫。她檢查拼字，A—r—c—h—i—b—a—l—d，然後抬起眉毛看著我，我點頭確認，她點了**登入**。螢幕略微停頓，接著一個綠色打勾符號出現在輸入名字的尾端，對話方塊消失，取而代之的是第二個同樣的方塊。她點了一個按鈕，字母鍵盤轉為數字鍵盤，她輸入三位數，一個連字符號，接著兩位數字，再一個連字符號，接著四位數字。她仔細檢查，然後點了**登入**，綠色打勾符號再度出現，對話方塊消失，取而代之的是好幾列縮圖圖示。

42

如果我們打算埋設下水道管線或光纖電纜，當地政府的幾張地圖應該會很好用。裡頭有大量的地下細部、人行道底下，和主道路的底下。如果是在電影裡，我們會發現一條暴雨排水溝，大約有我肩膀的寬度，從喬伊的廚房地板底下通過，而我會從兩條街外的地方鑽進去，一點點匍匐前進，直到突來的一場暴風雨幾乎要在我到達目的地之前把我淹沒。那肯定會是一個緊張刺激的場景，可是在現實中沒有暴雨排水溝，沒有比我手腕粗的東西，瓦斯管線、電話線、輸配電線、總水管和下水道管線。至於房子本身，完全就只是欣然接納這些公共設施的容器，被畫成一個大大的空白長方形，沒有任何內部細節。

區域規劃單位保存的建築師藍圖好一點。圖檔很小，奈斯在電腦螢幕上滑動兩個指尖，將它放大，然後任意拖曳，以便我們查看每個分割區域的細部，或者假裝移動的是我們而不是地圖，在房子裡一點點地移動，從一個房間走到另一個房間，在樓梯間上上下下。藍圖上到處是建築師的手寫字跡，看起來和其他建築師的字跡沒兩樣，也許書寫是建築學校的必修學分，不過這位建築師寫的東西相當淺白易懂。他詳細說明了房子的結構細節：木材、金屬、磚頭、灰泥和玻璃，非常有用的資訊。列出的所有材料幾乎都是市售的，這也很合理。如果你需要一片三呎門板，就到店裡去買。要四乘六呎的，就打電話向某個還死守著工作室的老師傅訂製，藍圖中增加的百分之五十尺想必讓帳單數字暴增了一百倍之多。

這棟房子有兩層樓，沒有閣樓房間，也沒有地下室。樓上有臥房和浴室，加上一間設備齊全的獨立客用空間，裡頭有好幾間專屬的臥房和浴室，加上一間附屬的起居室。樓下有一間廚房，一間早餐室，一間餐室，還有好幾個房間，分別標示為起居室，或小角落，或會客室，或圖書室，或辦公室。乍看之下，這份平面圖相當緊湊，甚至舒適，直到你想起它實際的大小。那些小角落和普通人家的起居室一樣大，而且應該也多了一半高度，就像夜間的博物館大廳。不算寬廣，但也不是一般規模，而且燈光昏暗，還有回音。

奈斯說：「你找到進去的方法了嗎？」

我說：「我們沒有防彈車，因此我們差不多只能從門窗進去。」

「門窗一定都裝有警報器。」

「那根本是多餘的，他們不需要靠樓頂鐘聲來告訴他們有人來了。」

「那到底是什麼地方？在一間住著四個留守保鑣和兩個世界級殺手的房子裡？他們的人數足是我們的三倍？在一個防守比進攻容易得多的建物裡？」

「如果這些問題是反問，我想它本身就是不錯的總結。」

「建造一只巨大的重低音音箱要多久時間？」

「我去買購物袋的時候，應該順便買一個香菸打火機。」

她說：「說真的，我在本寧堡待過，他們會說我們得從頭開始重新思考這件事大約一百個小時。」

「誰會說？」

「講師們。」

「這些人靠著一路隨機應變，才能活到當上講師，他們非常了解計畫趕不上變化。」

「李奇，我們還是得擬定計畫。」

我說：「咱們先看一下空照圖再說。」

在某些方面來說，這些空照圖非常棒，因為它們全都是非常犀利、穩固、高解析度的彩色影像，不管是從遠在地表數哩外的衛星，或者高得看不見的安靜空拍機，或者一千呎高空的搖晃直升機拍攝的。但是從另一方面來看，它們卻又沒什麼用處，因為它們所顯示的不外乎我們自己透過夜視望遠鏡所看到的那些。同樣稀鬆平常，不過是從不同的角度。直升機那組照片上有一則備註，說那棟房子並非任務的主要焦點，重點原本是在花園中邊品酒邊開會，這些照片也被放進來，供參考之用，裡頭只見三個男人高舉著雙手爭論不休。意外的是，房子的全覆蓋照片是三組當中最棒的，四面牆看得相當清楚，還有所有門窗，強固點和弱點。總的來說，它的強固點多過弱點，即使暫不考慮裡頭住的是什麼人，它本身就不是個容易拿下的目標。

我說：「我們會想出辦法來的，我們多得是時間，總之我們得先對付喬伊。」

她說：「這個你總有計畫吧？」

「我上次的計策算是相當成功。想想看，要是當時我們也在停車場，在小超市後面，躲在暗處，他們根本無處可逃。」

「你打算**再來**一次？」

「我並不**想要**那麼做，有別的好點子歡迎提供。」

「能不能再次奏效呢？」

「問得好。如果是一個和上次同等級的傢伙或許就行不通，喬伊會起疑的。我們得讓他禮數周到，我們得找個和他關係緊密的人。」

「例如誰？」

「老查理．懷特是不錯的人選，可是他的防護措施想必極為嚴密，因此我想我們必須改在湯姆．米勒或比利．湯普森當中選一個。這很可能會引發某種內訌，某種為了搶位子而爆發的內部血腥鬥爭。這麼一來，或許另外三人也會出現在現場，以便互相監督。果真如此，我們等於給羅姆佛小子幫製造了一次嚴重的領導真空。」

「當然得優先處理喬伊了。」

「沒錯，可是如果解決掉他之後，還有餘裕對付其他目標，我們也該順勢採取行動。」

「這點我得請示一下歐戴上將。」

「請便，不過先傳簡訊給班尼特，問他米勒和湯普森採用什麼樣的安全措施。例如，和喬伊相同，或者更好，或更糟？也解釋一下我們為何想知道。」

她打開手機，兩隻大拇指開始滑動。我聽見第一則簡訊送出的聲音，很卡通，類似卡通人物滑下香蕉皮的音效，接著她繼續輸入，忙個不停。向歐戴更新情報吧，肯定是。完全徹底的服從，歐戴就是有本事讓人對他效忠。我又想起防彈玻璃的事，我問她。「妳有沒有通知歐戴我們早上要到瓦勒斯莊園去？」

她說：「這則簡訊的第一段就是。」

「不，我是說，妳有沒有預先通知他，說我們即將到那裡去？」

她的大拇指放慢，說話也慢了，一邊說話一邊輸入。她說：「沒有，我沒有預先通知，因為我不確定我們真的會去，不確定我們為什麼要去，總之我覺得事後再報告比較恰當。」

「好吧。」我說。她又加快速度，我則是看著她。最後她停止輸入，整個唸一遍，然後傳送出去，同樣的香蕉皮音效。我問她。「我們有沒有米勒和湯普森的地址？」

「檔案裡沒有。」她說。

「那就再傳訊問一下班尼特，相信他一定知道。」

接下來一小時主要是傳簡訊，和班尼特、歐戴你來我往，提問答覆，儲存資料。米勒和湯普森也住在齊格威爾，彼此相隔四條街，和喬伊也相隔四條街。不構成作戰理由。只不過齊格威爾是你在羅姆佛賺了錢之後會去的地方。他們的安全措施和喬伊相同，至少表面上是如此。他們分別擁有一名司機和四名保鑣，每天輪班三次。米勒有一輛新型荒原路華，黑色，湯普森有一輛新型荒原路華跑車，也是黑色。根據許多人的說法，和賓利車一樣優良。三名副手，同等待遇，至少表面上是如此。不過班尼特說，被派給米勒和湯普森的人手都是二流角色，一流人才都被小喬伊挑走了。部分因為他是小喬伊，部分因為米勒和湯普森都是官僚，不可或缺，但不屬於行動核心，因此是全然不同的交手方式。在這兩人當中沒什麼好選擇的，無論哪一個都是同樣弱的目標。

「我想是半斤八兩。」奈斯說。

我說：「我們需要一輛車。」

「歐戴上將給了我們信用卡，我們可以租一輛。」

「不太好，這會留下很多書面紀錄。」

「也許班尼特先生會借一輛給我們。」

「我相信他的車一定都裝了衛星追蹤器，這麼一來他可能會擔心收到傳票。」

「那該怎麼辦？」

「另一種選擇是偷一輛，但最理想的狀況是，我們找到兩個哨兵然後搶走他們的小貨車。這會讓我們在對付米勒和湯普森時有多點時間，他們不會馬上感受到威脅，我們看來就像他們的自己人，至少一開始是這樣。」

「所以我們有兩次攻擊行動得執行，不是一次。」

「還要加上兩次，」我說：「兩個哨兵，接著米勒和湯普森，接著是小喬伊，最後是還窩藏在屋子裡的老弱殘兵。」

「這麼說我們得挺過四次征戰，可能性有多大？」

「就像世界職棒大賽，很艱難，可是有人每年都參加。」

「總共十八個人。」

「二十個，妳忘了還有兩個司機，米勒和湯普森有一個，喬伊有一個。不過幸好不是一次對付二十個，我們一旦找到那幾個要角，連同他們的司機和四名保鑣，一次頂多對付六個吧。」

「其中有幾個厲害角色，站在將近七呎高的小喬伊前方。」

「我們可以越過他們的頭頂瞄準。」

「聽起來很異想天開。」

「這是因為妳不確定會有什麼後果，關於這點我是怎麼說的？」

她回想著，如實地覆述出來，她對語言的記性極佳。她說：「你說，沒人敢說結果會如何，雙方都一樣，這是好事，因為這表示誰反應快誰就是贏家，而我只要迅速反應就沒問題。」

「沒錯，」我說：「怪事就要發生，情況即將改變，到時將會地動山搖，可是我們只要不停動腦，就會平安無事。」

「你確定？」

「就像妳之前說的，雙方實力相當，關鍵在於，我們的腦筋必須比小喬伊動得快。而這很早以前就有數據顯示了，現代人存活得比尼安德塔人久。」

「你說怪事就要發生，是什麼意思？」

「意思是所有一切的發展將會跌破妳的眼鏡。」

「聽起來你似乎是意有所指，你是不是有什麼沒告訴我？」

我沒回應。

接著班尼特再度現身，把賭注提高。我們在奈斯房間接到電話，說他在樓下。他要我們到餐廳和他會合，說他要請我們吃午餐。奈斯關掉平板電腦，於是他那些沒有太大用處的照片被我們的雙密碼鎖住，然後我們搭電梯下樓，在一個靠窗桌位找到他，他已經替我們點了飲料，奈斯的瓶裝水和我的黑咖啡，看這情形，我知道他有重大事項要請我們幫忙。

果然。

他說心理學小組委員會再度開會，討論這天早上他提交的報告。顯然委員會超越了他們的簡報，開始認真思考起來。他們提出了我有過的關於奪權鬥爭的同一種看法。要是米勒或湯普森倒下——取決於查理・懷特和他的幾個副手的利益分配方式，這點還是未知數——那麼羅姆佛小子幫約有百分之十五到二十的淨利必須重新分配。

但要是賭注比這更高，而且肯定更加要命，事情恐怕就沒這麼有趣了。假設我們第一個攻擊的是查理・懷特本人？那麼砍掉的就是章魚的頭，而不只是一條手臂，而這肯定會讓三名副手全部趕到現場。就算我無法把他們全部引來，不久他們很可能也會自相殘殺，因為接班人的戰爭將即刻展開。兩個老傢伙對抗一個年輕篡位者，爭奪權力大餅。兩個老傢伙對事業瞭如指掌，年輕篡位者則是將近七呎高，這會讓他們之間的戰鬥一開始便激烈無比，而這或許會讓他們一下子忘了老查理賄賂警察和顧問是採每週付費的方式，這可能會造成短暫的賄賂空窗期，在這期間，逮捕和起訴行動都可能會發生。

所以，我們該怎麼想？

我說：「關於防彈玻璃，你打聽得如何了？」

班尼特說：「快了。」

「什麼時候？」

「有那麼急嗎？」

「你一收到我就馬上要，而且我要你盡快送到。」

他點頭。「我們該怎麼處置查理・懷特？」

「我們？」

「好吧，你。」

我說：「他住哪裡？」

「還在羅姆佛，他出生長大的地方。他自認是個很接地氣的人。」

「獨戶房子？」

「什麼意思？」

「孤立。」奈斯替我翻譯。

「當然，」班尼特說：「普通大小，可是和喬伊的房子一樣有一道圍牆，或者圍籬，隨便你想怎麼稱呼。磚頭和鍛鐵柵門，把感恩的無產階級隔絕在外。」

「安全措施？」

「六名保鑣，一名司機。」

「都是狠角色？」

「相當難纏。」

「他常出門嗎？」

班尼特說：「事實上，今晚他就會出門。」

「去哪？」

「和塞爾維亞人會面，表達他的慰問。」

「這是他的禮數周到的一種？」

「最基本的一種。他們是事業伙伴，而塞爾維亞人進了急診室。那天晚上也是同樣情況，只是倒過來，塞爾維亞人去慰問被你擊中咽喉的那傢伙。」

「再過一小時，行為心理學小組會不會又跑來，說我們必須連那些塞爾維亞人也一併拿下？」

「這我們求之不得，但在現實上，你不該一次把他們全部拿下。」

我說：「我們並沒有協議說要一次把他們拿下。」

「小組要我提醒你，我們很可能低估了米勒和湯普森的安全部署水平，它們比我們說的要好得多。重點是，要直攻懷特本人不是那麼容易的事。」

「真是這樣？」

「不是，是非常不容易的事。」

「可是它們非得符合心理學分析不可？」

「只要是有用的我們都不會捨棄。」

「加上事前的深入了解會更有用，你看過我們兩個的檔案沒有？」

班尼特笑著說：「你收到我的強烈暗示了？密碼裡的？歐戴把你們的檔案給了我。」

「為什麼？」

「因為我們向他要。」

「要是以前他會叫你們滾蛋。」

「他已經不是以前的他了，他想要找回從前的霸氣，可是他鋒芒不再，已經好多年了。」

「肯欽在巴黎時也這麼說過。」

「如果你有需要，我們可以幫你。查理的四個保鑣將會分乘另一輛車，這點可以確定，我們可以把它攔下，製造交通阻塞之類的，然後你就只需要對付另外兩個，加上司機，還有查理本人。」

「一個保鑣坐司機旁邊，另一個和查理一起坐後座？」

「這是他們的習慣。」

「哪一種車子？」

「勞斯萊斯。」

「黑色？」

「當然。」

「是防彈車，和卡雷爾・里柏的車一樣？」

「只有後車門和後車窗玻璃，而且只能擋手槍，廠商似乎是把這稱作防投機刺客選配，提供給那些想要防範對手靠近的顧客。」

「保鑣搭的是捷豹？」

「他們有幾十輛這種車。」

我沒說話。

班尼特說：「製造交通阻塞很花錢，不單是理論上，這麼做也有出錯、帶有風險和不確定性等缺點。假設有哪個孕婦因此無法趕到醫院去？假設有個老人受刺激而心臟病發？他們會問一堆問題，除非它的潛在回饋非常巨大，不然我們很難替這種戰術辯護。」

輪到我笑著說：「你們統治全世界靠的可不是做好人，對吧？你的意思是說，如果我們負責處理查理・懷特，你們就替我們對付那些保鑣，但要是我們只找湯米・米勒或比利・湯普森，你們就不幫忙，所以我們就只能在對付查理的兩名保鑣，或者他們的四個保鑣之間作抉擇。對付查理比較划得來，但或許也沒那麼划得來。因此我們需要的是一個誘因，而且是由行為心理學小組提議、推薦的，是這樣嗎？」

「我們必須互相幫忙，這樣會比較好。」

「我什麼時候可以拿到防彈玻璃的相關資料？」

「我收到以後馬上給你。」

「那是什麼時候？」

「快了。」

「老查理幾點鐘會出門去慰問病人？」

「晚一點，必須等天黑。這是少數族群的事，他們也有自己一套規矩。我們知道一些細節，包括可能的路線，而且我們應該已經找到突襲保鑣車的有利地點了，我會用另一部電腦把我們手上的資料送來給你。」

說完便離去。

奈斯問：「這就是你說的即將發生的怪事之一？」

我說：「不是，這部分在我意料之中。」

43

新電腦由同一組人送來了。他們說，對奈斯來說，她的新密碼是她母親在健康保險公司的客服電話號碼，對我來說，我的新密碼是許梅克看見我射殺的那另一個傢伙的名字。他們說完即離去，我們和上次一樣，把電腦帶上樓到了奈斯房間，用這些私人資訊登入，螢幕開啟並且出現一長串檔案和檔案夾清單。

多數資料都是低沉、散亂的背景雜音，長年辛苦蒐集的，用各種方式存入電腦，期待藉由過去預知未來。例如，在查理．懷特以往所有東西向橫越倫敦的行程當中，他從來不走M25號公路，而偏好行駛北環道路，這條路和南環道路都是早期規劃的外環道路系統的一部分，原本沿著城市邊緣繞行，如今無奈地被不斷蔓延的房舍淹沒。有百分之八十五點七的時間老查理都走這條慢車道，另外百分之一點四三則是直接穿越市中心。他們認為這足以顯示他的強烈偏好，我認為這顯示一週只有一個週日，當市中心清靜無車，直接穿越是很自然的做法，至於工作日，最好是離遠一點。每週有七天，一百除以七是十四點三。只是在現今生活中，週日和工作日已經沒有太大分別了。不過老查理是老人，改不了老習慣。也許他心目中的倫敦在週日是個鬼城，而M25號公路還是大片農田。

我說：「今天是禮拜幾？」

奈斯說：「禮拜五。」

班尼特兩邊下注，打算兩條路線同時規劃，把穿越市中心的路線叫做選項二，繞過北環道路的北側路線叫做選項一。其實也沒什麼差別，因為顯然弧線到頭來還是會跟直線會合，就這例子來說是在城西，大約鐘盤上九點的位置，而這裡當然就是部署突襲保鑣車行動的最有利地點。一石二鳥，這是班尼特打的如意算盤。有一張兩條路交會點的空照圖，一片大得驚人的瀝青地面，就像普通的十字路口一下子膨脹成超大尺寸，但是依比例放大，就像喬伊的房子。

地圖上的查理．懷特家地址以圖釘標記標示，他的目的地在伊林區，以另一個圖釘標記標出地址，是另一位要角的房子，一場首腦會議。有一張這棟房子的照片，一棟又大又氣派、不太像郊區房子的紅磚建築物，和齊格威爾相距不算太遠，但又很遠。這裡的街道或許比喬伊家的老了大約三十年，可是他住在那裡是基於同樣的理由，成功人物總得住在像樣的地方。

查理的最新型勞斯萊斯有個專屬的檔案夾，包括許多照片。那是一輛有著自殺式後門的龐大、醜怪的車子，但非常壯觀，這點毫無疑問。查理有百分之九十三點二的時間都坐在司機後面，一名保鑣坐在他旁邊的後座，另一個坐在司機旁邊的前座。剩下的百分之六點八的時間，這種線型部署會變換為對角部署，後座的保鑣改坐在司機後面。辨識不出特定模式，我想這在電腦計算上也算合理，因為這非關常識。顯然查理的司機是矮個子，方向盤在車子右側，而車子走在道路的左側。也許查理對靠近人行道的位子不太放心，尤其遇上紅綠燈或車速緩慢的時候，因此他多半坐在靠近路拱的位子，在司機後方，這還好，因為那傢伙十分矮小。問題是那人偶爾也需要休個假，因此有時候查理被迫離開高個子代理司機後方的位子，每十二個月大約有二十五天，這大概是法定休假日數，也是一年的百分之六點八。

我說：「我得去買支超鋒利的刀子。」

奈斯說：「好啊。」

我們逛了皮卡迪利圓環的十一個街區，還有整條龐德街，看了不少刀具，有的是純銀打造，吃魚用的，有的是有著漂亮珍珠光澤握柄的摺疊刀，用來清理石南菸斗的，可是沒有一款是我要的。直到我們偶然發現一家高級五金商店，裡頭擺滿各種粗獷工具，多數都有著染成暗色的木柄，包括一把帶有尖利彎鉤刀鋒的割氈刀。我買了兩支，加上一捲銀色強力膠布，收銀員把三樣東西放進一只免費贈送的棕色紙袋。

接著奈斯說要買衣服，於是我們讓牛津街成為我們血拚的第三站，她挑了一家商店，在裡頭選了一套新衣服。她在試衣間門口把外套交給我拿著，說：「不必檢查，我還剩一顆藥。」

五分鐘後，她穿著新衣服走出來，把外套穿回去，我們準備回街上，但途中經過通往男裝部門的電動扶梯，於是我隨著她的暗示到了樓上。我換了一身新裝，長褲除外，因為找不到合身的。但是新外套比那件阿肯色高爾夫外套好多了，口袋比較大，葛拉克手槍的輪廓比較不突出。算是升級了，可是必須把舊的丟掉讓我很難過，好像是在埋葬一位老友。肯欽的腦漿曾經沾在上面，還有奈斯的眼淚。

接著我們往下經過格羅夫納廣場，經過我們的大使館，朝飯店後門走去。我說：「我猜今晚班尼特會借我們一輛公務車，我們可以接受，但是事情一完成就得把它丟了。」

「為什麼？」

「我不想被追蹤。」

「他們會嗎？」

「當然會，他們可不想被上級罵，明天他們就得交出一份跟蹤報告，結果發現我有百分之二十點二的時間都在抓頭皮。」

「你為什麼需要兩把割氈刀？」

「我只需要一把，一把是給妳的。」

「做什麼用的？」

「之前我說過，現在我們得自求多福，可能有些命令我們可以不甩。」

她沒說話。

我說：「一舉兩得。我們照常執行任務，但是用我們自己的方式。」

她說：「好吧。」

「也就是說，今晚我們得把手機留在飯店。」

44

下午四點剛過班尼特又來了。他把他那輛銀色佛賀的鑰匙給了我們，說他已經將預定的交叉路口輸入導航系統。他建議我們把車停在目的地偏西一點的地方，以便在保鑣車脫隊之後馬上攔截勞斯萊斯車。他覺得查理・懷特不會等它，也不會介入或想辦法幫它。禮儀規矩太重要了，他必須準時到達伊林，若是遲到就太失禮了，甚至不敬，倫敦的幫派分子很看重這些的。

查理預定在晚上十點抵達塞爾維亞幫首腦的家，這顯然意謂著有八成四的機率他會提早整整一小時出發，當中有二十分鐘的餘裕可以應付交通阻塞或其他拖延狀況。必要時他會把車停在附近街區然後等著，這是他應付重要行程的習慣做法。禮儀比什麼都重要，十點就是十點。不過，這次繞過北環道路的東西向環狀路線將會平順無事也說不定，因此他很可能會在九點半以前便到達我們預定的突襲地點。班尼特說九點整他的組員就會在現場全面警戒備戰，建議我們也這麼做。

我說：「防彈玻璃的事進行得如何了？」

他說：「我一收到就給你。」

「我知道，可是你什麼時候會收到？」

「最遲今晚。希望能在九點我們行動之前，不然，也應該會在過後不久收到。」

「什麼來源？」

「你也知道我不會告訴你。」

「你還告訴了誰，還寫過什麼樣的備忘錄？」

「沒人，也沒有任何紀錄，低調到不行，也許正因如此才耗了這麼久。」

「好吧，」我說：「放輕鬆，好好休息，我們也會休息一下，晚一點再見了。你或許不會見到我們，不過別忘了，我們已經上路，而且仰賴你的援助。」

班尼特看著我，沒說話。

然後離去。

我們在五點半用餐，因為我們希望晚一點能維持至少三小時的充沛體力和良好營養，而人的消化功能在壓力下只會變慢，不會加快。接著我們把兩支手機放在她的從二十層樓高俯瞰海德公園的窗台上。她說：「我會告訴歐戴上將，我們懷疑遭到英方情報單位滲透，也只能這麼辯解了。我這麼做已經違反禁令了。」

我說：「了解。」

「這種事下不為例。他們會制定新協議，讓滲透行動正當化，來交換別的東西。這麼一來，要是我們下次又瞎編出什麼爛藉口，就會露出馬腳，所以我們只能做這麼一次，為了英國人，這樣值得嗎？」

「我們也只需要做這麼一次，不會有第二次。」

「可是為什麼是現在？」

「現在是最佳時機。」

「什麼意思？」

「咱們七點半出發。」我說。

七點半，我們站在銀色佛賀車旁邊，在希爾頓飯店環形車道上，努力挖掘、拼湊我們印象中的本地地理，得到一個不太妙的結論，也就是，想到達我們的目的地，我們要不經由後街錯縱複雜的大彎道，要不就繞過海德公園角，朝白金漢宮的方向前進。奈斯覺得走後街風險太大，可能會迷路，以致為了微不足道的理由錯失了行動時效。我也同意。她又說另一方面，海德公園是一條競速跑道，萬一撞車或者被開罰單也是同樣划不來。這點我也同意，可是接著她說她推測後街也很可能會撞車或者被開罰單。空間狹窄，停滿車子，禁止左轉、禁止右轉、禁止不遵守停車號誌等，一大堆交通規則，說不定風險大得多，所以還是走海德公園角吧。我自願開車，可是她堅持由她開，這樣也好，她開車技術比我好。

感覺就像跳進一條湍急的河流，隨波逐流一陣子，然後抓準時機跳出來，基本上是兩次中間隔著許多次憋氣的絕技。可是奈斯兩次都表現極佳，我們平安順利來到了葛洛夫納廣場，緊貼著白金漢宮側壁前進。這道牆看來很像瓦勒斯莊園的側壁，也許是由同一個包商建造的，也許當時他有一長串未來客戶名單，這些人全都有著同樣的擔憂。

我們把車子丟在聖詹姆斯公園地鐵站一百碼外的一個禁停區域，我們感覺一百碼應該足夠讓他們追不出我們的去向。我們很可能去了別的地方，這一帶有太多別的東西，而車站本身有兩條分隔路線，包括環形線，顧名思義就是在地下繞行一個大圓圈，不像地面的軌道那麼寬，倒比較像芝加哥市中心的環線捷運。另一條是區域線，我們的老友，我們要的路線，從東到西貫穿整個倫敦。

我們順道到一家白亮亮的博茲藥房分店，用現金買了兩支預付型手機。然後我們繼續前往地鐵，刷了我們用現金買來的旅遊卡，下了月台，在這裡等待往東行駛的列車，遠離伊林區，遠離突襲地點，遠離班尼特。

45

我們在巴金出了地鐵，往上走到巴金微型租車店，奈斯在這裡啟用她的新手機，就站在店外的人行道上打電話叫車。路邊照例排列著大批雜牌軍轎車，老舊的福特、福斯、西雅特和斯柯達，我們不熟悉的車型，但顯然是這一行常見的車子，就像美國的福特維多利亞皇冠，或者德國的賓士。一分鐘不到，一個傢伙走出來，一邊往口袋裡掏鑰匙。中年人，看來像本地人，而且有點睏倦。他看見我們，沒有任何反應。也許他只是兼職的，不了解黑社會最近發布的全面通緝令。他說：「兩位去哪？」

我說：「帕弗利特。」因為我喜歡這地名的發音，我在路標上看過的，應該是在巴金東邊稍微偏南的地方。他指著一輛刮痕累累、污水色的福特六和，說：「上車吧。」

我們上了車，一起坐在後座。那人鑽進駕駛座然後出發，十分平滑穩當，左彎右拐地穿過後街，撥弄著排檔桿，讓柴油引擎呼呼地運轉。我推測他大概想盡量延遲轉入帕弗利特主幹道，好避開車流，這點正合我意。我一直等到看見前方出現一個荒涼的路段——長了雜草的人行道、釘了木條的窗戶、一排拉上窗簾的慘淡小生意店鋪——才掏出手槍，在後照鏡裡揮舞了半天，讓那傢伙看清楚那是什麼，然後用槍碰一下他的後頸，說：「馬上停車。」

他照做了，一瞬間冒汗、驚慌起來，他說：「我身上沒錢。」

我說：「你以前被搶過？」

他說：「好幾次。」

「這次可不一樣。我們不會搶你的錢，我們會付你錢來補償你損失的時間，每分每秒。我們甚至會給你小費，可是現在得由我們來開車，你呢，就委屈一下坐後座，好嗎？」

那人沒回應。

我說：「把你的兩手放在椅子後面。」

他照做了，我用一碼長的強力膠布綁住他的兩隻手腕，再用一碼綁他的手肘。不舒服，但很必要，可以讓他無法活動。我問他。「你用鼻子呼吸得還好嗎？」

他說：「什麼？」

「沒有鼻塞，沒有鼻中膈彎曲，沒有淋巴腺腫，沒有類流感症狀？」

他說：「沒有。」

於是我又用幾碼膠布纏住他的頭，蓋住嘴巴，一圈又一圈，接著我下車，打開駕駛座車門。我找到他的座椅調整桿，讓他仰躺著，然後用膠布綁住他的兩邊膝蓋和腳踝。接著我把他的兩腳高高舉起，將他整個人往後推，頭下腳上翻過座椅到了後車廂。奈斯抓住他的肩膀，我們讓他躺在地板上，有點侷促，但死不了。我在他長褲口袋找到一支手機，把它留在人行道上，然後拿了兩張小子幫的五十元紙鈔，塞進他的襯衫口袋，我們估計這筆小費應該算相當豐厚。接著奈斯上了副駕駛座，我們再度上路，晚上八點二十五分，距離我們的目的地，羅姆佛，約有三哩遠。

我們憑著對前幾次行程的推算定位和記憶，以及在班尼特第二部電腦中看過的地圖向前行駛，順利到了羅姆佛，還早到了二十分鐘左右，可是接著我們都同意我們需要更詳盡精確的地圖，於是我停車，奈斯下車到一家書報攤，買了一份按字母檢索的街道地圖集。我們並肩坐著——被貼了膠布的傢伙在我們背後的車地板上呻吟——找到查理・懷特的地址，上頭顯示我們的開車路線橫跨了兩頁地圖。大概五分鐘吧，尖峰時間已經過了，車流相當順暢。但是顯然比預期的要慢一點，因為我們花了六分鐘而非五分鐘，才到達查理・懷特所在街道的盡頭。

一條冷硬的街道，算是小喬伊居住街道的簡約平庸版。這裡的房子老了二十年，煙囪高一點，紅磚亮一點，但基本上同樣氣派，大量圍牆、大量圍籬和鐵柵門、大量最新型的汽車。

包括一輛黑色勞斯萊斯和一輛黑色捷豹，頭尾相連停在街道左側的第二棟房子，和喬伊家相同的圍籬內。部分是紅磚，矮牆和等間隔的高柱子；部分是鍛鐵圍籬，漆成黑色並且扭轉成甘草根的造型，還有兩道同樣材質的電動鐵柵門，一道進一道出。勞斯萊斯車停在保鑣車前面，這也完全符合邏輯，至少在說法上是如此，兩道電動門都關著。

有八成四的機率他會提早整整一小時出門。

還差五分鐘。

我看著地圖，說：「他們將會走北環道路，因此他們會從房子左側離開，和我們反方向，我們得移到街道另一邊才行。」

奈斯說：「你想冒險直接從房子前面開過去，還是從街區另一頭繞過來？」

「我們挑了輛微型租車是有原因的，就算慢慢開也不會有人過問，假裝在找地址，慢慢繞過來，停車，假裝在等他的客戶。」

「這些人都有私人司機。」

「有的沒有，只有工作階級的英雄們才有。」我略微倒車，轉了個彎，開始像尋找地址的人那樣，大剌剌地慢慢開車，一路從側車窗東張西望。查理的房子是一棟堅固的老建築，裝飾得美輪美奐，建造於砌磚工比磚頭還便宜的年代。前院早已不見了，被一條微微彎曲的車道取代，從一道鐵柵門進入，由另一道出去，中間經過許多砌石和碎石造型雕塑，和一座座水泥甕壺和水泥天使塑像，有些頭頂著水盤，做為鳥的飲水盆。

我在兩棟房子之後轉彎，在路邊停車然後等著。

禮數比什麼都重要，約好十點就是十點，而提前整整一小時也就是九點整。就在八點五十九分，查理家的大門打開，他走了出來。他看來和他的照片沒兩樣，七十七歲，臃腫，圓肩，稀薄的灰髮，長相平凡，鼻子有馬鈴薯那麼大。他穿戴著黑色套裝和黑色領帶，外搭黑色雨衣。從他後面走出一個較矮的老人，想必是他的司機。矮個子後面是一支壯男六人組，全都衣著平常，全都剃光頭，全都體格魁梧。其中四人朝捷豹走去，另外兩人緩緩走向勞斯萊斯，停在老查理後面，因為這時司機正匆匆趕過去替他開門。

過程有點彆扭，因為這是一道向後開的自殺式車門，把手在門的前端，和駕駛座車門——向前開的普通車門——的把手是無縫一體成型，而查理是從車尾走過來的，因此他必須從他的司機身邊經過，然後站在那裡等司機打開車門，然後轉過身來上車。可是這兩人還是順利完成這程序，查理上了後座，司機替他把門關上，然後打開自己的普通車門，坐上駕駛座，接著兩名保鑣從另一側上車，一個坐前座，一個坐後座。

九點整，鐵柵門緩緩開啟。

46

我堅守著兩個關鍵性的假設，第一個是勞斯萊斯車裡的那個矮小老頭自認有那麼點藝術家氣息。也許他是身經百戰的退役舵手、一個老行家，能適應各種狀況，不管是要他在搶銀行後負責開車迅速逃離，或者擔任大人物的沉默司機，而且還要偷偷滿足主子的各種小執迷，例如精準守時的習慣，尤其是面對重要的行程。因此我以為他會在距離打開的鐵柵門一定距離時便踩油門，這樣的話當車子到達那裡時，鐵柵門將會打開到相當寬度，剛好讓車子迅速順暢地通過，但是只差那麼幾吋，就好像那人的精準技術是對他主子精準守時的一種效忠，我推測一個藝術家應該會這麼演出。

意思是，我必須猜測那傢伙的踩油門信號，然後搶先大約三秒踩我的油門，因為我距離他們有一段距離，必須努力趕上。但要是到得太快或太慢那就不妙了，因此一開始我讓車子緩緩前進，我想這應該沒問題，因為微型租車的司機可能會需要記一點東西或者把筆收起來，然後才能抬起頭，集中心思然後真正開始上路。我看見當鐵柵門打開三分之二，勞斯萊斯啟動了，緩慢而平滑，謹慎、輕聲地加速，就好像駕駛人打算停也不停地一鼓作氣轉入街道。

我望著柵門的速度，那輛車的速度，還有人行道的深度，還有我必須趕上的落差，然後讓自己的後腦袋對於何時該行動作出本能的迅速決定，當它要我出發，我踩下油門。污黑的舊福特往前衝，十碼，二十碼，接著我踩下煞車，車子猛地煞住，擋住勞斯萊斯的去路。老司機隨即緊急踩了煞車，勞斯萊斯頓時停止，華麗的前進氣格柵距離奈斯的車門僅僅兩呎，跟在他後面的保鑣車也跟著停在距離他後保險桿兩呎的地方。

接著的一瞬間全看奈斯的表現，靈巧地通過狹窄的空隙，同時走向左側，一如她的本業聯邦探員那樣俐落地掏出手槍，我則是從另一側快步繞過車頭，跟著掏出槍來，屏息走往右邊，也就是轎車坐著兩名保鑣的那一側，抓住前後車門的一體成型把手——位在車身中央，因此可以同時扳開——兩道車門嘩地打開。

我堅守的第二個關鍵性假設是，所有新型汽車都會有自動鎖門裝置，但只有在達到預設車速的時候才會啟動，這點我確信並未達到，在這情況下沒有，還沒有。

我用拇指和食指捏著葛拉克手槍，雙手放在兩道門把上。

然後拉開。

前後車門都打開了。

奈斯那一側的兩道車門也打開來，這使得我們和保鑣車完全處在預期中的相對位置，分別安然地位在厚實的防彈金屬和防彈窗玻璃後方。**只有後車門和後車窗玻璃是防彈的**，班尼特曾經用他那唱歌般的嗓子這麼說。而這輛車的後車門鉸鏈是在後端，而這時兩道車門敞開足足九十度，向兩側大大張開，就像小喬伊的兩隻招風耳，因而掩護了我們接下來的行動。**只能抵擋手槍**，班尼特也曾這麼說，不過我想這點還好，因為我相信保鑣車裡的傢伙不會佩帶多厲害的槍械。倒也不是說我預期他們會開槍，他們會擔心萬一誤擊了查理。他們應該知道後擋風玻璃也是防彈的，可是其他部分班尼特並未提到，因此他們會顧慮到子彈射穿行李箱或後車輪蓋等脆弱部位時產生大幅偏斜，因為它可能會穿透座椅，擊中後座乘客身體的任何部位，從臀部到頸子都有可能。因此我預期他們會先愣一下，接著作出反應，接著改變主意，最後才開始做他們一開始就該做的，蜂擁下車，衝著我們而來，可是他們會在第四秒，而非第一秒行動，這給了我們整整三秒鐘把事情辦完，**一千零一，一千零二，一千零三**，一如約翰・科特的子彈穿越巴黎的冷冽空氣的漫長孤寂的旅程。

我的工作是恫嚇性地把葛拉克對準查理・懷特的腦袋，同時用另一隻手拿著割氈刀把後座保鑣的安全帶割斷，兩下，**刷！刷！**然後類似網球反拍擊球那樣，用手肘撞向那傢伙腦袋的內側，讓他跌出車子，接著迅速側移，同樣動作對前座的保鑣再做一次**刷！刷！**接著手肘，讓那傢伙跌出車子，接著轉身，猛踹後座保鑣的頭，接著踹前座保鑣，讓他們癱在地上動不了，接著迅速回到福特車內，把它移開一點，接著再度下車，轉身，這時我來到了第四秒，而他們也下了車。

但我還是得開槍。計畫的一部分，但不是射他們的輪胎。角度不對，子彈會彈開，有些輪胎強韌得要命。想讓一輛新型汽車動彈不得，最佳方法就是射它的排氣格柵，車蓋下方。那裡藏有各種線路，還有電腦晶片和感應器。

我這麼做了。四槍，間歇但快速，低伏在防彈車門後面，**砰砰砰砰**，讓那四個傢伙後退一步，也給了我時間衝向前，把前車門甩上，跳過地上的兩個傢伙，然後迅速挪移、旋轉，跳上查理身邊的座位，順手把後門帶上，在這同時前座的奈斯——已經用她的葛拉克手槍和刀子處理了矮個子——踩下油門，勞斯萊斯有如潮浪向前猛衝，呼嘯著駛入街頭。四個保鑣在我們車尾追了半個街區，就像電影情節，然後停住，望著我們離去。

47

勞斯萊斯的舒適果然名不虛傳。極其安靜、極其平穩。它的後座設計得像軍官俱樂部的扶手沙發，又深又寬又柔軟。我旁邊的查理・懷特仍然繫著安全帶，身體朝著前方，可是頭轉過來，盯著我看，一撮頭髮鬆垂下來。近看，他的鼻子幾乎就是一顆酪梨。不過整體來看他完全就像個幫派頭子，威嚴、霸氣而又自信。

我說：「你帶了槍嗎，查理？」

他說：「小子，你知道你這麼做是在自尋死路，對吧？請告訴我你很清楚這點，沒人會像你這麼做。」

「可是？」

「沒有可是。」

我說：「多少總是會有的，查理。」

「你可知道自己闖了什麼禍？」

「所以我應該趕緊住手，轟掉你的腦袋然後趁早逃走？」

他說：「你可以這麼做，或者你也可以得到延緩行刑令，然後悄悄離開倫敦。這是我的提議，但是我只要求一次，而且我只聽你回答一次，所以你最好善用你的腦袋，小子，想想接下來會如何，你會有多難熬，你接下來的日子會有多難熬。」

「你要我們做什麼做為交換？」

「滾出我的車。」

「答錯了，查理。我的問題是，你帶了槍嗎？」

「我正趕著去參加一個告別式，當然沒帶槍。」

「禮數周到？」

「什麼？」

「你口袋裡有沒有手機？」

「我看來像是必須自己打電話的那種人嗎？」

我說：「嚴格說來，你**本來**是趕著去參加一個告別式，可是現在你要去別的地方，我恐怕得用膠布把你的手腕綁起來，這點沒得商量。而且最好連你的嘴巴也貼上膠布，不過老實說，查理，我需要擔心你能用鼻子呼吸嗎。」

「你擔心什麼？」

「要是我用膠布貼你的嘴，你可能會窒息。」

「我的鼻子好得很。」

「太好了，那就沒問題了。」

他說：「你到底想做什麼？」

我說：「不勞你操心，你只是被掃到颱風尾。」

「為了什麼事？我有權利知道。」

前座的奈斯說：「不，懷特先生，你無權知道。事實上你什麼權利都沒有，法律不站在你那邊，你的副手喬瑟夫・葛林窩藏了幾個無論哪個國家的法庭都會判為恐怖分子的人。」

「我沒聽說喬伊窩藏了誰。」

「他有幾個客人。」

「我想是他的朋友。」

「你得為他做的事負責。」

「他又沒做什麼。」

我說：「等著看吧。」奈斯放慢車速，轉彎朝齊格威爾前進。

我們經過酒吧，我們都記得這裡，努力循著我們走過的彎道前進——比起在羅姆佛，這輛大車和這地方相稱多了——直到抵達那道中間夾著一碼寬窄巷、通往另一道圍籬的板條圍籬。奈斯把車開到路邊停下，我要懷特解開安全帶，要他轉身背對我，然後拿膠布綁住他的兩隻手腕和手肘，封住他的嘴巴，一圈又一圈，接著我伸長手，打開他那側的車門，把他推出去，跟在他後面下車，拖著他走進小巷口。

奈斯繼續往前開了一百碼，停在和五棟豪宅等距的地方，和它們當中的任一棟比起來，一百碼外的一條圍籬內的小路可說不值一顧。她迅速跑步回來，微微踮著腳尖，毫不鬆懈，匆匆尾隨我們進了小巷，並且超越我們，在前面帶路。我催促查理跟著她走，老傢伙氣喘吁吁的，也許是因為憤怒或不舒服，我看不出來，不過無論是哪一種情況，他都證明他說了實話，他的鼻子的確沒問題。

我們進入碎石空地，奈斯帶頭，左右掃視了一番，接著是查理，腳步顛簸，高級長褲飄動著，我殿後，一邊查看後方，查看左右兩側，查看前方那棟門上掛著**滾球俱樂部**牌子的小木屋。奈斯彎下身，移開石頭，又直起身子，說：「鑰匙不見了。」

查理·懷特站在那裡，急喘著。

我沒說話。

她說：「我確定是這顆石頭沒錯。」

我說：「他們換了門鎖？」

「為什麼呢？」

我沒答腔。一間小棚屋，在我出生前建造的。你去向那位死了五十年的木匠抱怨吧，班尼特這麼說過，也許是一位優秀的藝匠，但使用的是劣質的戰後物資，加上六十個寒暑的洗禮，意思是這棟小屋相當堅固，但又不是太堅固。我邁開三大步，用腳跟踢穿門鎖，然後一個彈跳踹開門板。

雙筒望遠鏡沒了。

廚房高腳凳沒了，三腳支架沒了，窗前那條狹窄通道空蕩蕩的。

奈斯說：「這就是你說的即將發生的怪事之一？」

我說：「不是，這也實在太怪了。可是就像那人說的，事情都發生了。」

我把懷特推進屋內，讓他坐角落裡，靠著一袋滾球雜物。我打開手機，輸入班尼特的號碼——前一天他的簡訊附帶的——給他傳了封訊息。

寫著，**查理．懷特在我們手上。**

我想像格洛斯特郡的電腦呼呼地運轉，趕緊關掉手機。

奈斯說：「有用嗎？」

我說：「不曉得，但我敢說肯定會有狀況。」

懷特注視著我們。就五官來說，他的眼睛不如鼻子搶眼，可是相當漂亮，而且靈活，在我們之間來回梭遊，也可能是在對於自身處境的兩種不同劇本當中游移。第一種由我主演，一個身在異鄉的大暴徒，不自量力地捅了馬蜂窩，蠢得招惹上他這號人物，也就是說我只有死路一條，而他絕不會有事，這只是遲早的問題。過程中或許會有那麼點不快，但最後結果無庸置疑。他是價值極高的籌碼，不會被輕易做掉。而對羅姆佛小子幫來說一點點不快根本不算什麼，他們什麼大風大浪沒見過。

可是第二種劇本是由奈斯主演，她的年輕，她那活躍的精力，還有她的口音，帶有耶魯和蘭利腔調的伊利諾州南部鄉音，全部透過一種肯定是在頗有規模的農場成長才可能有的清亮嗓子說出。她是一種典型，現今世界的產物，也許連倫敦人都能認同。她無疑是聯邦幹員，所以她所謂被掃到颱風尾的奚落言語很可能是真的，換句話說他在這場交手中被當成了人質，而再怎麼說查理．懷特都不可能讓自己成為兩軍交戰的人質。但就算是主教或爵士有時也會被犧牲掉，因為當今的世界，執政者最大，各擁著自己的三個字母縮寫的情治單位和影子單位，這女孩肯定就是那些單位的成員。不然還會是什麼？她肯定是某種大型國際情報任務的一分子，如此一來就不只是倫敦和查理的事了，而查理的免死金牌也沒了，人質可不是有價值的籌碼。

懷特不知道該怎麼想。

「查看一下，」奈斯說：「班尼特也該有回音了。」

我又打開手機，看著它搜索新訊息，找到了，並且把我在空檔中遺漏的所有訊息顯示出來，結果只是一則班尼特傳來的簡訊，裡頭寫著：**你們在哪裡非常緊急有新消息複述極度緊急最新消息必須立刻商討。**

沒有標點符號，什麼都沒有。

48

我們挖空心思躲避電子監控，這會兒卻被要求亮出底牌，向英國人交代我們在哪裡。奈斯說：「看來我們非得照做了。」

我沒說話。

她說：「你一直在向他要資料，關於防彈玻璃，他已經拿到了。你得聽聽他有什麼話說，很重要也不一定。事實上一定很重要的，瞧他的用語。」

「除非他在作假。也許他很氣我們行蹤不明，畢竟這事由他主導，他有必要掌握我們的行蹤。也許他把這看成一種挑釁。」

「他是你的軍中兄弟，看看他寫的，他會對你撒這麼離譜的謊？」

「他們統治世界靠的可不是做好人。」

「你打吧。」她說。

我把手指放在關機鍵上，停在那裡，按住可是沒壓下。然後我改變主意，把手機交給奈斯。她的拇指比較靈活，也比較小。我說：「叫他一個人來。」

我不確定班尼特會在那個巨型十字路口堅守多久，但說不定他很早就察覺事情無法照計畫進行，因此他很可能已經捲舖蓋走人了，這樣的話他最快二十分鐘就會到達齊格威爾，最慢則要四十分鐘，假設他在那裡苦守到最後的話。真的很難說。

如果步行，只有一條路通往滾球俱樂部，就是那條一碼寬的小徑。無疑地這裡有一些由來已久的穿越鄰近土地的通行權和使用權，以便讓割草機、大型滾轉機或其他用來讓草坪維持得如此平整的機械通過，而如果霹靂小組趕來，他們會使用直升機然後降落在草地上，但如果班尼特獨自前來，他應該會走路。

懷特仍然盯著我們看，仍然拿不定主意。我大部分時間都望著窗外，可是沒了夜視望遠鏡，可看的實在不多，只有黑漆漆一片，朦朧的樹林，還有四分之一哩外，小喬伊所在街道傳來的遙遠光暈。看不見細部，幾乎分辨不出他住哪一棟，儘管是大房子。奈斯坐在凹凸不平的帆布袋上，兩手插在外套口袋裡，一手無疑握著葛拉克的槍柄，另一手也許握著她的藥瓶。我很想說，**今晚大概不是戒掉樂復得（Zoloft）的好時機吧**，可是沒開口，因為我想她會希望我正經點。況且，說不定她根本沒想鎮靜劑的事，這樣的話我還是別提醒她的好。也許她只是想讓雙手暖和點，晚上變涼了，白天相當晴朗，可是天黑後氣溫下降不少。

十五分鐘後，我走到外面，順手把被撞壞的門帶上，大步穿越碎石地到了空地的另一頭，從這裡可以從斜角觀察小巷口和滾球俱樂部秘密基地之間的範圍，我最多也只能這麼做了。我不想進到巷子裡，不想跑到街上，我需要一條脫逃路線，以防萬一，而對我們最有利的路徑就是經由環繞在我們四周的花園和草坪，而不是沿著那些充滿危險和風險的公用高速公路和側道。

另外我也希望至少能有點先發制人的作用。萬一奈斯必須開槍，她一定是從棚屋正面射擊，因此我從九十度角開槍也是合理的。基本的三角劃分法，好處說不完。倒不是說看得有多清楚，顯然滾球俱樂部否決了所有外部照明的提議，空地後方遠遠的有幾棟房子的房間亮著燈光，夜空中也有一般都會區常有的光暈，整座城市映著從低懸的夜間雲層反射回來的光，呈現大片均勻的霧黃色。可是除了這兩個暗淡的光源之外，我眼前可說一片漆黑。我的後腦袋告訴我，班尼特是中等身材，在他的槍口閃光後方的中圍大約是三十七吋。

我等著。

我在涼冷的戶外待了七分鐘，加上在屋內的十五分鐘就是二十二分鐘，這告訴我班尼特果然早早就放棄計畫，躲到某個指揮中心去靜候事情發展了。因為這時我聽見腳步聲從小徑的另一頭傳來，一種輕柔、低緩的聲音，被兩側的板條圍籬放大同時又壓低了。接著，當他走近，我聽見他的鞋底踏在薄薄一層砂礫上的微弱吱嘎聲，有一度我聽見一種啪啪的摩擦聲，就好像不平坦的路面讓他搖晃了一下，他手中的某樣東西撞上了木板條。聽聲音像是某種皮革製的東西，我心想。

他走進空地，停住。我可以看見他的臉，很模糊，一片蒼白的微光，可是除此之外什麼都看不見，當然也看不見他的雙手。

我等著。

接著他開口了，依然是唱歌般的嗓音，彷彿我們單獨在一個房間裡，而我距離他有六呎遠。他說：「李奇？你大概在我左邊或右邊九十度的地方，我帶了手電筒，我不會照你，我會照我自己，然後我會用手電筒在那條步道照幾下，讓你知道我是一個人來的。」

我沒說話。

我看見一條手電筒光束亮起，在地上跳動，接著手電筒在他手上翻轉，他拿著它照射自己全身上下，好像那是滅火泡沫，而他身上著了火。他穿著平常的衣服，他手上的東西是一只公事包，最後他讓光束像淋浴花灑那樣高高地從他頭頂往下照射。

我說：「可以了，我相信你。」

他往我的方向瞥了眼。站在光束中，然後把光束往下移，開始往門口走去。我跟著他進入。他把手電筒直立在地板上，讓從天花板反射回來的光將我們所有人照亮。他將查理・懷特仔仔細細打量了一回，然後回頭看我。

我問他。「望遠鏡怎麼回事？」

他說：「被我移走了。」

「為什麼？」

「它們不只是望遠鏡，記得吧？還能錄製影像。回想一下歷史，誰最不容易惹上麻煩？錄影帶上的人，或者不在錄影帶上的人，因為打一開始錄影帶就不存在？」

「你在找我們？」

「我們應該要互相幫忙。」

「謝了。」

「我以為今晚會有行動。」

「你收到我要的資料沒有？」

他頓了一下，接著說：「我收到資料了。」

「但不是我的？」

「我想應該也算是你的，我想應該讓你知道，裡頭有很多是你的論點。」

「例如？」

「謬誤的論點。」他說。

他蹲下，打開公事包，我看見裡頭有一張照片，黑白照，他把它拿起來，舉到光線下。他把它平等地遞給我和奈斯，像某種贈禮儀式，於是她捏住它的左緣，我捏住它的右緣，把它舉在我們之間。這不是一張普通相紙照片，而是從電腦列印出來的，紙張很薄，成色很暗淡。也許是電郵附件，用事務機印出來的。

照片中是一名死者，躺在像是醫院病床的床上，醫院像是外國醫院。牆上的塗漆看來不太一樣，也許是酷熱的地方，會給醫院地板鋪上黃色陶磚的那種國家。床很窄小，是用上了白漆的鐵管做成的。床單十分緊實平整，毯子顏色淺淡，沒有任何標記。護理水準相當高吧，或者只是為了上鏡頭做做樣子，因為這照片顯然是某種官方檔案紀錄的一部分，有人站在床尾拍下照片存檔。從攝影角度和取鏡就看得出來，就像犯罪現場的照片，上面還印有日期和時間。雖說不確定究竟是哪個國家，不過時間很近，或者該說非常近。

顯而易見，床上的男子死狀極慘。他的前額有一處看來像槍傷的痕跡，皮膚全綻露開來。不是子彈射入傷，也不是射出傷，而是一條裂溝，像是打偏了的，撕裂皮膚但只是擊碎骨頭，並沒有穿透。也許是不幸被跳彈擊中。

不是新的傷口，肯定不是，我幾乎可以從紙張聞出那氣味。我見過類似的傷口，看樣子起碼在十二到二十天之間，這是我的推測。而且並沒有痊癒，沒有一點好轉跡象，看來像是很快就得了敗血症，而且迅速惡化，無疑地這次感染還引起了嚴重發燒，看來這人為此受了一番折騰，激烈掙扎、盜汗，輾轉發抖，變得蒼白消瘦，瘦得皮包骨、顴骨突出，最後由一個政府職員敷衍地拍了照片。安息吧，不管在哪裡。無從知道這人三週前是什麼模樣，只能說他可能是白人，頭骨是普通大小。

我說：「所以？」

班尼特說：「他是我們鎖定的幾名退休狙擊手當中的一位。」

「然後呢？」

「他在很久以前受雇到委內瑞拉出任務，可是那裡的情況大亂，你也知道怎麼回事，搞得爾虞我詐，這位仁兄和警方發生槍戰，他逃掉了，可是頭部中了一槍。他沒有好好治療，因為他已經成了逃犯，躲在人家的雞舍裡，試圖把子彈挖出來。他吃生雞蛋，晚上直接從水管喝水。可是傷口感染得很嚴重，有個女人發現他神智不清，用小貨車把他送到醫院——把他放在車子後面的載貨平台——經過一天他死了，沒有名字也沒有證件，可是院方覺得他像外國人，於是把他的指紋放到國際刑警的系統裡搜索。」

「然後呢？」

「他是威廉・卡森。」

49

班尼特說：「現在只剩下科特狀況不明。這麼一來有兩種可能，這顯然讓他們慌了手腳，因為這下他們必須作出抉擇，要不就你錯了，兩次槍擊其實是同一人幹的，或者他們錯了，除了他們掌握的那些人，世上還有更多狙擊高手。」

我說：「他們偏向哪一種？」

「我相信他們很想怪到你頭上，但又不能不理性行事。說真的，其實他們根本不清楚。」

「連心理學小組委員會也不清楚？」

「沒錯。」

「這是選項一，」我說：「科特是單獨行動。」

「根據什麼？」

「阿肯色州的一個缺牙鄉巴佬。」

「你承認你錯了？」

「我承認我被誤導了。」

「被什麼？」

「現在影響還不大，接下來該做的咱們還是得去做。」

「是什麼？」

「我們必須設法把小喬伊誘出來。」

「怎麼做？」

「我們得當面和他談判，這筆交易太大了。」

「什麼交易？」

「我們要把查理賣給他。」

「類似贖身？」

我搖頭。「類似買賣，目前大家只知道查理被不明人士抓走，所以我們可以在檯面下和喬伊討價還價，而他可以從查理身上壓榨任何他想知道的幫派資訊，再也沒人會比查理更了解了。各取所需，皆大歡喜。因為，如今喬伊已經取得小子幫的所有帳戶號碼和密碼，而且知道所有屍體藏在哪裡，他自動成了新幫主了。」

「他會接受嗎？」

「你在說笑嗎？」

「我是說，他能不能明白這當中的利害？」

「這種事和DNA有關，就像那些叛國特務。他半夜都會自己跑來的，而這正是我們要的。」

「你對卡森的事為何不太驚訝的樣子？」

「只是一種直覺。」

「關於什麼？」

「喬伊把他的保鑣人數加倍，並沒有增加為三倍，然而他是個很講排場的人。所以他屋內只有兩個人需要保護，喬伊和科特。」

「為什麼不是喬伊和卡森？」

「巴黎事件的子彈是科特的，化學成分報告說的。相信我，約翰・科特絕對是這一切的重心。」

「不，G8峰會才是重心。」

「G8安全得很，這點你也可以相信我。」

「在我們逮到他之前不可能安全，他是最後一個。」

「G8峰會始終就不是他的目標。」我說。

「那什麼才是？」

「我需要關於防彈玻璃的資料。」

「會給你的。什麼才是目標？」

「跟我們接下來要做的事不相干的東西。」

「我們接下來不會有動作，他們還在討論。」

「誰？」

「心理學小組。」

「科特在小喬伊家裡，他們只需要知道這點，告訴他們是我說的。」

「他們會說你的信用已經打了折扣。」

「那麼我會做每次我鬧脾氣，我母親都會叫我做的事，我會數到三。」

「什麼意思？」

「你會數到三嗎？」

「當然會。」

「數數看。」

「一，二，三。」

我說：「像時間滴答滴答那樣數三秒。」

他說：「一秒鐘，兩秒鐘，三秒鐘。」

「威爾斯人都這麼說？」

「全世界的人都是這麼說的。」

「不，不對。我們會說一千零一，一千零二。」

「聽起來應該要像時鐘滴答滴答響，本來就是時鐘嘛。秒鐘、秒鐘、秒鐘，就像某種帶有擺錘的東西，掛在你祖母的會客廳。」

「真不錯。」

「你到底想說什麼？」

我說：「約翰・科特在小喬伊家裡。」

班尼特頓了一下，凝視著對面的屋角，接著說：「我們應該和懷特先生釐清一下這些荒唐的流言。」

老查理聽見這話，微微退縮了一下。無疑地小子幫經常向頑抗的消息來源盤問各種問題，而且無疑地他們會使用各種手段，讓整個過程從粗暴演變成悲慘，而且很顯然他不會期待一個政府探員會表現得比較寬大。

班尼特走過去，久久端詳著那個人，然後從口袋掏出一支彈簧折刀，英國人叫做跳刀。他壓下按鈕，刀刃呼一聲猛地彈開。也許是古董，這種刀有很長一段時間是非法的，也因此非常難找到好貨。他讓刀柄橫在大拇指上，四根手指輕捏著它的上緣，然後將刀刃移近查理的臉頰，像個準備拿剃刀替人刮鬍子的理髮匠。

查理微微往後挪動身子，直到腦袋緊貼著後面的木板牆。

奈斯說：「這算是正式行動嗎？」

班尼特說：「放心。」

他用刀刃撥弄著我用來封住查理嘴巴的防水膠布的邊緣。他挑開了一點，然後用指甲把它剝離。他割掉大約四分之一吋，然後從頭再來過，挑開，剝離，割除，一次割掉四分之一吋，直到割除足足兩吋寬。然後他又用刀刃挑開一小片，用左手的拇指和食指捏住，接著把膠布從查理嘴巴上剝離，不快不慢，就像護士更換繃帶那樣。查理咳了幾下，把嘴巴湊到肩膀上擦了擦。

班尼特問他。「和喬伊一起的是誰？」

查理說：「我不知道。」

班尼特的彈簧刀仍然打開著，查理的雙手也仍然被綁在背後，整個人死命地往屋角擠縮，但已經無路可退。

班尼特說：「你把槍賣給這個國家各地的流氓，你兜售海洛因和古柯鹼，你借五十鎊給一個必須養家活口的人，卻要他還你一百鎊，你把拉脫維亞和愛沙尼亞的少女帶進來，逼她們賣春，等到沒了利用價值就丟給喬伊。所以從一到十打個分數，你認為這世上有人會在乎我要對你怎麼樣的可能性有幾分？」

查理沒吭聲。

班尼特說：「你最好回答，懷特先生，這樣我們才能取得共識。從一到十，十是非常可能，一是非常不可能，打個分數吧。」

查理沒吭聲。

「了解，」班尼特說：「你自己也說不準，因為這問題有詐，這些數字不夠低，全世界沒有半個人會在乎，半個都沒有，反正根本也沒人知道，明天你說不定會在敘利亞、埃及或關達納摩。我們的做法和以前不同了，你的組織窩藏一個準備暗殺英國首相或美國總統的狙擊手，你是賓拉登第二，最起碼也是哈立德・謝赫・穆罕默德。」

懷特說：「鬼扯。」

「哪個部分？」

「全部，我絕不可能派人暗殺首相。」

「為什麼？」

「我投了他一票。」

「和喬伊一起的是誰？」

「我不清楚是誰。」

「可是你知道有人住在他家？」

「我沒見過那個人。」

班尼特說：「他替你解決掉卡雷爾‧里柏，讓你賺進大把鈔票，還誘使你和塞爾維亞人握手言和，因此你提供他全年無休的藏身處和保全。這麼重大的一樁交易，你竟然從不曾和他面對面說話？」

查理沒吭聲。

班尼特說：「我認為你在鬼扯淡，我認為你什麼都知道，包括目標人物。」

查理說：「我要見我的律師。」

班尼特說：「關於關達納摩灣拘押中心，你有哪個部分不懂的？」

查理沒說話。

班尼特說：「假設一下，如果一個處在你的假想處境下的人涉及這麼一件交易，他會不會覺得有必要親自批准某些細節？」

「當然會，但這只是假設。」

「包括目標人物？」

「當然包括。」

「為什麼？」

「必須是可接受的才行。」

「什麼人會被排除在外？」

「當然是婦女和小孩，還有皇室家族。」

「還有首相？」

「這會是他們的一大步，當然，只是假設，我相信那些人還不曾招惹過這類政治人物。」

「只針對小咖的？」

「只是假設。」

沒回應。

「所以你知道誰是目標，因為你親自批准過。」

班尼特說：「這就像報上大家經常辯論的那些哲學問題，假設你必須在太陽升起之前找到那枚定時炸彈，你能做到什麼程度，既合法又合情理？」

沒回應。

「目標是誰，懷特先生？」

查理沒說話。他看看班尼特，又看看我，又看看班尼特，來回看著我們，帶著類似哀求的眼神，像是需要我們批准他分別給我們一個不同的答覆。

我說：「暫時打住吧，班尼特，反正接下來我們要做的事還是得去做。」

班尼特看著我，看看查理，又看看奈斯，然後肩膀一聳，退回原來靠近窗口的位子。當他往窗口一站，被撞破的門砰地打開來，一個人拿著槍走進來，後面緊跟著另一個，小棚屋一下子悶熱擁擠起來，總共六個人。可是接下來更要命。一條和樹幹一樣粗的腿出現，在膝蓋處彎曲，接著是一片寬厚的肩膀，彎曲的背脊，和低垂的腦袋，從外頭掛著**滾球俱樂部**的門楣底下通過，然後小喬伊本人活生生站在我們面前，在小棚屋內直立著，將近七呎高，屋子的單邊斜頂剛好框住他碩大的頭和肩膀。

50

喬伊的龐大身軀把他的兩個手下向前推擠，我們沒有空間後退，於是所有人像在地鐵裡那樣擠成一團，使得我們和他們之間的接觸提早發生，喬伊的手下之一擠壓著奈斯，抓住她的手肘，把她移到他前面，也許用槍抵著她的背。另一個用同樣手法對付班尼特，因此我沒出手，葛拉克留在我口袋裡，除了脖子肌肉扭傷之外我沒有任何動作。

面對面近看，喬伊比我想像中更可怕。他和我多年前參觀西點軍校校舍時見過的一些足球選手、棒球隊等運動健將不同。那些人非常壯碩，但也很安靜、專注，尤其非常自制，就好像整個人都聽從大腦額葉指揮似的。喬伊全然不是這麼回事，他和神經質矮個子是完全相反的兩個極端，可是相同的是，他也會時不時抽搐、跳動幾下，看來很狂亂。他的眼窩深陷，下嘴唇鬆垂著，遮住短小的下巴。他張著嘴巴，右腳輕點著地板。他的左手縮成拳頭，右手張開成弓形，非常僵硬。

他先看看懷特，接著別開頭，然後看奈斯，上下打量了一回，接著看我，同樣上下打量，最後是班尼特，直視著他的眼睛，然後說：「你以為我沒發現籬笆被吹倒了？還有那棵樹？你當我是傻瓜？你以為只有你買得起夜視雙筒望遠鏡？我們以為你走了，但還是過來查看，果然被我們逮個正著。」

班尼特沒回應。我認出喬伊的兩名手下，他們曾經出現在小超市的停車場，搭黑色捷豹車，安全人牆四人組當中的兩個，萬中之選。站在主子旁邊，他們看來像小矮人。我猜另外兩個大概在外面草坪上，在寒冷和黑暗之中。我猜司機還守著停在一碼寬步道另一頭的賓利車。我兩手放進口袋，右口袋放著葛拉克手槍，左口袋放著割氈刀。我瞥了眼窗外距離四百碼遠的大片昏暗街廓，暗暗希望科特的步槍沒裝夜視瞄準鏡，那樣的話他想射擊我的哪一邊眼睛都不成問題。

在我背後，查理・懷特說：「喬伊，快把我弄出去好嗎？」

可是喬伊沒有馬上回應，這給了我一絲希望，說不定他正朝向某個對我們有利的方向走。**這種事和DNA有關，就像那些叛國特務。**

在我背後，查理說：「他們帶了傢伙，喬伊，有槍和刀。」

喬伊點頭，往下一吋，往上一吋，以他的龐大身軀，看來就像一毫米。押住班尼特的那傢伙鬆開他的手肘，開始拍打他身上的口袋，搜出那支已經折起來的彈簧刀，還有一把西格自動手槍，大概是P226型吧，各國特種部隊都愛的槍型。接著對付奈斯的傢伙也做了同樣的事，搜出她的葛拉克和割氈刀，還有她的藥瓶，僅剩的那顆藥片咔嗒響了一下。喬伊伸出一隻大得像垃圾桶蓋的手，那人把藥瓶放在上面，喬伊用一根巨大的手指和一根巨大的拇指捏著，把它舉到面前，說：「安東尼奧・魯納是誰？」

奈斯想開口，打住，然後再度開口，說：「我的一個朋友。」

「妳有癮頭？」

奈斯頓了一下，說：「我很努力想戒掉。」

喬伊用大得像高爾夫球的拇指甲扳開瓶蓋，蓋子掉落地上，他把瓶子倒扣在掌心，那顆藥在他看來小得可憐。

他說：「妳要不要？」

奈斯沒回答。

「要嗎？」

沒回答。

「妳想要，對吧？」

沒回答。

喬伊的手掌往嘴巴一拍，把藥片吞了下去。

他把瓶子丟在地上。

懷特說：「喬伊，真是的。」

喬伊伸出一條足足有枝幹那麼粗的手臂，一口氣將兩名手下推到旁邊，一邊一個，要他們把奈斯擠到牆邊，把班尼特擠到窗前。用手肘架住他們的脖子，同時亮出槍枝，槍口對著我。比利時的白朗寧大威力手槍。

我把雙手抽離口袋。

喬伊側著身子，踏出怪異的一大步，從兩名手下之間擠過，然後停住，和我面對面站著。

或者該說臉對鎖骨。他比我足足高出六吋，也寬了六吋，一身的肌肉骨骼，不是健美先生，就像普通人，只是壯碩很多，和他的房子一樣，整個人依比例膨脹放大。他一身汗味，又酸又刺鼻，頸子上有條脈搏怦怦地跳動。所有這種種喚起我後腦袋的古老部分，尤其是保護我們安然生存了七百萬年甚至更久的最遠古的那部分。逃跑反射，我的這種本能吶喊著要我趕緊逃離這裡。可是我沒有，我沒地方可去。我背後是牆，左邊是牆，右邊是牆，喬伊在我前方。

我仰頭看著他的眼睛，在凹陷的陰影中看見他的一隻瞳孔擴散成一角硬幣的大小，另一隻則小得有如針孔。

我說：「你還吃了什麼藥，喬伊？」

他說：「閉嘴。」

他舉起雙手，他的手指又長又粗。不像香腸，描述錯誤，他的手指寬多了，也硬實多了。比較像汽水罐，在關節的地方接合起來，指尖比我的寬一倍，指甲是我的兩倍大。

他把這樣的手指往我外套口袋裡釣，往裡頭鑽，也許有四吋深，緊貼著我，呼氣在我臉上，接著他往後一拉，把口袋從我外套上扯下來。我的手槍和刀跳了出來，鏗鏗掉在地上。他用兩腳撥弄了一陣，然後踢到後面去。接著他轉身，退回門口，逆向的一大步。

懷特說：「喬伊，別把我丟在這裡。」

喬伊轉移身體重心，從一腳移往另一腳，地板吱嘎響，原本平穩的手電筒突然掉落，一道滾動的光束穿越我們的腳踝。懷特開始躁動，逐漸不耐起來，撕扯著手腕上的膠布。我猜喬伊只花了一秒半的時間下決定，比這長的話就回不了頭了。信任關係將整個瓦解，懷疑將永遠存在兩人之間。查理將永遠記得，他手下的腦子裡曾經閃過我對班尼特描述過的種種奪權妄念。

一秒半。

喬伊作了錯誤抉擇。

他轉動巨大的腦袋，對著門外大喊。「過來，把懷特先生送回家。」

這是不可能的事，因為他的身軀堵在門口。於是他再度低下頭，縮起肩膀，弓著腰，彎下膝蓋，扭動著側身走出小棚屋，右腿，迅速彎身，左腿，然後離開了。

押著奈斯和班尼特的兩人還留在原地，手肘緊扣著他們的脖子，槍口斜斜往上指，在他們和我之間來回掃描，隨時準備應變。我看著班尼特說：「你說你加入的新單位叫什麼名稱來著？」

押他的那傢伙說：「閉嘴。」

我說：「來堵我啊。」

他沒動。我猜他沒有得到授權介入這事，除非狀況極度緊急，否則我們的命運和對待方式一概由較高層級決定。班尼特說：「我們沒有正式名稱，還沒有，目前狀況還不明朗。」

「你所屬的空軍單位也加入了嗎？」

他點頭。「這是高度整合的一次行動。」

「你能帶我們逃離這裡嗎？」

「回家嗎？」

「布拉格堡。」

「什麼時候？」

「現在最好，不過等個幾小時也還可以。」

「你太樂觀了。」

「我盡量在逆境中保持開朗。」

「歐戴不會派飛機來接你們？」

「我喜歡皇家空軍，」我說：「寧可不見女王陛下，也要搭一次。」

這時屋外的人進來，匆匆通過這間擁擠的總部，把查理・懷特扶起來，用他們的刀割斷他手腕和手肘上的膠布。他揉著臂膀，轉動幾下肩膀來活絡血液循環，接著挺起身子，不再是人質，而是回復為充滿權威、霸氣和自信的幫派頭子。他看著我，說：「你慘了，小子。很遺憾，不過你就等著受死吧。」

我望著窗外的滾球草坪，將近四分之一哩外的黑暗街道。科特是否正窺視著？我想像一扇走廊窗戶，比一般人家的走廊窗戶高一半也寬一半，窗內立著三腳架，和一具夜視雙筒望遠鏡，也許是上網買的，或者從英國或歐洲某個軍備補給站偷運來的，後面蹲著科特，眼睛對著鏡頭橡皮圈，透過圍籬和樹木倒下形成的缺口凝視著，將精確的銀白影像一覽無遺。可是他的視線相當狹窄，我們看得見喬伊的房子，他看得見小棚屋，可是我們都觀察不到太多細部。

這是好事。

他從四分之一哩外能聽見什麼呢？他們的白朗寧大威力手槍是九毫米口徑，而且就像比利時國營工廠的所有產品，製造得極其精良實在，不會發出不該有的噪音，但他還是聽得見。在夜晚的郊區，四百碼外的槍聲是聽得見的。

一定。

也許。

他的步槍是否裝了夜視瞄準鏡？

我說：「查理，等一下。」

查理停步，轉身，我立馬給了他的臉一記重擊，原本靜止的雙腳一個兇猛的右旋飛踢，卯足了力氣，部分是因為我不喜歡他，部分是因為我必須順勢去對付押著奈斯的那傢伙，不容許半點延遲。而實際過程也差不多是這樣，我一拳命中查理的鼻子——目標實在太明顯了——感覺我的拳頭整個穿透過去，接著身體墜落的力量讓他的頭往後甩，我揮動的手底下空了下來，我的身體動能讓我衝向前，先朝著奈斯、接著往她後面的傢伙推擠。

這時屋子裡有八個人，而在一間擠滿了人、地上有支手電筒滾來滾去的小棚屋裡打鬥的好處是充滿了推來擠去、胡亂衝撞的黑漆漆的近距離肉搏，完全沒辦法精確地瞄準，尤其當中還混雜著一個巨頭，邊際損害勢在難免，尤其當班尼特和對手之一打得難分難解，而我和另一個打得難分難解。奈斯非常進入狀況，一溜煙掙脫開來，掙脫前還不忘利用她的相對位置，趁著轉身時用膝蓋頂了下那人的卵蛋。這算是幫了我大忙，因為就在我向上掄起手肘的同時，那人的頭正好往下墜，使得攻擊力道加倍，等於賺到了，而且也讓我有了點餘裕去對付查理的隨從，這時他們仍然空著雙手，也已經走開去，以為查理就在他們後頭。他原本在那裡沒錯，只是這會兒已倒地不起了。

其中一人像拳擊手那樣舉起兩手，相當高，於是我攻擊他的腹部，相當漂亮的近身一擊，扎實的身體攻擊，不需要多餘動作。另一個傢伙像是準備熊抱那樣擠過來，這也算合理的動作，只是他沒能走到我面前，因為不管這場群架有多擁擠，總還是有空間可以讓我運用鐵頭功，先後退一吋，然後用上大量快縮肌，對準目標直衝過去。他倒下了，我轉身對著被我擊中腹部的傢伙，抬起一邊膝蓋頂他的下巴，他也倒下了。到這時我們大約用了三秒鐘，屋內一片嘈雜，但我並不擔心喬伊會衝進來，部分因為喬伊衝不進來，因為他無法通過正常大小的門框，部分因為就算他衝了進來，也暫時沒有危害。

因為我知道喬伊有個罩門。

班尼特表現得不錯，他的一根大拇指插進那傢伙的眼睛，另一手忙著粉碎他的喉嚨，毫不誇張，他的指尖深深掐入那人喉頭的後面，擠壓、撕扯著。他們統治世界靠的不是做好人，果然一點也沒錯。我撿起手電筒，等班尼特旁邊那傢伙倒在地上，然後在地上、外套底下搜索，找回我們原有的三支手槍，加上喬伊手下的四支同款一九三五年型白朗寧大威力手槍。幾支白朗寧都相當新，備有左右手通用保險裝置，上推鎖住，下推開火。它們都填滿了彈藥，可是槍膛是空的。他們根本沒打算開槍。我們三人把槍均分，一人一支，然後我把第四支的彈匣拿出來，交給奈斯，讓她放口袋裡。

我說：「咱們找喬伊去。」

我轉身走向門口，可是班尼特一把拉住我的臂膀。「我們不能就這麼走出去，尤其還帶了手電筒，不成活標靶才怪。」

我說：「別把這事想得太嚴重。」

班尼特看著奈斯，無言的請求，像是覺得我瘋了。

她說：「相信我們會沒事的。」

我笑笑。她也發現了，也許是從藥瓶的事看出來的。

我說：「喬伊沒帶槍，這點我們可以確定。」

班尼特說：「怎麼說？」

「因為我們知道，喬伊從長大到現在從來沒發射過手槍，或者長管槍，或者獵槍，或者BB槍，或者任何種類的槍。」

「我們怎麼知道？」

「因為世界上沒有夠大的扳機環可以容納他的手指。根本塞不進去，門兒都沒有。他大概七歲以後就沒碰過扳機了，而且我敢說，即使那個時候都已經很勉強了。這會兒他就在外面，在草地上，身上沒傢伙，而我們有一百零四發實彈和一支手電筒。」

51

奈斯拿手電筒，我兩手各拿著一把槍，因為我的口袋已經塞滿了。班尼特在我們背後，左右走動，查看我們的後方，查看我們的兩側。奈斯來回掃射著手電筒光束，速度飛快，給夜晚的微風彩繪，像頻閃燈那樣照亮各種景物，讓我們的視覺暫留作用補足中間的空缺。

沒看見喬伊，起初沒看見。光束遠遠延伸到一碼寬步道的前面一大段，他也不在那裡。就算他跑步，這會兒應該也還在那裡頭才對。因為他不可能真的跑步，只能側著身子移動，速度肯定很慢。我們查看較遠的角落——之前我等班尼特的地方——他也不在那裡，我們查看對面角落，也不在。

我們站立不動，聆聽著。沒有聲響。黃色光暈依然籠罩著夜空，可是我們周遭的房子暗了許多，陸續關燈了。人們都已經上床，他們的孩子也都在床上，不久我們將被熟睡的人們環繞。我看見各處亮著許多夜貓子的電視藍色閃光，也許在看電影，或者足球賽，或者紀錄劇情片，但願那是在教育意義上點亮人心的片子，因為它不可能在現實意義上照亮，我們正在黑暗中尋找一個巨人。

卻一無所獲，直到我終於做了一開始就該做的事，也就是把自己放在他的立場，暫且像他那樣思考，變成他。我會怎麼做？沒槍，保鑣都掛了，司機又距離太遠，無法立刻召來，側身從小巷子逃走又嫌太慢。倒也不是說我需要逃跑，也不是說我需要救援，光靠我自己就夠了，我是小喬伊・葛林，已經頂著這名號闖蕩大半輩子。

可是我要有觀眾。

在目前的情況下，這方面是有點不足。世界草地滾球大賽目前並未舉行，我們周遭的人們又都紛紛拉上窗簾準備睡覺，大概只有一個地方能讓喬伊找到觀眾，只有一個，無可否認，但絕對忠誠。一位盟友，或許已經成了朋友，而且是同行兄弟，喬伊或許會這麼以為。

約翰・科特也許正在觀看，透過高解析度雙筒望遠鏡。

或者透過夜視瞄準鏡。

我做了個手勢，奈斯關掉了手電筒，我們小心繞到小棚屋後面的較遠端屋角。從這裡我們剛好可以平視幾扇窗口，也就是說我們的視野和之前透過望遠鏡看見的只差個一、兩度，而且也看見了之前看過的整片方形草坪，可是這次草坪中央多了小喬伊，單獨站在昏黃夜空下的巨人，跳著舞，扭擺臀部，兩腳滑來滑去，揮舞著手臂，左右甩著腦袋。

我立刻明白他在做什麼，一清二楚。一種屬於動物的機巧，一種齧齒生物的智慧。**這種事和ＤＮＡ有關，就像那些叛國特務。**他手上沒槍，又如何能把我們手上的槍搶過去？就像**被熟睡中的人們環繞。他們的孩子也都在床上。**他跳舞是為了讓我們誤擊，這我們可擔不起，這裡不行。倒不是說我們打不中他，十次總有一次會擊中，或者更多。**這就像報上大家經常辯論的那些哲學問題。**一個有責任感的人能有多少勝算？可是，就算是精準無誤的一次射擊也可能造成難以收拾的後果。例如他頸子的柔軟組織，子彈將輕易貫穿，它的下一站，一間粉刷成藍色或粉紅色的臥房？或者子彈也可能擦過骨頭，以意想不到的角度彈開，又低又平，也許會擊中一個夜貓子，而戰局都還沒結束呢，或許會打成平手，進入延長賽。而他連發生什麼事都不曉得。

我能開槍嗎？當然可以，小喬伊目標太明顯了。我應該開槍嗎？不理會有許多熟睡中的孩子在他背後，左右兩側，隔著薄薄的窗玻璃？

我們退回暗處，靠在小棚屋牆上。我們大可以讓他再跳一陣子舞，我想。也許會把他累壞，但這或許是好事，希望吧。

奈斯和班尼特輕手輕腳地繞到草坪的邊緣，較遠那一側，有個像是老舊碎石小徑的地方。也許球賽裁判經常在那裡跑上跑下，或者該說主審，我對滾球規則不太熟。班尼特比奈斯走得更遠，直到兩人拉開大約二十呎距離，成三角形陣仗，這麼一來他們兩人都和喬伊以及他背後的小棚屋成一直線，萬一他們不得已必須開槍卻失手，至少流彈會被六十年歷史的木頭給擋下，或者情況更糟的話，被它延遲。

我的長褲沒有前口袋，因此我把兩把槍塞進後褲袋，然後走入草坪。我往左邊繞過去，讓喬伊的龐大身軀擋在我和他那棟位在遠處、在許多大尺寸窗口後方擁有許多射擊點的房子之間。四百碼，一秒不到的射程。開槍，一千零，遊戲結束。

我慢慢走出去，走向喬伊。他看見我逼近，從一片黃色的幽暗中隱隱浮現。我見他微笑時白牙一閃。接著他退開去，退向草坪較遠的那一角，一步步和我對應，導引著我，讓我和他在遠處的房子成一直線。他不笨。往後退了三步之後他脫離了奈斯的安全射程，退了四步之後脫離了班尼特的。我感覺他們的肩膀軟了，在一片寂靜中我聽見班尼特的手機叮一聲接獲簡訊。希望是我要的防彈玻璃資料，應該會很有意思，如果我能活著看到它的內容。

喬伊回頭查看，調整他的排列位置，然後停了下來。他又開始跳舞，來回快速移動，不時彎一下腰，一雙大腳把漂亮的草坪踩得坑坑疤疤。我猜滾球俱樂部的人要氣壞了，希望他們買了保險，或者有一大袋種籽。

我說：「聽著，喬伊，是這樣的，我必須進入你的房子，你不能在場，你的選項一是立刻同意。」

他說：「選項二呢？」

「我建議你採用選項一。」

「英國人的家就像他的城堡。」

「這我了解，喬伊，真的。可是你必須把我當維京海盜，或者窩裡反的搶匪，或者某種侵略者。我打算轟掉你的城堡，你還是別在過程中掛彩比較好。」

「如果掛彩的是你？」

「你可以幫我，喬伊。你可以告訴我科特都在哪裡活動，還有他的保鑣，你也可以指點我有哪些地方該注意的，有沒有散亂的地毯？低矮的家具？我可不想滑倒了。」

「你死定了。」

「怎麼會呢，喬伊？你身上有槍？」

他沒說話。

我說：「我想是沒有。還是除了牙齒被打斷、不省人事躺在棚屋地板上那四個傢伙之外，你還帶了其他保鑣？」

他沒說話。

我說：「我想是沒有。」

他仍然跳著舞，要跳不跳的，一下往左移，一下往右移。我跟著他移動，讓他擋在我和他的房子之間。我和他只有幾步距離，意思是他只消一步就能到我面前。以我見過的他在小超市停車場內的敏捷身手，這距離可說相當危險。

他一手放進口袋，他套裝上衣的右側。大手，大口袋。他掏出一支手機，舉到嘴巴前面，說：「去叫蓋瑞。」接著像一般人那樣把手機貼著耳朵。他的手指太粗沒辦法按鍵，他的手機聽從語音指示。顯然行得通，因為手機有人接聽。

喬伊說：「蓋瑞，我是喬伊。十分鐘後回電給我，懂嗎？要是我沒接聽，馬上棄船，眾人作鳥獸散，了解？」

顯然對方了解了，因為喬伊關掉手機，把它放回口袋，然後靜靜站在那裡。

關於打鬥，我母親有三條規定。她在海軍基地將兩個兒子拉拔長大，沒辦法全面禁止他們打架，可是她用各種限制來約束他們。第一條規定非常實際：**穿新衣服時不准打架**。很諷刺，我現在就穿著新衣服。第二條可以看成和倫理道德有關，可是對我母親來說那只是correct**（正確）**，這個字在法語中完全是另一種意思。第二條是絕不能找人打架。可是第三條卻是，**絕不能打輸**。

小時候我常常爭辯。有時候你必須出第一拳，不然你永遠贏不了。根據經驗，我覺得這兩條規定根本自相矛盾，結果這變成家裡的大事，我們進行了各種討論。當時是一九六〇年代，而她是法國人，最後我們同意這兩條規定的確有矛盾。那就把它當成羅夏墨跡測驗好了，你要遵守規定二或者規定三？我哥哥喬選擇規定二，我選了規定三。這也是第一次我雙親看待我們的方式有了些微不同。我們常常不知道哪個對哪個錯，他們傳遞的管教訊息很混亂，他們是正直的人，但他們是海軍士兵。

我服膺規定三，絕不能打輸，對我很適用，即使這意謂著偶爾會違反規定二。有時你就是得率先出手，例如，就像現在。根據經驗法則，我必須搶在喬伊攻擊我之前攻擊他。

可是他又開口了。他說：「我是羅姆佛小子幫的人。」

我說：「我想總有一個人是吧。」

「我們一向說話算話。想接近科特先生，你得先過我這一關。」

「就像看牙醫，必要時我還是會去。」

「你以為你是我的對手？」

「說不定。」

他說：「我不是很喜歡科特先生。」

我說：「我也是。」

「但我是小子幫成員，我言出必行。」

「所以？」

「所以咱們來玩個遊戲。」他略微停頓，沉思著，像是突然想出讓冗長解釋變得精簡的方法。他指了指口袋。「你聽見我講手機了？」

我說：「聽見了。」

「蓋瑞是今晚的保全組長，負責科特先生的安全事宜。你聽見我對他說的了，如果我接聽了電話，就表示你已經出局，我們可以照常過我們的日子。我是小子幫成員，我一向守信，可是我不希望我的手下在我無法在場監督的情況下面對這場大混戰。所以，如果我沒接聽電話，他們會馬上撤退，科特先生就歸你。」

52

課堂上的蘇格拉底的詰問法可能會從喬伊這番話當中耙梳出許多深層涵義，例如高風險，虛妄的忠誠、榮譽和犧牲觀念，也可能他只是好鬥，而且習慣用賄賂的方式對付敵手。無論是哪種情況，我沒空去深究，因為他後退一步，彎腰半蹲，像在等待拳賽鈴聲響起。他肯定比我先聽見了，只見他從黑暗中向我逼近，像一顆大鐵球，以在超市停車場的兩倍速度，邊用右手肘朝我襲來，有如閃電劈下，和我攻擊小貨車裡的那傢伙一般無二的冷酷畫面，他想一口氣把我解決掉。**對付突如其來的手肘攻擊，唯一的方法就是一個扭轉然後向前出手，用胳膊多肉的部位抵擋。**我照做了。**這非常痛，甚至會有麻木感。**果然沒錯，**但基本上你會穩住腳步**，我確實站穩了。

但只有一下子。以本地度量衡測量的三百八十磅重量的力道強大無比，唯一的反制方法是迅速閃到他背後，讓他跟著轉身。這麼一來我便背對他的房子，而奈斯依照約定用手電筒照在我身上，短促的兩秒，我們推測這應該會讓夜視鏡暫時失靈，而且也有干擾喬伊的附帶好處，但也只是暫時的，因此我緊接著一個左鉤拳命中他的喉嚨，一個右快拳襲擊他的腰子，使出我最大的力道，不偏不倚，接著我循著同樣的大半圓退回原位，這樣的話要是科特在強光中開槍，他會擊中喬伊而不是我，而我也能看清楚自己造成的損害。

這也並不多，有點令人氣餒。體格不算什麼，它本身不是重點，真正要注意的是那些興奮到了極點，以致對疼痛渾然不覺的人。化學作用讓他們的身體無法警告他們停手，這時候體格才會構成威脅，喬伊現在就是這情況。我打了他兩次，不算輕，可是他仍然好端端、喜孜孜地站在那裡，仍然比我高出六吋，比我多出六十磅體重。

「十分鐘，」他說：「你就這麼點時間，不過看來已少了好幾秒了。」

他說這話時臉上帶著點類似狂喜的表情，好像以前的裸拳拳擊手，一個脫逃到二十一世紀的十九世紀人類，老倫敦人，狄更斯電影會出現的那類人物，年輕，但屬於舊世界，來自久遠的年代，腿肉切割工人之類的。在這同時我的後腦袋要我瞄準他的右邊腰子射擊，運氣好的話或許能擊中他口袋裡的手機，讓蓋瑞無論如何打不進來，這會讓奈斯和班尼特接下來比較好做事。

喬伊移動腳步逼近，一個裸拳拳擊手，但不是頂尖的。他使出一個右側大揮拳──感覺像是遠從一哩外飛過來──我彎身，類似健身房裡的深蹲動作，他的拳頭從我頭頂掠過，他的動能把他大弧度往前推，這表示他的右邊腰部正好朝著我而來，於是我再度出擊，又一個快拳，猛烈一揮，足以摧毀一棵小樹、讓一隻騾子當場倒地的一拳。對我來說可以列入畢生最強三拳，算是很厲害的了，只見他承受了所有該有的力學作用，被這一拳的衝力轟得整個人劇烈往後彎，當衝擊深入他肺部時，空氣嘔一聲溢出他的身體，他一陣搖晃，腿也僵了。

可是他仍然直挺挺地站在那裡，痛苦叫喊著。他應該叫的，換作普通人早就昏迷了，五臟六腑火燒似的，背部千刀萬剮一般，氣悶得叫不出聲來。然而喬伊只吁了口氣，像業餘整骨師那樣快速扭動幾下，便重拾原來的步法。也許是鎮靜劑發揮了作用，我提醒自己有空時問一下奈斯這種藥的生理效用。

接著我變換策略，改為運動戰。既然我沒辦法把他撂倒，那麼或許我可以讓他自己倒下，因為致勝關鍵一定是讓他躺平在草地上，沒別的方法。我知道哪個方位沒有熟睡的孩子。我跳進跳出，繞圈子接著後退，再怎麼看都笨拙得可笑，可是和喬伊一比，我生平第一次成了靈活地跳來蹦去、東躲西閃的小個子。

草地相當柔軟，而他又那麼重，有三次他差點絆一跤。我繼續快速移動，主要是因為科特，但一方面也因為一個不明確的理論：在任何競賽中，先耗盡體力的總是大個子。我們繞了一圈又一圈，有一度他兩腳的動作比身體延遲了半秒鐘，我趁機用手肘進攻，可是他用了和我一樣的方法閃過，兩人跳開來然後重新來過。

我二度變換策略。看來他是不會自己倒下了，他需要一點助力。而我很樂於提供，而且隨著時間溜過，我越來越樂意。**你以為你是我的對手？**也許史嘉蘭傑洛說得沒錯，**禁不起別人挑釁**，但又不全然正確。其實這從來就跟挑釁無關，重點是對手。我不喜歡喬伊・葛林，部分因為正當的理由，例如拉脫維亞和愛沙尼亞的少女，和必須養家活口的小市民，但也是為了古老、原始的理由，因為現代人類每往前邁進一年，背後必然隱藏了七百年的原始演化，因此多少殘留了一些原始習性，而這時我的腦袋穩穩掌控了我的想法：**我的族人要你死，老兄。況且你那麼醜，又是個娘娘腔。**

我忽左忽右跳動，算準他有一條腿會落單，然後用腳跟撞向他的膝蓋骨，和踢破門板同樣的角度和範圍，但是力道比起以往我踹門所用力氣的總和還要大。也許他已經痛到不知該如何反應了，可是骨頭是實實在在的東西，碎了就是碎了，而他的骨頭也確實碎了，我透過靴子感覺到了它的碎裂。可是膝蓋骨並不是結構性骨頭，他沒倒下，反而用好的那隻腳撐著走向前，出手猛攻我的胸口，也是右側大揮拳，可是敏捷許多，快得無法察覺，我往前傾，掙扎著倒下，半死不活地喘著氣，努力想滾離，拚了命想站起來。我做到了，並且趕緊拖著腳走開，免得被他踹到沒命，不管他是否傷了膝蓋骨。

看見我倒下，這時的他亢奮到了極點，隆隆移動著朝我走來，也許步伐小了點，但還是快得讓我不得不倉皇閃避。我站了起來，躲到一旁然後重新振作。我已經想不出新策略了，而時間又只剩下六分鐘。我繼續移動，始終留意著遠方的房子，始終保持機動，有一度我把他打得痛苦扭曲，趁機再往他受傷的膝蓋骨狠狠踢過去，真正的犯規動作，但也付出了代價，因為他猛烈地反手回擊，也許只是一種憤怒反應，也許是冷靜估計我的位置之後的舉措，無論如何這次他贏了。他巨大的手背擊中我的額頭，感覺就像是全速衝向一條曬衣繩。

我平躺在地上，可是我之前的戰績救了我一命。他沒辦法轉身，整個人僵在那裡。他的膝蓋鎖死了，也許不痛，但動不了就是動不了。我背部著地匆匆爬了開去，然後硬撐著重新站起。我靜靜站了會兒，兩手扶著膝蓋，吃力喘著氣，猛眨眼睛，漂流在一種真正的當機狀態。我擊中這傢伙五次，一次左拳兩次右拳，加上兩次腳踢，可是他還好端端站著。第二記右拳足以讓任何人倒下，或馬，或猩猩，或大象。

我麻煩大了。

接著我想起那些夜貓子可能正在觀賞的足球賽，看著眼前這片沾了夜霧而變得滑溜、光滑又平坦的草坪。喬伊正背對著我。我後退一步，開始跑步，然後像滑雪轉彎動作那樣放低身子向前滑。當我的臀部碰上草地，我彎起的腳脛正好從背後撞上他的小腿肚，明目張膽的足球犯規動作，會被舉黃牌警告，甚至紅牌，如果有不良意圖的話，以我來說的確意圖很強烈。我從他腳下犁過去，小腿肚、腳踝和腳跟，他整個人飛到空中，接著用一種不輸給任何一位奢華無度的歐洲超級巨星的壯大聲勢，背朝下緩緩下降。

接下來就是在滑溜草地上重新站起，轉身，然後一個小碎步跨向前，邊從長褲後口袋抽出葛拉克手槍，接著縱身一躍，像一個正準備開心地用膝蓋先著地的姿勢撲向雪堆的孩子，只是裡頭沒有開心的成分，而所謂雪堆正是喬伊的肚子。我把葛拉克轉動了一下讓它朝下，這麼一來我身上的三個點將會成正三角形同時著地，我的左膝蓋，右膝蓋，還有葛拉克的槍口。槍口命中他的腹腔神經叢，後面跟著我的全身重量，行進中的兩百五十磅，把它直直往下壓，然後我扣了扳機。

我是規則三男人。

在法醫課堂上他們會把這叫做星狀子彈穿入傷口。由於槍口緊貼著他的皮膚，首先衝出的自然是子彈，把他的皮肉打出一個工整的九毫米直徑的小孔，不過工整沒能維持太久，因為接著衝出槍口的是大量爆發的氣體，它無處可去，只能往下穿過彈孔，深入喬伊的體腔，而這裡頭當然不像金屬槍管那麼堅硬，於是氣體迅速膨脹成一個籃球大小的熱燙氣泡，把子彈穿入點的皮膚給撐破，於是當氣體消散，皮膚回復原狀，傷口便出現五星芒的形狀。

好處一是會讓他當場斃命。以這樣的射程，多少會射中要害，畢竟這裡頭有一大堆器官：脊椎、心臟、肺臟，還有各種動脈。好處二是，這一槍的威力再怎麼強大——這是必然的——也只能殺死蚯蚓，也許還有寄生蛆蟲的幼蟲，這點滾球俱樂部的人應該要感謝我。

好處三是，喬伊的整個胸腔起了類似滅音器的作用，就好像我的槍裝了一個油桶那麼大的消聲器，他起了極佳的滅音功效。這次槍擊的聲音非常小，即使如此班尼特還是聽見了，他過來，說：「我聽到了。」

我說：「你當然聽得到，你才離五十呎遠。」

「既然我都聽見了，左鄰右舍當然也聽得到。」

他拿出手機，傳了簡訊。

我說：「做什麼？」

「打點一下，萬一有人打電話到本地警局詢問，他們會說那是汽車回火，要民眾放心。」

「有若干小關卡，在任務一開始就打通了。」

「怎麼辦到的？」

「你才知道。」

「你這麼厲害？」

我沒說話。

小喬伊口袋裡的手機響起。

響了又響。

我們任由它響，直到它停止。

我說：「咱們該走了，不能讓科特沒跟著他的保鏢一起離開。我們得監控那房子的出口，可是這兒太遠了。」

奈斯說：「兩個點之間的最短距離是直線。」說著踏上那條被暴風吹開的小徑，我們在後面跟著，越過某人最近伐樹留下的殘株，穿過另一人的籬笆缺口。

53

我們擅自穿越了四、五戶人家的院子，待在最後一個，躲在一道裝飾華麗的矮牆後面，隔街正對著喬伊的房子。就近觀察總是強過任何雙筒望遠鏡。車道上停著一輛黑色捷豹，兩道電動柵門都關著，巨大的門也緊閉著，上頭有一道黃銅投信口，一只把手，把手底下的金屬板只有一個鑰匙孔。無疑是某種新型多桿式插芯門鎖，所有保險公司都會建議使用的，倒不是說喬伊・葛林除了他的名號之外還需要保險。

說著說著，兩道柵門滑開來，巨大的前門打開，四個人湧了出來，就像飛機吐出降落傘。氣氛有些混亂，幾個人一副不安的樣子，手忙腳亂，左探右看，一人匆匆穿上外套，另一人用手指耙了下頭髮。一行人上了捷豹，駕車從出口柵門離開，進入街道，接著加速駛離，直到消失了蹤影。

柵門還開著。

約翰・科特沒離開。

沒有在第一時間，或第五，或第十。

他留在屋內，準備迎戰。

我看著班尼特，說：「你收到我要的防彈玻璃資料沒？」

「用法文寫的。」他說。

他用手機調出來給我看。是用印表機掃描的，或者機密文件傳真。內容非常長，必須不斷滑動捲軸，它被好幾個不同單位列為最高機密。我說：「會不會在五分鐘後自動引爆？」

班尼特說：「不會，但我可能會。」

我說：「謝謝你替我弄來。」

他說：「別放在心上，希望它有點作用。」

文件是法文寫的，因為法國的玻璃工業很發達，一個享譽全球的製造業成功事蹟。各式酒杯和飯店精品，同時又極為重視產業效能和強度。你可以把一只法國製餐廳高腳杯當棒球丟，說不定還摔不破。誰比他們更有資格大舉邁入現代防彈科技？於是巴黎的一間研究發展實驗室擔起了這項挑戰，目標是結合最佳透明度和最佳強度，總不能讓總統站在安全但是模糊不清的東西後面，視覺效果是很重要的。北約組織主要成員國的情報單位都捐助了資金，於是巴黎那群人拿了錢然後開始研究。

第一個意外是，它不叫防彈玻璃，而叫做透明盔甲。第二個意外是，它並非玻璃，沒有半點玻璃成分。以前的防彈玻璃是多夾層的，幾層玻璃板以軟性聚碳酸酯或其他熱塑性材質分隔、覆蓋。有些玻璃板很堅硬，有些則軟一點，較有利於撓曲。成效大致上不錯，可是有兩個問題。稍微好一點，不過組合完成的成品有點像膠合板，而且每一層的折射指數都不一樣，從某個角度看，有點像同時看著五、六個不同的游泳池。視覺效果不佳，電視畫面不好看。

因此那群科學家放棄玻璃，轉而研究鋁。在我看來有點怪，可是話說回來，化學這東西本來就不能只看表面。被列入考慮的物質叫氮氧化鋁，他們聲稱這是一種由鋁、氧和氮組成，具有立方尖晶石晶體結構的多晶陶瓷材料。文中列了個化學方程式，充滿大寫字母、小數字和優美的括弧，還有分子結構圖解，看起來像我姨婆在新罕布夏州家中餐廳掛的枝形大吊燈。

氮氧化鋁原本是粉狀，就像做蛋糕的乾粉一樣小心調和，然後放進一種叫乾式冷均壓機的機器去壓縮，接著以極高的溫度烘烤，接著研磨、拋光，直到看起來比玻璃更像玻璃。透光性極佳，相當重，但不至於礙事。

它還非常強韌。設計概要是必須能承受點五〇口徑穿甲子彈，而測試過程相當細瑣而複雜，我仔細閱讀著。我看得懂裡頭的大部分用語，但有些屬於高度技術性，比較冷僻，可是數字是全世界通用的，當我看見一百不會認不出來。這些測試用板子百分百通過了九毫米手槍，以及點三五七和點四四麥格農子彈的射擊，射程從五十呎一直到接觸性射擊，像喬伊的例子。

於是接下來他們把板子運到法國南部一個叫德拉吉尼昂的地方，就在我祖父刺蛇的地點附近，這裡有個大型軍事設施，有很多步槍練靶場。他們將靶子設在三百呎，這些板子百分百通過了點二二三雷明頓彈藥和七點六二毫米步槍子彈的射擊測試。到了這個地步，那些科學家越賭越大，他們肯定很得意吧。他們把射程縮短為兩百呎，這樣的近距離想挺過較大口徑的子彈幾乎是不可能的，而且他們還略過點三零八溫切斯特子彈、點三零三步槍彈這類強勁角逐者，直接跳到點四四雷明頓麥格農，以兩百呎，也就是七十碼不到的距離射擊。等於用戰艦對著海港圍牆射擊。

這些板子百分百通過了測試。

接著重頭戲來了。他們給點五〇口徑步槍填好彈藥，架在試驗台上。裝上穿甲彈，對這種子彈而言七十碼的射程簡直短到沒天理，可是我能了解他們的用意。

板子百分百過關。

接下來一百呎，五十呎，甚至近到二十五呎。儘管那些科學家也很坦白地指出，每次發生這類事件之後，必須把近距離看得到裂孔的板子換新。即使是科學家也很政治化地了解到，一個候選人絕不能出現在已經在之前的暗殺行動中被打得彈痕累累的安全裝備後面，就好像他才剛剛僥倖逃過一命。形象不佳，群眾可能會嚇得一哄而散。

這項計畫有大量外國資金挹注，很多外國政要仰賴實驗結果來保他們的命，因此每個實驗階段都有相關各方的代表在現場監督測試過程。他們會查證數字，問東問西，刺探秘密。他們都是情報專家，但擁有科學背景。歷練豐富卻閒著沒事做的老派人物。巴黎那些人也不在意，這跟平常的同業觀摩沒兩樣，只是時間比較緊湊。我滑動頁面，往下翻捲，瀏覽著一份參加者清單，很快找到E開頭的Etats—Unis D'Amérique。

美利堅合眾國。

五角大廈派了湯姆・歐戴去參加。

54

我看著對面喬伊家的矮牆。兩道柵門仍然敞開，燈光也都亮著，可是沒有一點動靜。我把手機還給班尼特，對他說：「你去附近溜達一下吧？」

他說：「我為什麼要去？」

「我得和奈斯小姐私下聊聊。」

「你想跟她聊什麼？」

「沒差，反正你走遠了聽不見。」

他頓了下，然後起身，隱入黑暗中，就像在巴黎公寓陽台上一樣，前一秒鐘還在，突然就消失不見了。奈斯和我肩並肩蹲下，背靠著圍牆。

我說：「我打算在這裡把妳甩了。」

她沒回應。

我說：「理由不是像妳想的那樣。我可以用十幾種方式請妳幫忙，妳也一定都能勝任愉快，但這是科特和我之間的事。他要我的命，我只好奉陪，私人恩怨，不該連累別人，等會兒我也會對班尼特這麼說。」

「班尼特還是會留下的，他必須這麼做，他得遵守規則，可是我想怎麼做是我的自由。」

「這是我和科特兩個人的事，這也有規則，就是一對一。」

「你只是說說罷了。」

「我是說真的。」

「我覺得你對我很好。」

「這種指控我不太常聽到。」

她說：「他為什麼要吞我的藥片？」

「妳是說假吞還是真的吞？」

「真的吞。」

「我猜他大概什麼藥都吃吧。那麼巨大的體格一定渾身病痛，背部和關節，所以他肯定早就常吃各種麻醉劑和止痛劑了，接著開始對手上所有的亂七八糟藥物都沾一下，最後他一見了藥就吞，職業病。」

「我不想再吃了，你看見他的嘴巴沒？噁心死了。」

「現在妳就算想吃也沒得吃了。」

「就是這原因？你認為我會崩潰？」

「妳會嗎？」

「總之我不會焦慮，我就連在後照鏡裡都看不到焦慮。」

「我們會沒事的。」

「我們？」

「妳在外面，我在那裡頭。」

「我應該幫忙。」

「這是我和科特之間的事，」我又說：「我不會和別人聯手起來對付他，事後會不安的。」

柵門仍然敞開，可是我不打算從大門進去，從那裡入侵太理所當然了，科特一定會緊盯著。軍情五處或許會研究出一個數據。**科特有六成一的時間都花在監控大門**。第二個位置是後院。第三和第四個位置會是房子的前後外牆。可是哪個是第三，哪個是第四？我推測第三是面對滾球俱樂部的那一面牆，因為截至目前所有活動都集中在那個方向。因此我反其道而行，決定前往第四個地點，房子的另一端，遠離夜視鏡，躡手躡腳穿過暗處，然後爬過圍籬。不容易，但是可行，因為鐵欄杆圍籬上有許多造型雕塑可以當作扶梯踏板。我踏上一座花圃，房子的側牆就在前方，隔著一條窄徑。它的一樓有八面窗戶，小孩子用蠟筆畫畫一定會把這種窗子畫得很小，可是眼前那些窗戶全都大得可以讓我整個人直接走進去。

我查看距離最近的一道窗戶。它的窗台到達我的胸口。裡頭是個小房間，相對地小。可能只是個小轉角或壁龕或會客室，或圖書室或辦公室或起居室。我走向下一道窗口。好多了，是一條長廊，可以看見樓梯間的底部，距離我大約三十五呎。我推測這條走廊會在某處右轉九十度角，直接通往前門。

我站著不動，吸了口氣，吸氣，呼出。接著再一次。接著我用擄來的白朗寧的槍托將玻璃打破，**啪！啪！啪！**把搆得到的玻璃全部敲碎，直到破口大得足夠讓我鑽進去。我猜科特會立刻把這看成欺敵戰術，聲東擊西。他一旦跑來查看，我便會隨後由前門進屋子。他會這麼推想，因此他會跑到前門去看守。只是，他是職業性地多疑，因此緊接著他會認為這是雙重欺敵，因而照原先計畫跑過來查看窗戶，和我遇個正著。因此我採用三重欺敵戰術，全速奔向大門。我知道大門開著。因為那種門鎖，人無論進出都必須停下來使用鑰匙，而那群保鑣離開時並沒有這麼做。他們穿上外套，順了順頭髮，便跳上捷豹車，踩下油門，沒有半點耽擱。

門把非常漂亮，膨脹成大約三十吋高的喬治亞風格精品。我轉動的把手有一般人的胳膊那麼粗。到了屋內，我看見鋪著黑白大理石地板的大廳，和足足有一棵蘋果樹大小的枝形吊燈。

沒看見科特。

好現象。於是我讓前門完全敞開，準備大開戰火。大廳後方是一段長長的走廊，盡頭有個樓梯間，這表示通往破窗戶的那段走廊是在九十度角的左側。

我走了進去。

沒有科特的影子。

這表示，如果他沒像我一樣採用三重欺敵，而停在雙重欺敵，那麼這時他應該正在查看破掉的窗戶，或者就近一間一間地搜索房間，逐一檢查那些煩人的小轉角、壁龕、會客室和圖書室、辦公室、起居室。

他就在我左邊，九十度角的地方。

我通過大廳走向長廊。和一般走廊一樣，它呈現長方形，長度比寬度大上許多，擺了走廊式家具，左右兩側有許多房門，通往大房子常有的那類房間。可是我看過許多大房子，喬伊的房子感覺很不一樣。我記得看過許多比普通房子相隔更遠的房門，暗示著裡頭有許多大房間，結果發現它們比意料中還要大，主要是因為那些牆壁一道又一道沒完沒了，就好像房間在說，**知道我很大了吧，因為我的牆面沒有盡頭**。換句話說，因為比例。說穿了喬伊這房子只是一棟整體一致地膨脹放大的普通房子。房間很大，可是並不顯大，因為所有房門的相隔距離很正常，只是這些房門都起碼有九呎高，包含門框線更超過十呎，因此正常距離只是一種錯覺。

在任何設計家雜誌裡頭，那些大理石地磚都是兩呎見方，可是在喬伊家是三呎，足足有一碼。一棟時髦維多利亞式房子的護牆板高度是十二吋，在喬伊家它們有一呎半高。一般門鈕只到我的大腿高，喬伊家的門鈕卻高達我的肋骨。以此類推。實際結果是我感覺自己好小，像是被一個科學怪人縮小了，也許那群研發鋁玻璃的傢伙會有興趣來研究一下。

而且顯然感覺也變慢了，無論到任何地方都得多花一半時間，看來只要三步就能從A走到B的，實際上卻走了四步半。感覺好像走在糖漿裡，或者後退走路，東奔西跑卻哪裡也到不了。就好像搭上往下的電動手扶梯，像是進入一個異次元空間那樣沒了方向感。

我停在我估計距離走廊轉角約莫六呎的地方，但其實或許有九呎。無論如何，我屏息聆聽，沒有任何動靜。沒有腳踩碎玻璃的輾軋聲，沒有開門或關門聲，我一步一步走向轉角，或者四分之三步，或者一步半，隨便啦。我左手拿著白朗寧，右手拿葛拉克，槍膛裡有一發子彈，彈夾裡有十二發。截至目前用掉了五發，四發打在查理家的捷豹車蓋底下，一發打進滾球俱樂部的土壤裡，透過喬伊。

我推測要是科特正在轉角等著人頭出現，他應該會是以普通高度站著，純粹基於一種預設本能。可是什麼叫普通？眼睛高度距離地面大約五呎六吋吧，也就是一般房間高度的五成五。換算成喬伊這間遊樂屋的尺寸大約是八呎三吋，這表示科特的視線會越過我的頭頂。但就算這樣我還是決定穩紮穩打，我要確保他的視線能越過我的頭頂。我蹲得低低的，瞄了下護牆板的頂端，由於它誇張的木作安裝高度，我的視覺變得非常舒適自在。

我想像我的眉毛和眼睛，突然清楚了起來，可是在誇張的牆壁飾條旁邊顯得好小。

沒看見科特。

我看見大理石地板上的碎玻璃，從窗戶掉下的，我看見幾扇關閉的房門，通往會客室、圖書室和起居室的。不見科特人影，他會不會躲在門後面？也許只是經過吧。也可能他一直沒動，也許他還在樓上，在大客房裡，像狙擊手那樣耐心等候，他的五〇口徑巴雷特步槍架在桌上，瞄準著套房門口。

我回想我們看過的建築師藍圖，客房位在這房子的左後象限，大致在廚房側翼的上方。上樓接著右轉。我又站起，查看了前後左右，深吸一口氣，吐氣。

然後走上樓梯。

55

樓梯往左上去半截，接著轉一百八十度彎來到中間平台，接著往右繼續後半截。就像這房子裡的一切，這樓梯很普通，但是尺寸加大，因此我爬得很吃力，每一級都比爬普通樓梯高出一半，每次舉步的距離也都比我的肌肉記憶預期的要長出一半，才能到達下一級，然後再重新來過。加上我意識到，爬到一半我的後腦勺就會透過鐵欄杆或紡錘形立柱——不管當初木匠採用的是哪種形式——被看見。科特很可能就在上面，俯臥著，槍口對準樓梯扶手。我爬上中間平台之前就會被他擊中背部，大約十二呎射程，也就是四碼，而我的身體又不是氮氧化鋁打造的。

因此我緊貼牆面，倒退著往上爬，直到看見二樓走廊。是空的，沒有科特的影子。我匆匆上了二樓，發現這裡幾乎是樓下走廊的翻版，只是地面鋪了地毯，而非大理石。地毯寬闊得有如一片剛割過草的牧場。我看見好幾道門，全都有九呎高。一條長廊，更多房門，全部關著，兩間在左，兩間在右，一間在正前方，走廊的盡頭。我猜那間就是客房了，打算直接走過去。

不過在巨人房子裡的走廊直接迎向對手有個好處，就是多了許多迴轉空間。普通房子的二樓走廊肯定會是狹窄的射擊區，可是多出一半的空間讓我可以從容避開中心線。因為說不定科特已經擺好了裝備，他的槍，預先瞄準了，鎖在地上，隨時準備射穿牆面。也許槍上裝了紅外線瞄準器，也或許他戴了X光透視眼鏡。

可是我安然到了走廊盡頭，身體緊貼著他的房門，然後手一翻讓白朗寧的槍托朝上，用它敲了敲房門。

我說：「科特？你在房裡嗎？」

沒有回應。

我再敲，大聲了點。

我說：「科特？開門。」

我想他應該會開門。在槍械世界中，門其實已經打開了。我們兩個誰都可以一槍打它射穿。就他來說，他可以把任何東西射穿，如果他想單憑聲音瞄準的話，他是可以的。在他眼裡，這些牆面和地板都不存在，他活在一棟透明的房子裡。

可是他應該會想親眼看看吧，這是一定的。把照片釘在臥房牆上，睡前看，醒來也看，他一定很想看見我吃子彈，一定很想看著我倒下，說不定他每天練瑜伽時都會想像那情景。**想像自己夢想成真的畫面**，他熬了十六年，他可能會把房門打開。

我說：「科特，我們應該先談談。」

沒有回應。

我說：「不傷感情，沒有怨懟，你忘了我，我忘了你，我們各走各的路。你也該釋懷了，沒必要在這上面過不去，我讓很多人坐過牢，沒人像你這麼會記仇。」

我聽見嘎一聲，一時間我以為是房門，可是聲音是在反方向，在樓梯頂端。從眼角，我看見一個小孩閃過，速度飛快。奔上樓梯，通過走廊然後便消失了。一個小男孩吧，班尼特怎麼沒告訴我？他母親在哪？這是怎麼回事？

我把扣著葛拉克扳機的手指鬆開。

接著我的後腦袋說，不是小孩，不是胖嘟嘟、瘦巴巴或靈巧輕快。而是僵直、疲累又緊張的樣子，就像成人。一個矮小的成人，約莫五呎七吋，掠過五呎高的樓梯扶手，從一呎半高的護牆板前方、十五呎高的天花板底下溜過。

不是小男孩。

是約翰・科特。

我努力在腦中回想那張建築師藍圖，想要看清楚細部。樓上的走廊是前後貫通，從樓梯頂一直延伸到大門上方的一扇風格窗戶，同時又通向左右兩側，一邊是客房，也就是我所在的地方，另一邊是一間巨大的主臥房。剛才科特並沒有向我跑過來，而且我猜他應該不會到風格窗口去閒晃，幹嘛那麼做？因此他應該是進了主臥房。

我聽見底下有個聲音。班尼特，在樓下走廊大叫。「李奇？你在上面還好吧？」

我回喊。「快出去，班尼特，你沒必要捲進來。」

我等著回音，可是沒了下文。

我試著打開客房門，門沒鎖。我走進去，環顧了一圈。我看過類似的飯店房間，可是小了一點，各種生活設備一應俱全。小門廳、盥洗室、開放式小廚房、起居室，和兩間臥房，左右各一間，兩間都有專屬的浴室。左手邊的臥房沒人，右手邊那間擺著科特的私人物品，東西不多，只有一捲睡鋪和一只後背包。在阿肯色時奈斯就猜過，看來多少被她猜中了。睡鋪是一條睡袋，後背包是斑駁的黑色皮革旅行背包，裡面裝滿T恤、內衣和彈藥。

那些彈藥不是九毫米的帕拉貝魯姆子彈就是點五〇口徑步槍用的同級彈藥，兩者外觀有顯著的不同。手槍的彈藥小巧精緻，好像珠寶，步槍彈藥看來就像戰鬥機的砲彈，光是彈殼就有四吋長。

我想得到的地方都搜遍了，就是沒發現手槍。

但是我找到了步槍。

在科特床底下，裝在一只訂做的箱子裡。一支巴雷特M82型狙擊步槍，真貨，超過五呎長，裝上瞄準鏡和彈藥之後重達將近三十磅。田納西州製造。價格相當於一輛二手轎車，錯不了。我把它的瞄準鏡踢歪，這是時間急迫下我唯一能做的，接著我匆匆回到走廊。

藍圖上顯示我必須步行三十呎，接著右轉，再走二十呎，然後左轉，進入一個類似臥房前室的開放空間，在藍圖上它應該會被稱作壁龕或小轉角吧。臥房門設在面對走廊的牆面，我仍然用左手拿白朗寧，右手拿葛拉克，像老黑白電影裡的槍戰高手，倒不是說我相信那些電影情節，我從沒看過有人可以左右手同時瞄準，總之太難了，還是把重點放在葛拉克上，當它是我僅有的一把槍，萬一白朗寧不巧也擊出，沒瞄準也沒同步，那也不錯，反正無傷。

我轉了第一個彎，前方是那扇風格窗戶，但仍然有不少距離。我已經比較懂得拿捏這棟遊樂屋的比例了。我將葛拉克對準前室的較近角落，這間前室幾乎就只是立著三面護牆板，看來應該有四呎六吋高，大概會到達科特胸口。這時我已經走了十五呎遠，而九毫米帕拉貝魯姆彈藥是高速小子彈，要是科特走出來，他大概八十分之一秒就掛了，加上我的反應時間，不用說，我肯定反應飛快。

科特沒走出來。我到了臥房的前室，臥房門關著。九呎高，加上門框十呎，高達我肋骨的門鈕。

我聽見門內有女人的聲音。

不是言語，很含糊，不是尖叫或呻吟，而是一種喪氣的喘息。她想要做什麼，或者得到什麼，或者伸手拿什麼，但就是得不到。可是想要這字眼不正確，她並非氣惱，而是渴望。她非得做某件事，或者得到某樣東西，或者拿到什麼不可。

可是她沒辦法。

我後退，越過肩膀叫喊。「班尼特？你還在樓下嗎？」

沒回應。

臥房內忽然安靜下來。

我退到一旁，怕萬一他開槍射穿牆板。

他沒那麼做。

要如何讓他們自動自發走出來？沒人知道，沒有一個知道。通常我會背貼著牆站立，輕手輕腳、不聲不響把門轉開，可是喬伊的門太寬了，沒辦法這麼做。因此，身為一個來到新環境的靈巧矮個子，我衝向前，轉動門鈕，把門踢開然後往後閃避，瞄準了。

然後開槍，結果擊中約翰・科特的額頭正中心。只是我並沒有，因為那是側牆上的一面鏡子。這一槍轟過去，銀色玻璃碎片嘩嘩落下，接著屋內又是一片寂靜。房間內，科特說：「你不是說要忘了我，咱們各走各的路？」

我已經十六年沒聽見他的聲音，但確實是他沒錯。悠緩的奧扎克族印第安口音，哀怨的音調，忿忿不平的語氣。

我說：「因為你沒答腔。」

「我不屑回答。」

「裡面跟你一起的是誰？」

「你自己進來看。」

我再度在腦子裡調出那張藍圖。我說：「你正在一棟非常高的房子的二樓，我呢，堵住了唯一的出口。我剛剛這一槍會把倫敦人嚇壞了，五分鐘後將會有五千名警察圍在外面，你可以在裡頭不吃不喝熬個三週，可是接下來呢？」

他說：「警察不會來。」

我說：「是嘛？」

「班尼特會告訴他們不必驚慌。」

「你對班尼特知道多少？」

「知道的可多了。」

「那裡頭還有誰？」

「我本來可以讓你從鏡子裡看一下的，可是你把它轟掉了。你得自己進來看。」

我後退一步，越過肩頭往後喊。「班尼特？你還在樓下嗎？」

沒回應。

「奈斯？妳還在嗎？」

沒回應。

我退回臥房門口，說：「我想你應該知道，喬伊已經不在了，你也知道他的保鑣也全都跑掉了，所以我愛在這兒待多久就待多久，就算警察不來，你也會餓死。」

「這樣的話你手上染的無辜鮮血就更多了，因為這裡頭不只我一個人，不過你早就知道了，對吧？」

接著他喃喃說了句什麼，不是對我，好像是在說：**告訴他吧，孩子**，接著我又聽見那女人的聲音，仍然口齒不清，這次不是沮喪的喘息，而是含糊的尖叫聲。她的嘴巴被塞住了。既然被塞住嘴巴，手腳大概也被捆綁起來了。

女人又尖叫。

我說：「你這是想感動我？」

科特說：「希望可以。」

「你當我社工人員？」

叫聲又來了，第三次，又長又大聲，但由於嘴被堵住，很含糊，最後逐漸變弱，抽搭啜泣著，充滿傷痛、悲傷和屈辱。

科特說：「我得說，起碼我是感動到快哭了。」

藍圖上，這房間大約是三十呎見方，左邊有一間浴室，右邊是更衣室。我站在之前站過的相同位置，看著那面鏡子，除了不該露出來的著色粗糙的木頭之外什麼都沒看見，可是當它還是鏡子時，曾經映照出科特的身影。我的角度相當窄，因此他的角度也相當窄。兩者是相等的，高中物理，基本光學。也許床頭就在我旁邊，隔著一道牆，而將一個手腳被捆綁、嘴巴被塞住的女人擺在床上也是合理的事。這樣的話，科特也許坐在床尾。想來似乎很合理，直到我再次斟酌各種角度，推測如果他在床尾就距離我太近了，角度不相等，不可能。接著我想起喬伊的床或許有九呎長，甚至十呎，這樣的話就說得通了。

我上前一步，我對家庭五金和各種結構一竅不通，可是我的眼睛和記性不錯，我推測我看過的所有門鉸鏈的軸承大約有半吋寬，因此喬伊家的軸承應該是四分之一吋，而門鉸鏈的設計有它的作用，也就是將門板拉離門框，把它打開來。簡單的算術，當門打開正好九十度，門板和鉸鏈側面的門框邊柱之間的縫隙也會拉到最大，在喬伊家大約是一吋多一點。可是這時門並沒有打開九十度，而只敞開大約三十度，也許超出一點，也就是說它的縫隙只有三分之一吋多一點點，換算成外國度量衡大約是十毫米寬。

而一顆帕拉貝魯姆子彈的直徑是九毫米。

56

我讓眼睛和門縫保持一點距離，就像狙擊手讓眼睛和瞄準鏡保持距離，因為我不希望科特下意識感覺有一絲暗影閃過，或者透過窄縫聽見細微的呼吸聲。他坐在床尾，側臉對著房門。他一下子老了十六歲，眼睛和嘴巴四周多了許多皺紋，看起來飽受折磨，也識相多了。他身穿棕色長褲和棕色襯衫，便宜貨，我也會買的那種。他兩手鬆垂在大腿上，拿了把槍，白朗寧大威力手槍，本地人愛用的。

他旁邊床上有個裸女，我不認得的。白皮膚，黃頭髮，年齡從十八到四十都有可能。她兩手被扭轉到背後，綁住手腕，兩隻腳踝也被捆著，嘴裡塞了布。

她的手臂扭曲得厲害，手肘窩都外翻了，樣子非常悽慘，綠綠黃黃的一堆瘀痕，和傷疤，還有凝結的血塊。

科特拿起一支針筒來給她看，然後移向她的手肘。她轉過脖子，睜大眼睛看著。科特讓注射針碰觸她的皮膚，她巴巴望著，巴巴盼著。

科特把注射針移開。

女人肩膀一垂，吐出我之前聽過的頹喪嘆息，充滿苦惱，失望和痛楚。**她渴望得到什麼，但就是得不到。**

我後退一大步，始終保持三點一直線，然後把我的白朗寧塞回後褲袋，兩腿張開站著。接著我雙手舉起葛拉克，放鬆、自然的姿勢，以前做過不下千百次的，然後我透過門縫開槍，對準科特本人，而不是鏡子裡的他。但我還是打中了，正中他的額頭中心。十五呎射程，八十分之一秒。我看見他的額心瞬間出現一個乾淨俐落的黑色射入點，同一時間他的後頭骨爆裂，那景象可一點稱不上乾淨。這一槍的衝擊力透過我的兩條手臂傳到了耳朵，而科特只是坐在那兒，雕像似的動也不動，不知過了多久，最後終於往側邊一倒，滾落床下。

我沒查看科特的狀況。他趴倒在地上，腦漿綻露，這已說明了一切。我直接搜索他的口袋，找到一支和我的一模一樣的手機。接著我替那女人的腳踝、手腕鬆綁，拉掉她嘴裡的布塊，轉身去找看有沒有睡袍、床單或毛巾可以讓她遮蓋身體，於是她趁隙把我推開，抓起注射筒扎入自己的臂膀。

她閉上眼睛，壓下活塞，一點一點慢慢注入。

她等著。

接著她發出前所未有的聲音，一種滿足的咕噥，慵懶的咯咯傻笑。無比快活地打著哈欠。

她站了起來，動作遲緩、昏沉，有點搖晃。

她說：「我想離開這裡。」

外國口音，東歐，也許是拉脫維亞或愛沙尼亞。她的口音讓某些音節變短了，乍聽下我以為她說的是，**我想待在這裡。**

也許她真的想。

我說：「把妳胳膊上的針筒抽掉。」

她照做了，然後把它往地板一丟。

我說：「妳的衣服放哪裡？」

她說：「我沒衣服。」

我大步走向臥房，在衣櫥裡找到一條單人床墊大小的毛巾，也許在喬伊的世界裡只是一條擦手巾。我回到女人旁邊，拿它披在她肩頭。她會意過來，將它緊緊裹住身上的重點部位。

我說：「妳叫什麼名字？」

她說：「給我錢才告訴你。」

她說完一個踉蹌，我把葛拉克放回口袋，扶著她的手肘來穩住她。我說：「妳可以走路嗎？」

她吸了口氣，我從她的嘴型看出她想說可以，但接著她眼睛往上一翻，暈了過去，同時又吐出一聲狂喜般的呢喃。我在她倒下的當兒及時將她接住，用雙手將她抱起。我想我可以抱她下樓，找個地方讓她躺著，等班尼特來，奈斯和我離開後他便可以叫救護車了。這女人還可以撐一陣子，暫時不需要緊急處理，以後也不需要，除非她又開始委靡不振。

我穩穩抱著她，為了她也為了自己，然後帶她離開那間古怪的臥房小前室，轉入走廊，在這裡我和查理．懷特碰個正著。他手裡拿著把槍——又是一把白朗寧大威力手槍，槍口指著我的腦袋。

查理的喪禮套裝前襟沾滿了血跡，那是被我重擊臉部留下的。他的鼻子可能也碎裂或骨折了，不過看不太出來，被他的一頭亂髮蓋住了。可是他還直立著，對一個七十七歲的老人來說相當不容易。

我說：「你騙我，你說你沒帶槍。」

「的確沒有，」他說：「這是喬伊的，我知道他收藏槍枝的地方。」

「生前的收藏，」我說：「他再也無法收藏任何東西了。」

「我知道，我找到他了。」

「想不看見也難。」

「把那婊子放下。」

我很樂得這麼做，因為可以讓雙手空下來。我把女人輕輕放在走廊地毯上，她的頭軟軟轉向查理，彷彿正注視著他。

他說：「這娘兒們不錯，樂趣多多。我是說真的，為了挨一針她什麼都肯做，真的什麼事都做。你儘管出點子，她全部照做，沒親眼看見還真不敢相信。」

接著他放低槍口，正對著我的胸口。他距離我大約八呎遠，百分之一秒不到。他說：「把兩手張開，類似想飛的動作。」

關鍵時刻到了。兩手舉起，或者兩手放頭上，或者手腕舉到前面，這些全都是準備用手銬或繩子限制我的行動，或者讓我無法反抗，以便他思考接下來該怎麼做的慣用指令。可是兩手張開是準備受刑，會讓我必須用上一、二、三、四、五個連續動作才能自救。兩手放下，伸到背後，拿槍，舉起雙手，瞄準。這老人再怎麼遲鈍、迷糊，我肯定進行不到一半就被他斃了。八呎距離，**開火然後結束**，沒有中間過程。嚴格來說我應該看得見火光。光的行進比子彈快速，而閃光會在子彈射出大約八吋時迸現，接著光波會瞬間超越子彈，在它擊中我胸口之前到達我的眼睛。至於我是否有時間想，**哇，那好像是槍口閃光**，則又是另一回事了。

或者不一定。

查理說：「兩手張開。」

他背後有個東西在移動，一個人影，在樓梯上。

我說：「想清楚，查理，你該退休了。」

人影又動了起來。樓梯間有個人，正緩緩地移動，靜止，極其緩慢、安靜地向前推移。在樓下走廊一件家具上的桌燈前方，拉出長長的影子。我這才發現之前我在樓上，恐怕早在悄悄探出頭之前就被發現了。

我說：「這種遊戲不適合老先生玩，查理，況且你剛失去接棒人。情勢變了，你還是趁早脫身比較好。」

他說：「情勢一直在變，而且總是越變越壞。」他朝手中的槍點了下頭。「自從這些玩意兒取代老派的幹架之後，一切就都變了樣。」

人影繼續移動。某人正悄悄上了樓梯，一次一大步，一次跳上十四吋高，像在攀爬山坡上的大圓石。

我說：「該放手了。」

「不見得，」查理說：「喬伊不算什麼大損失。反正我們的經營方向也在改變，打算往電腦方面發展，靠信用卡號碼賺更多錢。」

人影變成一顆腦袋和一副肩膀，一吋吋往上爬，或者該說一次十四吋往上爬。我眼睛鎖定在查理身上，只靠眼角的餘光掃描，我不想讓他起疑。

他說：「把你的兩手張開。」

我說：「誰來接替喬伊的位子？」

「你知道這做什麼？」

「只是在想這房子大概很難脫手，市場需求一定很窄，或者很寬，看你從什麼角度看。」

人影越拉越長。腦袋，肩膀，和上半身，溜上梯階的豎板，越過踏板，溜上下一個豎板，越過下一個踏板，像被輾過的卡通動物，緊貼著樓梯的形狀。

我說：「你應該把事業賣給塞爾維亞幫，免得日後被他們白白搶過去。」

我從眼角瞥見頭髮，還有額頭、金髮、綠眼睛，和心形的臉龐。她正和我之前一樣，倒退著走上樓梯。

這孩子真機靈。

查理說：「塞爾維亞幫什麼也搶不走，他們會繼續待在西區。」

我說：「你打算把里柏的事業和他們平分？」

他沒說話。

我從眼角看見她腰部以上的部分。她手上握著葛拉克，舉到接近肩膀的高度。

我說：「所以你並不打算和他們平分里柏的事業，你以為塞爾維亞幫嚥得下這口氣？」

「是我們先來的。」

「可是你們之前又是誰？你們搶了他們的飯碗，不是嗎？不管他們是誰。我能想像，在你還年輕、生龍活虎的年代。你記得的，對吧？就像現在的塞爾維亞人。你應該趁著還來得及，多帶些現金。」

她到了中間平台，準備一百八十度後轉，準備爬第二段樓梯。

查理說：「我不是來聊生意經的。」

她登上第一階，十四吋高。

我說：「那你到底來做什麼？」

又一階。又一個十四吋。

查理說：「我們是講規矩的，你卻不照規矩來。」

又一階。

我說：「我這是在幫你，淘汰劣幣，實踐進化論。你的手下太弱了，查理，看不出有什麼本事，而且也看不出有腦筋可以靠信用卡號碼賺錢。」

「我們經營得很好，不勞你操心。」

她踏上了二樓走廊，距離他背後二十呎。他是肩膀渾圓的大塊頭，背部寬闊，就在她前面二十呎的地方。

我的槍法普通，也沒有面對面格鬥的本錢。

我說：「警方對你行賄的情節瞭若指掌，一旦你停止給錢，他們就會把你移送法辦。」

她悄悄逼近，無聲地踩在地毯上，只剩大約十七呎。

我默想著，**繼續走，然後瞄準腹腔，別耍花招，別打腦袋。**

查理說：「我絕不會停止給錢的，我幹嘛那麼做？」

又悄悄往前一步。十五呎。

她停下腳步。

太遠了。

她舉起葛拉克。

我說：「你開過槍嗎，查理？」

她屏住氣息。

他說：「干你什麼事？」

「我們的調查局發布了一些數據，分析研究之類的，成功的手槍射擊的平均距離是十一呎。」

她放下手槍。

她又向前一步。

查理說：「我這距離已經比十一呎近了。」

她又前進一步。

我點頭。「只是說說。這似乎很講求技巧，但其實也未必，大家把它想得太複雜了。儘管放輕鬆，動作自然些，就像用手指頭指著前方，這樣就不可能失手。」

她又走了一步。

查理說：「我不會失手的，不過我或許該故意失手一下。也許我該先把你打傷，讓你學點教訓。」

她又向前一步。只剩九呎距離。

我說：「我不必你教訓。」

「你該學點禮貌。」

又一步。

她就在七呎外。

我說：「不勞你操心，查理，我混得不錯。」

他說：「也許過去你混得不錯，可是現在你難混了。」

她伸直手臂。她的槍距離他背部只有四呎。這時我開始擔心了，一些枝枝節節的事。他會聞出她的氣味，他會聞到槍的氣味，他會察覺周圍的空氣起了一絲攪動。某種原始本能，現代人類每往前一年，背後都藏著七百年的古老演化。況且，如果她在四呎距離開槍，那股衝擊力肯定會掃到我，和他開槍沒兩樣。

我定定注視著他，說：「從現在起過一秒鐘，我將會倒在地上。」

他說：「什麼？」

我倒下，身體放軟，像一件脫離掛鉤的外套那樣掉落，而她在四呎外射擊他的背部，我看見一團血肉從他胸腔濺出，我後方的風格窗戶應聲碎裂。我倒在裹著毛巾的女人旁邊，她在昏睡中騷動幾下，一條手臂勾住我的頸子，親一下我的耳朵，說：「唉，寶貝。」

58

經過不到兩分鐘，我們坐在一輛薄荷綠佛賀車的後座。前座是替我們送電腦的雙人組，一男一女，兩人依然那麼安靜自制，也依然對他們的倒楣差事甘之如飴。優秀的工作伙伴。我們在喬伊家和班尼特道別，我再也不想和他見面。

我們一離開齊格威爾鎮便上了西安格利亞高速公路，也就是當地路標上的M11號公路。我們將前往位在荷寧頓這個地方的皇家空軍基地，而那個地方就在塞特福特附近。九十分鐘車程，班尼特這麼保證，不過我推測應該更短。那女人開車飛快，因為周遭的陸地非常平坦。戰略上英國就像一艘隨時停靠在歐洲海岸的航空母艦，多的是空間可以充當飛行甲板。

荷寧頓皇家空軍基地地方極大，幾乎整個籠罩在黑暗中。女人把車開進入口，直驅停機坪。就像麥考德那位海豹部隊隊員，感覺上那彷彿已是多年前的事了。她以同樣的嫻熟技巧繞了個小彎然後在登機梯前停車。我們下車，帶上車門，薄荷綠的佛賀車便開走了。

這架飛機和歐戴的灣流小飛機類似，同樣精幹短小又緊迫，可是它漆成深藍色，亮閃閃的，金色艙壁線以下是淡藍色機腹，窗戶上方噴塗著**皇家空軍**幾個字。一個男人出現在我們上方的橢圓形艙門口，身穿皇家空軍制服。他說：「先生，小姐，請登機。」

機內沒有奶油糖色的皮革座椅或核桃色鑲板，座椅是黑色的，壁飾看來像是碳纖維板，感覺嚴肅但俐落。全然不同的風味，就像現代版的賓利車吧，喬伊的車。穿制服的男子告訴我們他的上一組乘客是皇室成員，某地的公爵夫人，好像是劍橋吧。讓我又想起軍情六處，還有軍情五處，還有當中的種種。奈斯和我坐在通道的兩側，從頭到腳正對著彼此。穿制服的男子離開，一分鐘後飛機升空，奮力往上攀爬，朝西返回美國。

他們送來餐點，接著穿制服的男人退到某個隱密的小隔間，不再打擾我們。我注視著通道那一頭、近得幾乎碰觸得到的奈斯，說：「謝謝妳。」

她說：「真的不用客氣。」

「妳還好嗎？」

「你是說查理・懷特的事？好但也不好。」

我說：「專注想好的部分。」

「我正在努力，」她說：「相信我。他說到那女孩時的用語，我在樓下都聽見了，他們根本是凌虐她來取樂。」

「還有走私槍械、販毒和高利貸。」

「可是我們不該一路充當法官、陪審員和行刑官。」

「為什麼不行？」

「我們是文明人。」

「我們是啊，」我說：「我們文明得很，我們正坐在一架公爵夫人的飛機上，他們統治世界靠的不是做好人，我們也一樣，只等輪到我們。」

她沒說話。

我說：「妳起碼證明了一件事，妳有能力到國外出任務。」

「你是說不依賴藥物？你是不是又要勸我別吃了？」

「我只是要謝謝妳，沒別的意思。妳救了我一命。想吃多少鎮靜劑儘管吃，但至少要清楚為什麼吃。很簡單的邏輯推理，妳很擔心自己的專業表現和妳母親的狀況，但這當中只有一項是正當的，於是妳開始吃藥，因為妳母親病了。這也沒關係，愛吃多久就吃多久，可是別懷疑自己的能力。這兩者是不相干的，妳的工作能力非常優異，我們的國安沒問題，有問題的是妳母親。」

她說：「我不打算加入陸軍，我要留在目前的單位。」

「應該的，現在情況不同了，妳很清楚實際發生的事，妳已經更上層樓，也更加忠誠了。」

我們繼續飛行，和時鐘競速，可是輸了，凌晨兩點我們在教皇機場落地。飛機轉彎，滑行，直驅那棟標示著**第四十七後勤及戰術支援司令部**的小型行政大樓。引擎關閉，穿制服的男子打開艙門，放下登機梯。

他說：「先生，小姐，兩位已抵達紅門了。」

「謝了。」我說著掏出從羅姆佛和伊林帶回的幾大捲英鎊鈔票，將它們給了那人。「在車隊食堂開個派對，把公爵夫人邀來。」

我說著尾隨奈斯下了飛機，通過黑夜走向紅門。

我們還在六呎外紅門就打開了，瓊・史嘉蘭傑洛走了出來，手中提著公事包。她一直在等我們，可是她不會承認的。她假裝她只是在辦公室待了一天，正準備下班回家。

她止步，看看我然後說：「我收回。」

我說：「收回什麼？」

「你表現得非常好，英國政府正式向我們致謝。」

「謝什麼？」

「你的參與讓他們的幹員達到極佳的工作成效。」

「班尼特？」

「他在報告中聲明，如果沒有你，他絕對辦不到。」

「我們這趟飛了多久？」

「六小時又五十分鐘。」

「他竟然已經寫好了報告？」

「他是英國人。」

「如果沒有我，他絕對辦不到什麼？」

「他在當地一個匪徒家中把科特斃了，完全是因為你的建議他才去的，因此向我們致謝。過程中他不得不做掉幾個幫派分子，包括兩名幫派巨頭，因此倫敦警察廳也非常感謝他，而因為這樣我們也沾了光，總而言之，我得說我們將會邁向一個輝煌的合作時期，今後我們在倫敦的運作將會順利多了。」

我說：「他說他們一直在竊聽你們的通訊。」

她說：「我們知道。」

「他們真的在竊聽？」

「那是他們以為。」

「這話什麼意思？」

「我們秘密建立了一個新系統，藏在氣候衛星的常規資料當中，這才是我們真正的通訊管道。可是我們的舊系統還是照常運作，他們竊聽的是這部分，其實只是一堆無意義的資料。」

我無言。

她說：「我們統治世界靠的可不是耍笨。」

她說著離去，穿著高級皮鞋、深色絲襪和黑色裙子套裝，手中的公事包晃啊晃。我看著她走了三十碼遠，一點都不傷神，因為實在相當賞心悅目，尤其是那絲襪和裙子。接著她脫離最後一束光線，被黑暗吞沒。我聽見她的鞋跟繼續喀喀響了一分鐘，然後凱西・奈斯推開紅門，我們走進大樓。

自助餐廳是空的，沒有糕點，沒有咖啡。在這深夜，早就全都清掉了，等著明早補進新貨。我們到了樓上，在正常尺寸的建築中走得快速又從容。許梅克的辦公室是空的，會議室也是空的，但是歐戴的燈還亮著。

他坐在辦公桌前，身穿便裝外套上衣，內搭毛衣。他靠在桌上，支著手肘閱讀東西，頭低垂著。看我們來了只是抬起眼睛，頭維持不動。

他說：「明早再聽取簡報。」

我們等著。

他說：「不過，我有個問題想先問一下，你們為什麼搭皇家空軍的飛機回來？我們自己的飛機都準備好了。」

我在那張海軍配給的椅子坐下，奈斯坐在我旁邊。我說：「我們也可以先問個問題嗎？」

「公平交易不算豪奪。」

「我們搭皇家空軍飛機回來純粹是為了好玩，我們想體驗一下貴族生活。」

「就這樣？」

「我們也想讓班尼特多辛苦一點，別光會攬功勞。」

我看見他放鬆下來。

我說：「我們的問題是，為什麼不能讓美國國安局或者英國政府通訊總部知道這次任務的花費？」

我看見他緊繃起來。

他沒回答。

我說：「其中包括科特的一年份房租，他的生活花費，給他的賞金，還有買步槍的錢，大批練靶用的彈藥，還有給他鄰居的錢，飛往巴黎的私人噴射機的開銷，給越南人的打賞錢，還有倫敦那兩幫人，還有預定中的返美運輸費用。或許不到幾百億，但肯定超過九一一的支出。因此我相信他們的電腦絕不會漏掉，況且他們都是聰明人，而且積極主動，因為萬一出了差錯，他們也有責任，因為沒錢什麼事都辦不到。所以，為什麼不能讓他們知道？」

「我不清楚。」

「因為打一開始這筆錢就不存在。」

「一定有的。沒有錢，就沒有任務。」

「沒錯，本來就沒有任務。」

「你腦袋被打昏了嗎？你才剛參加任務回來，你才剛在距離事發現場三哩遠的地方找到科特。」

我說：「第一顆子彈是用來打碎防彈玻璃的，第二顆子彈則是用來殺掉目標人物，可是打一開始就沒有第二顆子彈。」

「因為玻璃沒破。」

「這不是重點，你沒有當自己是第二顆子彈那樣思考，玻璃破了或沒破是未來的事。你也看過巴黎的錄影帶，子彈打中玻璃到安全人員圍住總統之間，有多少時間？」

歐戴說：「幾秒鐘吧，那些人反應很快的。」

「現在想想射程，四分之三哩，子彈在空中逗留了整整三秒，意思是你根本不能等，因為要是你等的話會如何？你扣下扳機，等整整三秒鐘，然後，哇，玻璃破了，於是你再度扣扳機，然後再等個三秒，第二顆子彈才到達。可是這時候總統已經被一群特勤人員壓在底下，你也錯失了機會。要擊中那傢伙只有一個辦法，就是讓第二顆子彈緊跟在第一顆後面飛越空中。它必須緊跟著，大約晚個半秒鐘，這樣的話兩顆子彈將會一前一後同時前進。事實上它們會一起飛行超過整整兩秒鐘，第一顆子彈才會到達防彈玻璃，第二顆子彈則會穿過剛濺起的碎片，在所有人——包括總統本人在內，因為畢竟他距離最近——都還來不及反應之前擊中總統。」

歐戴沒說話。

「或者另一種情況，玻璃沒破，那麼第二顆子彈也會擊中它，晚個半秒鐘，而鑑識專家必須化驗的彈孔將有兩個，而非一個。」

歐戴沒說話。

「打一開始就沒有第二顆子彈，他們本來就沒打算發射第二顆子彈。有人派科特到巴黎去開一槍，射擊防彈盾牌。這說不通，因為玻璃板不是破了就是沒破，但就算它破了，子彈也會損毀或偏斜，發揮不了作用。你要不就發射兩顆，要不就乾脆別開槍。只發射一顆子彈的唯一理由就是，你有把握盾牌會起作用。」

歐戴說：「廠商？類似廣告宣傳？」

我說：「大概吧，類似某種宣傳，但未必是廠商。還有誰會從中得利？你得看一下你的筆記，看當初是誰提出試射遴選槍手這點子。」

「是誰有關係嗎？」

「假設你掌管某個單位，你需要提升自己的形象，而你剛好知道這種新式防彈玻璃的厲害，你當場就得到一個免費打知名度的絕佳機會。科特發射了一發子彈，玻璃沒破，你提出試射遴選槍手的想法，突然間你成了全世界最大獵人頭行動的領頭羊，各國領袖爭著拍你馬屁。有幾個軍事頭子有這等本事？」

「不會吧？所有人都想得出這點子，但相信自己的人不多，全世界沒有幾個。」

「所以咱們把範圍縮小，誰能夠瞞著國家安全局或英國政府通訊總部，動用賄賂基金裡的錢，來提供給科特這類秘密特工？」

「這並沒有縮小範圍，任誰都做得到。」

「誰最需要提升形象？」

「這種事有客觀標準嗎？應該是主觀感受吧？」

「誰知道防彈玻璃不會破？」

「所有目睹過測試的人應該都曉得。」

我說：「這樣並沒有縮小範圍，對吧？」

他說：「很有限。」

「誰認得約翰・科特？」

他頓了下，接著說：「可能有幾個單位知道他。」

「十六年前。」

他沒答腔。

我問。「有多少軍事頭子在十六年後還在檯面上的？」

他沒回答。

我說：「也許我們應該把這項重大因素加進來，做為另一個勾選欄：有哪一個十六年後還在檯面上的軍方主管有必要提升自己的形象，而且知道防彈玻璃的效能，而且擁有賄賂基金，而且認識約翰・科特？」

歐戴無言。

「你願意的話我們可以一項一項討論，你的形象低到被他們指派去觀摩防彈測試。偉大的歐戴遭到了羞辱，那顯然是一種暗示，他們要你退休，所有人都知道，就連遠在莫斯科的肯欽都聽說了，俄國對外情報局把你當成一枚退休老兵，可是你找到東山再起的機會，你知道科特就快出獄了，你一直在注意他，也許十六年前他也曾經為你效勞，也許你和他一樣對我恨之入骨。於是你和他談條件，如果他到巴黎去開那莫名其妙的一槍，你就承諾他總有一天你會在某個空曠的地點——在射程內——把我放托盤上端出去任他宰割。」

歐戴無言。

我說：「我是唯一的目標人物，正是在下我，不是G8或歐盟會議或G20，那些都只是幌子。」

歐戴說：「胡扯。」

我說：「為了讓他保持亢奮，你把我檔案裡的失敗紀錄影印給他。他簡直慾火焚身，對當地經濟頗有貢獻吧，影印機廠商應該也大賺了一筆。接著，你終於送他出國，他完成任務，你提出試射遴選槍手的說法。這下你成了要角了，你要科特堅持下去，對他說你會在報上登尋人啟事。你很快找到了我，這讓科特非常開心。你送我到巴黎去，你有十足把握我會出現在公寓陽台，你也知道大概的時間。你事先照會過，安排了那次查訪，你批准了那次行程。於是科特得到射殺我的機會，可是他失手了。」

「胡扯。」

「於是競技場搬到了倫敦。我的手機裝了衛星導航，你知道我在哪裡，你打算指引科特找到我。你一直在和他通話，他有一支手機和我的一模一樣。你知道我們會去查看瓦勒斯莊園，可是奈斯小姐沒有事先告訴你，你突然發現我的GPS出現在那裡，可是你來不及讓科特趕過去。警報不充分。可是沒關係，明天又是全新的一天。在這同時你是世界天王，那些政客一個個驚慌失措，他們什麼都聽你的，你握有全世界的通行證，在世界各地的所有阻礙不便一一排除，就連倫敦警察都敬你三分。這下他們不能讓你退休了，因為這一局橫豎都是你贏，如果科特殺了我，你會立刻把他交給班尼特去處置，同時你也成了拯救世界的幕後英雄。如果我殺了科特，你同樣拯救了世界，因為你大膽雇用了無名密探。無論如何你又活躍起來了，再度成為模範人物。」

歐戴無言。

我說：「科特鄰居的錢是你給的，不然你怎麼知道他缺了牙？」

沒有回應。

「紙包不住火，」我說：「秘密工作中最危險的一句話，可是沒辦法，我知道，奈斯也知道，所以我們才搭皇家空軍的飛機回來。因為，你的飛機會在哪裡降落？也許是關達納摩灣拘押中心。可是它沒起飛，而我們總算平安順利回到了美國。我們什麼都知道，我相信你可以毀了奈斯小姐的事業，可是你永遠找不到我的，我會繼續到處逍遙流浪。而且你了解我，上將，你認識我那麼久了，我從不原諒，我也從不遺忘，而且我根本也不需要做什麼，光是嚼舌根就夠了。假設俄國對外情報局發現肯欽是你害死的？你那些通行證有的或許會被作廢，而且他們很可能會報復。到時關於可憐的老湯姆・歐戴的流言將會四起，說他竟然走投無路到想出了個荒唐可笑的計策，想想那些菜鳥暗地裡會怎麼嘲笑你，還有全世界，整個情報界，那可能會成為你的遺產，總之很有可能。你恐怕是擺脫不掉了，或許可以，但是千萬別以為可以就這樣算了，這筆帳我記下了，上將，這件事我絕不會善罷干休。」

我起身，將查理・懷特打算用來殺我的那支白朗寧往歐戴桌上一放，然後跟著凱西・奈斯出了辦公室，下了樓梯，通過紅門走入黑夜之中。

她用她那輛醜怪的福特野馬載我，開了三哩來到一處交叉路口，我可以在這裡搭夜間巴士。我們沒交談。她停車，可是無法下車，因為她必須緊踩著煞車板。於是我們又做了一次在倫敦做過的無邪擁抱。我請她代我向許梅克道別，然後下了車，走向水泥長椅，看著她揮手接著開車離去，然後我躺下來，望著星空，直到聽見巴士駛近。

我去了許多印象模糊的地方，可是一個月後我知道我在德州，在一輛從胡德堡基地附近經過的巴士上。有個穿制服的男人把一份《陸軍時報》留在車上，封面是歐戴的臉，裡頭登了他的死訊。文章針對之前的若干報導作了更正。這次槍擊是一樁意外，當時他在檢查一支在歐洲取得的不明槍枝，也許深夜時刻說明了意外為何會發生。關於在那之前數分鐘曾有一架皇家空軍飛機在基地降落的傳言並非事實，歐戴死後將獲得追贈三枚勳章，另外將有一座橋以他為名，這座橋蓋在一條北卡羅萊納州道路上，橫跨在一條幾乎全年乾涸的狹小河流上方。

「神隱任務：永不回頭」電影原著小說

永不回頭

李查德—著

《紐約時報》暢銷排行榜冠軍！
入圍《寇克斯評論》年度最佳小說！

李奇從大雪紛飛的南達科塔州一路搭便車，前往他過去服役的110特調組，但到了那裡，新任指揮官卻扣了兩件案子到李奇頭上，指控他16年前當兵時打死了人，還在韓國搞出私生女。退役已久的李奇必須即刻回歸軍籍，聽候審判。儘管李奇打人無數，牽扯過的女人也不少，但這些指控全是鬼扯！他決定正面迎擊，釐清真相並洗清罪名。麻煩的是，這次他卯上的不只是軍方，聯邦調查局、華盛頓警方以及身分不明的幕後黑手都緊追在後……

國家圖書館出版品預行編目資料

私人恩怨 / 李查德 Lee Child 著 ; 王瑞徽譯. --
初版. -- 臺北市 : 皇冠, 2017 .6[民106]. 面; 公
分. --(皇冠叢書; 第4620種) (李查德作品 ; 19)
譯自 :Personal
ISBN 978-957-33-3303-6 (平裝)

873.57 106007312

皇冠叢書第4620種
李查德作品19

私人恩怨

Personal

作　　者—李查德
譯　　者—王瑞徽
發 行 人—平雲
出版發行—皇冠文化出版有限公司
台北市敦化北路120巷50號
電話◎02-27168888
郵撥帳號◎15261516號
皇冠出版社(香港)有限公司
香港上環文咸東街50號寶恒商業中心
23樓2301-3室
電話◎2529-1778　傳真◎2527-0904
總 編 輯—龔橞甄
責任主編—許婷婷
責任編輯—平　靜
美術設計—嚴昱琳
著作完成日期—2014年
初版一刷日期—2017年06月
初版二刷日期—2018年10月
法律顧問—王惠光律師

讀者服務傳真專線◎02-27150507
電腦編號◎509019
ISBN◎978-957-33-3303-6
Printed in Taiwan
本書定價◎新台幣380元/港幣127元